我家都是殺人犯

A NOVEL

BENJAMIN STEVENSON

EVERYONE IN MY FAMILY HAS KILLED SOMEONE

EVERYONE IN MY FAMILY IS A KILLER.
EVERYONE IN MY FAMILY IS A SUSPECT.BUT WHICH OF THEM IS A MURDERER?

班傑明・史蒂文森 著

丁世佳 譯

給雅莉莎．帕茲。
這本終於是妳的了。
其實都屬於妳，而且永遠都是。

你是否保證你的偵探會好好運用你賦予他們的聰明才智，偵破他們遇到的罪案，而不會倚賴、使用神聖啟示、女性直覺、胡扯八道、欺瞞手段、偶然意外，以及不可抗力？

1930年偵探俱樂部的會員誓詞，這是一個推理作家的秘密社團，成員包括阿嘉莎・克莉絲蒂、GK・切斯特頓、羅納德・諾克斯、以及桃樂西・L・榭爾絲。

一、犯人必須是故事前期提到過的人，但一定不能是讀者能窺見其想法的角色。
二、所有超自然或無法解釋的力量當然都被排除。
三、不得有一個以上的密室或秘密通道。
四、不得使用迄今未發現的毒藥，也不得使用任何最終需要漫長科學解釋的裝置。
五、作者註：文中某些過時用語已被刪除。
六、偵探不得藉助於意外的幫助，也不得有無法解釋的正確直覺。
七、偵探不得為犯人。
八、偵探不得對任何線索有所隱瞞，所有線索必須即時提供給讀者檢視。
九、偵探的弱智友人，也就是華生的角色，不得隱藏心中任何思緒；他的智商必須微微略低於一般讀者。
十、除非我們已經做好充分準備，否則不得出現雙胞胎或分身。

羅納德・諾克斯之「推理小說十誡」，1929年

序曲

我家每個人都殺過人。當中的佼佼者還殺了不止一人。

不是我在誇大其詞，而是事實就是這樣。當我面對必須將這一切寫下來的時候，雖然單手打字有點困難，我還是意識到除了實話實說之外別無他法。這聽起來十分理所當然，但現代推理小說有時候會忽略這一點。大家都只顧著看作者能布置什麼詭計；想知道他們藏著什麼把戲，而不是手上的線索。誠實乃是「黃金時代」推理小說鶴立雞群的關鍵：克莉絲蒂和切斯特頓等等。我知道這一點，因為我寫過教人如何寫書的書。每個行業都有各自的規矩。那票人裡有一個叫做羅納德．諾克斯的傢伙，曾經立下一套規矩，他稱之為他的「推理小說十誡」。這我列在大部分人都跳過不看的引言部分，相信我，那值得你翻回去看一下。說實在的，你應該給那頁折上角。這些規則被放在本書開頭的引言中，通常大家都會跳過，但相信我，值得回頭看一眼，甚至折一下頁角做記號。我不會在這裡講細節，但歸結起來就是：黃金時代的黃金法則是——公平遊戲。

當然，這不是一本小說。一切都是我的親身經歷。但到頭來我必須解決一樁謀殺案，事實上，是好幾樁。不過這是後話了。

重點在於，我看過很多犯罪推理小說。而且我知道，大部分這些類型書籍現在都有一個「不可靠的敘述者」；跟你講故事的人大部分時間都在說謊。我也知道在我敘述時可能會被當成這種人。所以我會盡量反其道而行。請稱我為可靠的敘述者。我告訴你的一切都是事實，或至少是我當時認定的事實。我說話算話。

這全都符合諾克斯的第八誡和第九誡，因為我在這本書裡，既是華生也是偵探，我是作者也是解謎人，所以我有義務找尋線索，而且不能隱瞞思緒。簡而言之：公平競爭。

事實上，我會證明這一點。如果你只是想看血腥的細節，本書裡的死亡，發生或是據說發生在第一章、第五章、第八章、第十章有兩次，第十一章有個帽子戲法。接著有一段啥也沒有，然後在第二十一章末尾、第二十五章（大約）、第二十六和二十七章、第二十九章可能有兩次（很難確定），然後第三十章和第四十章各有一次。我保證這都是實話，除非你的電子閱讀器還是你用來看書的什麼玩意搞錯了頁數。可以讓卡車開過的巨大劇情漏洞只有一個。我常會把事情搞砸。沒有性愛場景。

其他的呢？

我猜我的名字應該有幫助。我叫恩斯特[1]．康寧漢。這名字略顯老派，所以大家都叫我阿恩或恩尼。我應該一開始就說的，但我只保證我可靠，沒說我稱職。

考慮到我告訴你的一切，要怎麼開始就有點棘手。我說「所有人」的時候，應該跟我家族譜劃清界線。雖然我表姊艾蜜曾經帶著被禁止的花生醬三明治去參加公司野餐，害她的人力資源代表幾乎翹了辮子，但我不會把她算進去。

聽著，我們不是一家神經病。我們有些是好人，有些是壞人，還有些只是倒楣。那我是哪一種？這我還沒搞清楚。當然，還有一個叫做黑舌頭的連續殺人犯亂入，以及二十六萬七千元現金，我們慢慢會說到的。我知道你現在可能已經開始想別的了。我的確說了每個人。而且我保證沒有詭計。

至於我殺過人嗎？殺過。

殺的是誰？

請聽我娓娓道來。

❶ 此名意義為誠實可靠。

我哥哥

1

一束光線旋轉著透過窗簾照進來，說明我哥哥剛剛開上了我的車道。我走到外面，注意到的第一件事就是麥可的左車頭燈沒亮。第二件事就是血跡。

月亮已隱去，太陽尚未升起，但即使在黑暗中，我也立刻明白那些斑點是什麼。它們散布在破碎的車燈上，沿著車輪弧線的巨大凹痕一路拖曳開來。

我平時不是夜貓子，但半小時前，麥可打了一通電話給我。這種電話就是在你半夢半醒間瞥了一眼時間後，立刻知道不可能是告訴你中頭獎的電話。我有幾個朋友偶爾會從他們賴以為家的Uber上打電話來，告訴我他們的夜生活如何精采。麥可並不是其中之一。

事實上，這不是真的。我不會跟過了半夜還打電話來的人做朋友。

「我得見你。現在就要。」

他呼吸粗重。沒有來電顯示，是從公共電話打來的，也可能是在酒吧裡。接下來半個小時我雖然穿著厚夾克，還是一面瑟瑟發抖，一面在窗玻璃上畫圈圈擦霧氣，看他什麼時候出現。我放棄注視等待，坐在沙發上的時候，他的車頭燈照亮了我眼瞼內的血色。

他停下車，熄了引擎，但是燈還亮著。我聽到一聲呻吟。我睜開眼睛，凝視天花板片刻，彷彿我已經預感到，一旦我站起來，生活將徹底改變。然後我走到屋外。麥可坐在車子裡，頭抵著方向盤。我走過車前，遮斷了孤寂的一束車頭燈光，過去敲駕駛座的窗戶。麥可下了車。他臉色灰敗。

「你很走運，」我說，朝破碎的車頭燈點點頭。「撞上袋鼠可不是鬧著玩的。」

「我撞到人了。」

「嗯哼。」我半夢半醒的，勉強聽出他說的是「人」而不是「東西」。這種情況下該說什麼我完全沒頭緒，所以覺得附和他應該是個好主意。「我撞到了一個傢伙。他在後面。」

現在我清醒了。在後面？

「你他媽說在後面是什麼意思？」

「他死了。」

「他是在後座還是後車廂？」

「這重要嗎？」

「你喝酒了？」

「不多。」他遲疑了一下。「或許吧。喝了一點。」

「後座？」我往前一步伸手要開車門，但麥可伸出手臂。我停下腳步說：「我們得帶他去醫院。」

「他死了。」

「你覺得這是重點嗎？」我用手耙過頭髮。「麥可，得了。你確定嗎？」

「用不著去醫院。他的脖子像水管一樣扭曲了。半個腦殼都沒了。」

「我還是寧可聽醫生告訴我。我們可以打給蘇——」

「露西會知道的。」麥可打斷我。他提起她的名字，如此迫切，言下之意昭然若揭：那露西就會離開我。

「沒事的。」

「我喝酒了。」

「一點點而已。」我提醒他。

「是啦。」沉默持續了一會兒。「就一點。」

「我相信警方會……」話已經說出口，但我們倆都知道，在警察局提起康寧漢這個名字，就能召喚出無數冤魂，鬧得天翻地覆。我們倆最後一次出現在充滿警察的房間裡，是在一場葬禮上，置身於一片藍色制服的海洋中。當時我的身高已經能夠緊緊摟住我母親的前臂，但年紀還小到成天都黏著她。我短暫地想像了一下奧黛麗如果看到我們現在這副樣子——在寒冷的清晨蜷縮在一起，為一條人命爭執不休——會作何感想，隨即將這念頭甩開。

「他不是我撞死的。有人開槍射中他，然後我才撞到他的。」

「嗯哼。」我試圖露出相信他的樣子，但我的舞台經歷大部分都是校內演出不用說話的角色，是有道理的：農場動物、謀殺案被害者、樹叢。我再度要開車門，但麥可仍舊攔著我。

「我只是把他帶上車。我當時想——我也不知道，總比把他留在街上好。然後我就不知道接下來該怎麼辦了，最後才跑到這裡來。」

我沒有說話，只是點了點頭。家人之間的牽絆，就像引力一般無法抗拒。

麥可用雙手捂按著嘴，從指縫間開口。他的額頭被方向盤壓出了一道小小的紅痕。「不管我們把他送到哪裡，都不會有區別的。」他終於說道。

「好。」

「我們應該埋了他。」

「別再這麼說了。」

「好。」

「好的。」

「我的意思是，不要附和我。」

「那我們應該送他去醫院。」

「你到底是不是我這邊的？」麥可瞥向後座，再度回到車上，發動引擎。「我會搞定的。上車。」

我已經知道自己會上車。我不是很清楚為什麼。我猜有一部分的我覺得上車的話，或許可以說服他。但我唯一確定的是，我的哥哥正站在我面前，告訴我一切都會好起來。而無論你是五歲還是三十五歲，只要你的哥哥告訴你他會解決問題，你就會相信他。這就是引力。這就是家人。

順便一提事情發生時我是三十八歲。書中的大部分情節都寫於我四十一歲。但我想少報個幾歲可能有助於我的出版商把這部作品推銷給某個大明星。

我上了車。駕駛座旁邊的座位下方有一個耐吉的運動袋，拉鍊沒拉。裡面塞滿了鈔票，不是像電影裡那樣，用橡皮筋或是紙帶綁好整齊的一疊一疊；而是亂七八糟地滿溢到底板上。我的腳踩上去感覺很奇怪，因為實在太多了，而後座那個男人八成是因此送命。我沒有看後視鏡。好吧，其實我瞥了幾眼，但只看到一團黑影，比起說它是一具屍體，更像是世界上一個黑洞的輪廓。每當那黑影快要變得清晰時，我總是懦弱地避開視線。

麥可把車倒出車道。一塊碎玻璃還是什麼的在儀表板上喀喀作響，然後掉落在座位下方。有一股淡淡的威士忌味道。我慶幸我哥哥喜歡車內燻草，因為殘留在座椅上的大麻煙味掩蓋了死亡的氣息。我們顛簸著開過車道邊緣，後車廂的鎖壞了，匡噹作響。

我心中竄過一個可怕的念頭。他的車頭燈碎了而且後車廂也壞了；像是他撞了什麼東西兩次。

「我們要去哪裡？」我問。

「啊？」

「你知道你要去哪嗎？」

「喔，國家公園。去那裡的森林裡。」麥可扭頭望向我，但沒法一直盯著我。於是他偷瞥了後座一眼，顯然後悔了，於是收回視線瞪著前方。他開始發抖。「其實我不知道。我以前從來沒埋過屍體。」

我們已經開了兩個多小時，麥可才覺得他走的土路夠多了，於是將他那輛轟隆作響、如同獨眼巨人的車停進了一處空地。幾公里前，我們從一條防火道轉進，開始一路繞進無人小徑。太陽即將升起，地面覆蓋著閃閃發亮的柔軟積雪。

「這裡就行了。」麥可說，「你OK嗎？」

我點點頭。或者至少我以為我點頭了。我一定沒有動彈，因為麥可在我面前彈了一下手指，強迫我集中注意力。我努力做出人類歷史上最微弱的點頭動作，彷彿我的脊椎是生了鏽的鐐銬。這對麥可而言已經足夠了。

「你別下車。」他說。

我直直瞪著前方。我聽見他打開後座車門，窸窸窣窣地摸索，把那個人——這世界崩塌的根源——拖出車子。我的腦子尖叫著要我做點什麼，但我的身體背叛了我。我無法動彈。

過了幾分鐘，麥可回來了。他汗流浹背，額頭上沾著泥巴，靠在方向盤上。「來幫我挖地。」

在他的指令下我的四肢解鎖了。我以為地面會很冷，會聽到清晨結冰的喀吱聲，然而我卻一腳踏穿了白色的表層，一直陷到腳踝。我仔細看了一下。地面上並不是積雪，而是被蜘蛛網所覆蓋。蜘蛛網在高高的乾草中糾結，離地可能有一呎高，彼此交錯成厚厚的一層純白，看起來十分堅實。我以為是閃亮冰屑的東西是在光線下發光的蛛絲。麥可的腳步在這張網中戳出了許多洞。蛛網覆蓋了整片空地，莊嚴而寧靜。我試著不去理會蛛網空地中央那個凹凸不平的物體，麥可的足跡就止步於此。我跟著麥可，就像是在飄浮的霧中前進一般。他領著我避開屍體，大概是怕我會崩潰。

整路上，我一直以為麥可的恐懼──他出發時表現出的那絲微微的顫抖──會越發明顯，直到他意識到自己陷入多深的麻煩，然後掉頭回去。但事實卻完全相反。他反而變得更加冷靜，像是無動於衷一樣。從城市一路駛向黎明，他的神態越來越堅毅，甚至帶著一種平靜的宿命感。

麥可用一條舊毛巾蓋住了屍體大半，但我還是能看見一條白色的手肘，像落在蛛網上的一根樹枝。

「別看。」我眼神飄忽時麥可就說。

我們沉默地繼續了十五分鐘，然後我停下來。

「繼續挖。」麥可說。

「他在動。」

「什麼？」

「他在動！看。等一下。」

那片蛛網絕對在顫動。比吹過空地的風還明顯。給人的印象已經從堅實的雪地變成了波光粼粼的白色海洋。我幾乎可以透過蛛絲感覺到，彷彿我就是織網的蜘蛛，是這一切的中樞神經。

麥可停止挖掘，抬起頭。「回車裡去。」

「不要。」

麥可走過去掀開毛巾。我跟上去，這才第一次完全看見屍體。一邊髖部上方有一塊深色發亮的污漬。有人開槍擊中他，然後我撞到他，麥可是這麼說的。我不太確定；我只在電影裡見過槍擊。這人脖子上有一個凸起，好像他吞了一個高爾夫球一樣。他戴著一頂黑色的頭套帽，但形狀不太對。布料在古怪的地方隆起。我小時候學校裡有個惡霸，他在襪子裡塞兩個板球，然後對著我揮舞。那個頭套帽看起來就像那樣。我有種感覺，他的腦袋是靠著布料才得以不四分五裂。那上面有三個洞，兩個是眼睛（閉上的），一個是嘴巴。他嘴唇上堆積著紅色的小圈圈，越來越多，滴到他下巴上。我看不到他的五官，但我可以從他飽經風吹日曬的手臂和青筋畢露的手背看出他至少比麥可大二十歲。

我蹲下來，十指交叉，做了幾次基本的按壓。那個男人的胸膛以一種我知道不該是那樣的方式下陷，一直塌到胸骨上，有一陣子我只想到他的胸膛就像那個鈔票袋子一樣，拉鍊從中間拉開。

「你在傷害他。」麥可說，伸手托住我的手臂，把我拉開。

「我們應該送他去醫院。」我最後一次懇求，表明立場。

「他撐不過去的。」

「或許可以。」

「他不行的。」

「我們得試試。」

「我不能去醫院。」

「露西會諒解的。」

「不行。」

「你的酒現在一定已經醒了。」

「或許吧。」

「你沒有害死他——你說他中槍了。那些錢是他的嗎?」

麥可咕噥了一聲。

「顯然是他偷的。這說得通。你沒事的。」

「那是二十六萬塊。」

讀者，你和我已經知道事實上是二十六萬七千塊，但當下我覺得他雖然沒有時間叫救護車，卻有時間大概數了一下鈔票。要不然如果他是猜測的話，會說大約二十五這樣。而且他話裡帶著懇求的味道。我無法從他的腔調判斷他是不是有意分一點給我，還是只是陳述一個他覺得對下決定很重要的事實。

「聽著，阿恩，這是我們的錢……」他開始哀求。所以他是要分我。

「我們不能就這樣把他留在這裡。」然後我以這輩子從未有過的堅定態度對他說，「我不會。」

麥可想了一會兒。點點頭。「我去看看他。」他說。

他走過去在那人旁邊蹲下。他待了幾分鐘。我很高興我跟著來了;我仍舊相信這樣做是對的。當哥哥的通常並不怎麼聽弟弟的話，但他需要我在這裡。我會好好處理的。那個人一直都還活著，我們會送他去醫院。我看不太清楚，因為麥可很高，我只能看見他蹲下的後背，還有他朝那個男人伸出雙手，托著他的脖子以免造成脊椎損傷。麥可瘦削的肩膀上下起伏著，做著心肺復甦術，像是在啟動一台割草機。我能看到那人的腿，其中一隻鞋不見了。我看見那人的雙腿。我注意到他少了一隻鞋子。麥可已經在那裡蹲了很久了。有點不對勁。我們已經到了第一章的結尾。

麥可站起來，走回我身邊。「我們現在可以埋他了。」

他不應該這麼說的。不對。不對。這一切都錯了。我踉蹌後退，跌坐在地上。黏糊糊的蛛絲纏在我手臂上。「發生什麼事了？」

「他沒在呼吸了。」

「他沒在呼吸了？」

「他只是停止呼吸了。」

「他死了？」

「對。」

「你確定？」

「對。」

「怎麼會這樣？」

「他就是不再呼吸了。你去車上等。」

我繼妹

2

進入正題之前我還要多說一句：我真希望能宰了決定在滑雪勝地舉行我們家族聚會的那個人，不管是誰。

通常我會堅決拒絕任何附帶Excel表格的邀請函。但過度籌備是我凱瑟琳姑媽的專長，而康寧漢／嘉西亞家族聚會的電子郵件邀請函不僅飄著電子雪花，還表明必須參加。我在家族圈子裡是以藉口充分出名的——雖然過去三年來並沒人介意我缺席——不管我的藉口是寵物生病、車子故障，還是有稿子要趕都一樣。

凱瑟琳這次不留餘地。邀請函保證我們大家可以一起度過一個僻靜且有趣的週末。她加粗了「我們大家」以及「必須參加」等字眼。連我這樣善於閃避的人也無法跟粗體字爭論。即便「我們大家」不一定指的是我，我還是知道這是什麼意思，意思就是我得去。此外，在我把我的過敏症、鞋子尺碼、牛排烹飪偏好以及車牌號碼填入電子表格的過程中，我允許自己幻想一座被白雪覆蓋的村莊，以及滿是劈啪作響的爐火和木頭小屋的週末。

但實際狀況卻是，我不僅膝蓋僵痛冰冷，還比說好的午餐時間晚了一小時。

我沒料到路上沒人剷雪。天氣清朗，微弱的陽光剛好可以融化一點積雪，讓我的本田國民車輪胎打滑。所以我只得折回去，在山腳下用天價租了防滑鏈，然後跪在路肩的泥濘雪堆中綁上鏈條，流出來的鼻涕都凍成了冰柱。要不是有一位開著裝了涉水喉的荒原路華的女士停下來，以略帶指責的態度幫了我一把，我現在還困在路邊。我繼續前進，看著時間一分一秒過去，一邊在車內反覆切換暖氣和空調，試圖除去車窗上的霧氣。但裝著鏈子，車速無法超過四十英里。我知道自己遲到了多久——多虧了凱瑟琳發給大家的Excel表格。

最後我看到了轉角處，一個石頭堆成的金字塔，上面有一個標誌寫著「蒼穹山居靜地！」我想像標誌上有個逗點，所以斷句變成：「蒼穹山居，禁地！」在康寧漢家族聚會即將拉開帷幕之際，這簡直是一句金玉良言。我車上沒有可以講笑話的對象，但這是艾琳以前會覺得好笑的，所以她在我腦海裡笑了，我還是把這歸功於自己。我知道我們的名字，恩尼和艾琳❷，拼法幾乎相同，挺有意思的。以前人家問我們怎麼認識的，我們就說：「拼字認識的。」我知道，令人作嘔。

事實平凡得多；我們都是單親家庭長大的，同病相憐。我們認識的時候，她跟我說她母親在她小時就死於癌症，她被父親帶大。我稍後會跟你們講我父親的事。但我們認識時她已經知道他了；壞事在網上瞬間就能搜索到。

轉角處是一棟低矮建築，從一個用油漆寫著「啤酒！」的標語牌看來，像是酒吧。牆上靠著成排的滑雪板。這種地方的二廚是微波爐，與其點一杯酒你不如舔窗戶。我把這裡歸檔為潛在的難民營。不管怎麼說，這個週末是家族聚會的日子，我希望它的主要構成部分是幾頓大餐，中間

❷ 恩尼：Ernie，艾琳：Erin。

穿插著戰術性移轉回各自房間。哎，要是有得選就好了。

喔對了，艾琳並沒死。我發覺在有意無意地提起舊情人時，感覺起來像是我稍後會揭露她其實早就死了，因為這種書裡都是這麼幹的，但這次並非如此。她第二天會開車過來。在技術層面上我們仍舊有婚姻關係。更何況，序言裡可沒提到這一章會怎樣。

轉過彎後不久，我發現路已經不再上坡，而開始下坡了。很快我就穿越樹林，來到一處壯觀的峽谷山脊上，下方就是蒼穹山居；號稱是澳大利亞最高的汽車旅店；老實說，這就像是吹噓自己是世界上最高的騎師一樣，沒什麼值得炫耀。這裡有一座開鑿在山腰上的九洞高爾夫球場、一個滿是鱒魚，可以釣魚可以划船的湖泊、無論爐邊休憩或養生皆宜；還能去鄰近的滑雪勝地（纜車通行證自然不包括在內），甚至還有私人直昇機停機坪。我這是引述自介紹小冊；因為昨晚下了大雪，從我眼前的道路、標準桿四百的高爾夫球場、到離旅社下坡幾百公尺那片我假設是湖面的平坦凍原，都覆蓋在相同的白雪之下。山谷看起來平坦又陡峭、狹小又廣袤，兩種極端同時存在。

我緩緩地開下山坡，不慌不忙。要不是谷底那些半掩在雪中的建築物提供了參考，我可能根本不會意識到坡度的陡峭，直到剎車變得無用為止。不過這樣一來，我就可以趕上午餐並且徹底死透。

靜地中央是一棟入口有門柱的多層賓館，漆成亮黃色，在山中格外醒目。磚製的煙囪支撐著建築的側牆，冒出煙霧；屋頂上堆積著廣告商夢寐以求的白雪。五排窗戶中有幾扇露出溫和的黃色光芒，猶如降臨節日曆。賓館前方有十幾棟小木屋，分成兩排，一排六棟；波浪鐵皮屋頂一直垂到地面，與山的坡度相符；正面是從地板到天花板的落地窗，崎嶇的山景一覽無遺。我會住在其中一顆鯊魚牙裡，只不過我不確定哪棟是六號。那是凱瑟琳的行程表上給我指定的。所以我開到賓館側面停著幾輛車的地方。

我認出其中幾輛：我繼父的賓士SUV，後車窗上貼著騙人的「車上有嬰幼兒」標誌，因為他以為這樣警察比較不會攔他。凱瑟琳姑媽的富豪旅行車，已經積滿了雪，因為她幾天前就開車上來了。露西的車（車型已打碼）融入雪景中，她成天在Instagram上吹噓那輛車是她的「生意回饋」。我的救星荒原路華也在——當然在啦；在這樣的故事裡，這輛車的車牌索性可以寫成「M33T-QT」（意指命中注定的邂逅），但我只看那個巨大的塑膠涉水喉就能認出來。

我還沒下車，凱瑟琳就已經氣沖沖地穿過停車場走過來了，她微微跛著腳，那是二十多歲時一次車禍留下的後遺症。對我父親來說，她就是字典裡對「小妹」的標準定義。兩人之間的年齡差距大到：當我母親在三十多歲生下我們這些康寧漢男孩時，我的年齡與凱瑟琳這位姑姑的距離，比我母親與她年齡差距還要近。所以我在成長期間，一直都記得凱瑟琳既年輕又有趣，精力充沛。她會送我們禮物，跟我們講非常精采的故事。我還以為她很受歡迎，因為在家族烤肉聚會的時候，要是她不在，大家都會提到她。但隨著年紀增長我看事情的角度也有了改變，現在我知道受歡迎跟被人提及是有差別的。打斷這一切的是一條潮濕的馬路和一個公車站。車禍讓她斷了很多骨頭，跛了一條腿，但同時也讓她走上了正軌。現在，關於凱瑟琳你只需要知道一件事，那就是她最喜歡的兩個句子是：「你以為現在幾點了？」以及「見我上一封郵件。」

她在一件蓬鬆的North Face背心下穿著亮藍色的發熱衣，某種沙沙作響的防水褲，以及看起來像乾麵包的登山靴。全都是剛從貨架上下來的全新裝備。看起來像是她走進一家登山用品店，指著假人說：「那個。」她丈夫安德魯．米洛（但是我們都叫他安迪）跟在她後面，但是保持距離；他很悽慘地只穿了一件牛仔褲和皮夾克，像是他在同一家登山用品店裡只不斷看錶打發時間，啥也沒買。我沒有拿行李或是大衣，心想與其被凱瑟琳臭罵不如受冷風吹，便急急趕上去迎向她。

「我們已經吃過了。」她只說了這句話，我想這應該既是批評也是懲罰。

「凱瑟琳，對不起。我在經過金德拜恩的山路上碰到點麻煩。下了大雪。」我往後指著車胎上的雪鏈。「幸好有人幫我裝了這些。」

「你出門前沒有看天氣預報？」她聽起來難以置信，竟然會有人不注意天氣狀況，以至於犯下了不守時的滔天大罪。

我承認我沒看。

「你應該想到的。」

我承認我應該。

她咬了咬牙。我瞭解凱瑟琳，知道她想一吐為快，所以我保持沉默。「好吧。」最後她說，然後傾身在我面頰上落下一個冰冷的吻。我從來就不知道該怎麼回應這種親密的招呼，但我決定接納她的建議，將天氣考慮在內——她那山雨欲來的態度——在她臉側的空氣啵了一聲。她把一串鑰匙塞進我手裡說：「我們的房間昨天沒準備好，所以你現在住四號房。大家都在餐廳。很高興見到你。」

我還沒來得及說些場面話，她就轉身走回賓館。但安迪等在一旁，沒有把手從口袋裡拿出來跟我握手，只走過來用肩膀碰了我一下，算是招呼。天寒地凍，但我現在決心要社交一番，所以我的大衣還得癱在車裡。寒風凜冽，鑽進我衣服每一道縫隙，把我從頭到腳搜了個遍，好像我欠它錢一樣。

「不好意思啦，」安迪開口解釋，「你不要跟她計較。」這就是安迪，既要維持兄弟情，又要給老婆撐腰：他是那種會在晚宴上說「好的，蜜糖」，然後在她去上洗手間的時候搖著頭說：「嘖，女人就是這樣，對吧？」他鼻子通紅，但是很難分辨是因為酒精還是氣溫，眼鏡上也有點霧氣。他漆黑的小山羊鬍子貼在臉上，好像是從年輕人那裡搶來的一樣。他年紀五十出頭。

「我昨晚可沒有為了要氣她而去跳祈雨舞。」我說。

「我知道，夥計。這個週末大家都不容易。所以，你知道啦，別因為她試著讓一切順利一點而取笑她。」他停頓了一下，「沒什麼大不了的——別讓這影響了咱們的啤酒之樂。」

「我沒有取笑她，我只是遲到了。」我們走近時，我看見我繼妹索菲雅在門廊上抽菸。她揚起一邊眉毛，像是在說，裡面更糟糕。

安迪沉默地走了幾步，雖然我心裡哀求他別過來，他還是深吸了一口氣說：「是啦，但是，」我心想沒什麼比一個想替強悍女子出頭的男人更可笑的了。「她設計邀請函花了很多心思，你不必取笑她的電子表格。」

「我什麼都沒說啊。」

「不是現在。你填回函的時候，在過敏症那一欄裡填了『電子表格』。」

「喔。」我說。索菲雅聽到了，哼了一聲，從鼻孔裡噴出一縷煙霧。並沒有死的艾琳也會喜歡這一招的。安迪不用大聲說出我在「最近親屬」那一欄裡填了什麼——這是一次家族聚會，所以這裡的任何人都是，除非發生雪崩——我也覺得自己是個混蛋。我讓步了。「我會乖一點。」

安迪微微一笑，對自己展現的人夫美德感到滿意，即使算不上深情，起碼也是合格了。

他走進屋裡，一面做了一個喝一杯的手勢，示意他會替我叫一杯酒，穩固我們的夥伴情誼，我則停下來跟索菲雅打招呼。身為厄瓜多爾人，來自潮濕的瓜亞基爾，她痛恨寒冷，我在她的外套下看見至少三層領子。她的腦袋看起來像是從一層層的花瓣領口中冒出來的花苞。雖然穿了這麼多衣服，她還是用一隻手臂環住自己的腰取暖。我知道自己比她耐寒，這些年來我洗過幾次冰雪澡（有意思的小知識：顯然低溫能增進男性的生殖能力），但我並不想繼續閒聊，寒意已經開始滲透我。

她雖然知道我不抽菸，還是把她的菸遞給我；她一向喜歡這麼做。我揮散煙霧。

「好的開始。」她取笑道。

「我早說了，交朋友要趁早。」

「很高興你終於來了，我一直在等你來救我——我知道你會吸引所有人的注意力。這個。」她遞給我一塊方形的小紙板，上面印著格子。每一格裡面都有一句話，跟不同的家庭成員有關：馬塞洛對侍者吼叫；露西試圖跟你推銷。我在中間左邊的格子看見自己的名字——恩尼搞砸了。

「賓果嗎？」我問，看了一下標題：聚會賓果。

「我覺得應該很好玩。只為你跟我做的。」她舉起自己的卡；我看見上面已經有一個十字了。「其他人都太沉悶了。」她皺皺鼻子。

我一把搶過她手裡的卡片。上面的句子跟我的不一樣，還有一些平常的事件。文法亂七八糟，隨機大寫強調，荒謬的括號，沒有句點。有些諷刺意味比較重。你可以指望我會遲到，就像你可以指望馬塞洛一定會對服務人員發火，但右下角的格子裡寫著：雪崩。我看回自己的卡片：骨折（或有人死），還有一個不合時宜的笑臉。索菲雅已經劃掉的那一格寫著：恩尼遲到。

「這不公平。」我把卡片還給她。

「你最好快點跟上進度。我們進去吧？」

我點點頭。索菲雅把菸抽完，將菸頭扔到雪地裡。但菸頭在清新的雪白中顯得格格不入，非常刺眼。她哀愁地瞥了我一眼，然後走下門廊，彎腰把菸頭撿起來，放進口袋裡。

「你知道啦，」她帶著我走進去，「要是想活過這個週末，你就得好好做人。」

我對上帝發誓她真的這麼說了。她甚至朝我眨眼。好像這個天殺的故事是她講的一樣。

3

賓館主體是一棟偽裝成麗池大飯店的狩獵小屋；每個表面，欄杆、門把都有華麗的拋光木紋裝飾；磨砂玻璃的花狀壁燈發出柔和的光芒，大廳甚至有紅地毯，天花板上低低掛著一盞水晶燈，在二樓的走道旁邊閃閃發光。這麼說吧，凡是高度在腰部以上的一切，都幾乎優雅到可以彌補被雪損壞的下半部：就像是穿著禮服襯衫但沒穿褲子打視訊電話的旅館版本。地毯已經在長年被積雪的鞋子踩踏下磨損，鋪在膨脹的木頭地板上；地板吱嘎作響，好像沒釘牢一樣。百衲毯和匆忙用灰泥填上的老鼠洞證明了這棟建築的維護是靠權宜之計，而不是找專業人員上山打理。至於潮濕那就更不用說了。這個地方聞起來就像是我在雷雨的時候打開了車子的天窗一樣。緯度能提升旅館分級的幾顆星，而這裡雖然是勉強偽裝成四星級的二星，至少還有一種溫馨的氛圍。

我進入餐廳，談話就戛然而止，大家吃甜點正吃到一半，迎接我的是湯匙在盤子上此起彼落的敲擊聲。我的母親奧黛麗坐在桌首，正打量著我。她把魚線似的銀髮綁成一個髻，她右眼上方有一道疤痕。她遲疑了一下，可能是在判斷到底是我還是我哥哥（我們倆都有一段時間沒見過她了），然後砰地扔下餐具，推開椅子站起來。這是我從小就熟悉的停止爭論的技巧。

我繼父馬塞洛坐在她左邊。馬塞洛是個身形魁梧的禿頭男子，頸背上的皮褶子讓我總覺得他得用牙線清理，要不然會長霉。他把厚重的手放在奧黛麗的手腕上。不是要控制她；我不想扭曲我母親的關係，或是讓大家對繼父有任何先入為主的印象。你瞧，我繼父總是戴著一只八〇年代後期的白金總統勞力士——我在Google上查到令人目瞪口呆的價格，以及那玩意竟然將近半公斤——這表示他用右手做的每一件事，都下了名副其實的重手。我記得那只手錶的廣告十分荒謬：足以流傳青史的「貴重」傳家寶。我有記憶以來馬塞洛一直都戴著。我猜繼承權應該輪不到我。雖然廣告詞很蠢，但也不是我見過中最糟的——像是三百米深度、防彈玻璃；堅固如金庫——這是假定所有百萬富翁都是業餘潛水教練。

「我吃完了。」奧黛麗說，咚地一聲甩開馬塞洛的手。她的盤子還是半滿的。

「喔，成熟點。」索菲雅咕噥道，在露西（我嫂子，你可能還記得第一章裡麥可提過）旁邊坐下，她在馬塞洛對面。露西顯然為了這個週末精心打扮過：她的金髮剛剪成妹妹頭，標籤從她新買的針織上衣的領子後面露出來。我不知道索菲雅是因為有露西當擋箭牌所以大膽起來，還是她純粹沒注意到我母親跟尖銳的食器距離非常近，但這樣頂嘴對血親來說可是等於自殺。然而，死的只有我母親離桌的決心，她頹然坐回去。

守時的家庭成員還有安迪和凱瑟琳。我默默地在索菲雅旁邊坐下，眼前的盤子是蓋上的。結果是有人替我留了主菜，依照電子表格的規格烹飪的牛肉。凱瑟琳一定花了點時間瞪著那半圓形的蓋子，因為它還是溫的。露西面前還多了一個盤子，這表示她偷端走了我的前菜，我很好奇她是故意的還是只是餓了。

你應該瞭解關於我的一點，是我喜歡從兩方面看每一件事。我總是試著看到銅板的兩面。

「好了，」安迪拍手試圖打破僵局，只有這個家的姻親才會做這種蠢事。「這個地方怎麼樣，嗯？有人去過屋頂了嗎？我聽說他們有個按摩浴缸。你還可以在屋頂上開球。禮賓人員說要是你能打中氣象觀測站，他們就給你一百塊。誰想試試？」他熱切地瞥向馬塞洛，後者的穿著打扮看起來像是要去打高爾夫而不是雪地之旅，他身上那件格子背心連我都知道是棉的不是羊毛的，這在濕冷的環境下簡直是找死。雖然被之前那位涉水喉女士帶著評判眼光審視了一番，但至少我還帶了件抓絨外套。

「阿恩？」安迪繼續環視桌邊。坐在他和馬塞洛之間的凱瑟琳用手肘拐了他一下叫他閉嘴。禁止跟敵方交談。

我們沉默地吃東西，但我知道桌上每個人想的都跟我一樣：我們都知道大家在這裡的理由本人要明天才會抵達，所以無論是誰作主提早一天開始過週末，都活該被綁在雪橇上，沿著下山最短的那條捷徑推下去。

你可以從某人如何應對尷尬的沉默來判斷一個人。看他們是淡定撐過去還是打破沉默。基於婚姻關係進入這個家族的人似乎都缺乏耐心，因為接下來試圖聊天的是露西。

我可以告訴你一點關於露西的事。露西經營一家獨立的網路商店，我的意思是，她定期在網路上虧錢。她是一個小企業主，就跟安迪是個女性主義者一樣；她經常大肆宣揚，但實際上只有自己相信。

我不會提公司的名字，因為我不想被告。但我記得她不久前升為地區副總裁（或之類的職務），跟其他大概一萬個人一起。一個很隨便的頭銜，當然啦，這個頭銜聽起來毫無意義，除非它指的是她那種逼迫朋友購買根本不需要的東西的壞習慣，這方面她的確是總裁級別的。這也是她之所以得到我在外面看到的那台車的原因，根據她在Instagram上的貼文，那是營銷計畫的免費獎勵。我知道那實際上只是一份租賃合同，而所謂的「贈送」部分不過是每月的一筆補助，而且附帶極其嚴苛的條件。一旦違反條款，所謂的「免費」就會被取消，車主則會背上一筆昂貴的貸款。這輛車看起來是免費的，但只要條件不符，免費就會變成天價貸款。

我確定露西已經不符合那些條件，現在自己花錢養車。但那就是整件事的關鍵：絕對不要讓現實壓倒成功的形象。我有個賣車的朋友告訴我，他得禁止某種特定類型的女性拍攝賣場車子的照片，因為她們會把照片貼到網路上，假裝自己擁有那輛車。她們會非常憤怒，開著冒濃煙破車匡噹作響地離開，車後座還有沒用上的某種紅色大蝴蝶結。所以你知道啦，我沒有寫露西的車型，因為那和某一家公司有特別密切的關係。

露西精通說話之道，在她嘴裡，她做的可是正經生意，而每當有人說出那個特定的詞，她就會緊張起來。所以出於尊重，我不會提起。我只會說她們的商業模式是埃及人建的。

艾琳為了融入這個大家庭，曾經盡責地參加露西的派對，購買那個月她推銷的最便宜的東西，不管是什麼。回家之後，她會打出一張發票，上面有餐廳的名字以及一個依據派對有多無聊或多難熬算出的價位，然後放在我枕頭上：姻親稅務發票：睫毛夾\$15；費用×3（化妝課價錢）超過一小時，超時費×1.5＝\$52.50（貝拉義大利餐廳）。

「每個人來這裡路上都順利嗎？我被抓超速的攔住了——罰了我兩百二十塊，我才超速大概七哩，真是誇張。」露西說。她開口不是推銷，大家鬆了一口氣的感覺幾乎是實質的。雖然這對我的賓果卡沒幫助（露西試圖跟你推銷東西）。

「拼業績，」馬塞洛插進來說。「他們加派巡警抓觀光客，忽略本地人。所以速限才是四十哩。這樣的路本來應該是七十的，但他們想讓你不耐煩。」

「你覺得能告他們嗎？」露西抱著希望問。

「完全沒可能。」我不覺得馬塞洛是故意要讓自己的漠不關心聽起來如此冷漠，但這讓氣氛降到冰點。

「大家都去過自己的小屋了嗎？非常舒服喔。」接下來嘗試的是凱瑟琳。「我們昨晚住了一晚，早上起來景色真的——」她的聲音低沉下去，彷彿世界上沒有形容詞可以描述日出的美麗和她挑選有價格優勢的山景的技巧。

「我沒發現，」馬塞洛慢慢地說，「從旅館到我們住的地方還要走一段距離。」

「相信我，那比這裡樓上的房間好多了，」凱瑟琳辯解道，好像度假村有她的股份一樣。

「此外，我希望他有點個人空間。你能理解吧？我想讓他可以徹底舒展身心，好好地享受美景。太封閉的房間可不行……」

「只要有乾淨床單跟冰啤酒，我不覺得他會在乎……」露西說。

「這不代表我們不能住在這裡。」馬塞洛咕噥道。

「我們訂了六棟小屋有打折，記得嗎？」

「或許打的折扣夠付妳的超速罰單。」我忍不住要戳一下露西，但除了索菲雅臉上掠過一抹笑意之外，沒人理會我。

馬塞洛伸手到口袋裡掏出錢包。「我跟妳換房間要多少錢？」

「你走得過去的，爹地，」索菲雅說。「你願意的話我背你吧。」

這終於讓他苦笑了一下。「我受傷了，」他緊抓著右肩，帶著誇張的愁容。索菲雅是外科醫生，馬塞洛的肩膀重建手術是三年前她親自做的，早就已經復原了。他顯然是在佯裝。至少在三十二章他對我揮了一拳的時候，似乎恢復得很好。

通常外科醫生不能給自己的家人動手術，但是馬塞洛習慣於想要什麼就有什麼，他堅持他只信任自己女兒的醫術。醫院出於對潛在富有捐助者的嗅覺，諷刺地選擇性忽視了這些規定，最終促成了眼科中心「嘉西亞大樓」的建設。

「別著急，老爸，」索菲雅笑道，插起一塊牛肉。「我聽說你有個頂尖的外科醫生。」

馬塞洛佯怒的樣子還是那麼做作。他摀住胸口，好像被箭射中了一樣；他不如把她扛在肩膀上到處跑呢。當然啦，要是他的肩膀沒有受到「重傷」的話，或許可以這麼做。旁人一眼就能看出他們父女情深。馬塞洛只有一個女兒，雖然他對麥可和我都很好（他娶我媽的時候顯然很開心有兒子可以養），但索菲雅會永遠是他的掌上明珠。老父親裝模作樣，只為博得寶貝女兒一笑；連他那副律師特有的冷漠表情，都在她面前蕩然無存。

「要不然我們可以偷一輛雪車，」這快慰的對話讓安迪興奮起來。「我看到外面有幾輛，問管理員能不能租用。他說他只負責維修。或許我們可以跟他商量一下。」他的拇指和其他兩根手指互搓。

「你幾歲？十二嗎？」凱瑟琳說。

「親愛的，我只是覺得那會很有意思。」

「有意思的可以是景色、氣氛和同伴；不是美容中心和在屋頂上打飛高爾夫球，也不是開著死亡陷阱橫衝直撞。」

「我覺得聽起來很有意思，」我伸出援手。凱瑟琳用另一道怒視替我的餐點加熱。

「謝了，阿恩——」安迪開口道，但被奧黛麗大聲咳嗽打斷。他轉向她。「怎麼了？我們是都要假裝他不在這裡嗎？」他說這句話的時候，確實假裝我不在這裡。

「安德魯……」凱瑟琳警告。

「得了！你們上一次看到所有人是什麼時候？」

重大失誤，安迪。我們都知道那個問題的答案。

我母親直接說了出來。「開庭的時候。」

我突然又回到證人席上，聽著檢方滔滔不絕；他一隻手插在口袋裡，另一隻手拿著一支雷射筆在房中揮舞，彷彿把陪審員當作貓咪逗弄一樣。雷射筆的光點在一塊大紙板的照片上做各種假設；照片裡是一塊現在還會出現在我夢中的，滿是蜘蛛網的空地；頂端有許多箭頭、線條和有顏色的框。我正在回答一個問題時，我母親突然站起來走出去，而我腦中只有一個念頭：為什麼他們堅持在法庭安裝最高大、最沉重並且最大聲的木門呢。這種環境當然越謹慎越好，明明應該選擇一些低調的設計更適合這環境，但那位建築師顯然曾兼職過好萊塢編劇，才會設計出這麼戲劇化的出入口。而我之所以一直盯著那些該死的吵鬧門，只是因為這樣我就不用轉頭去看坐在被告席上的哥哥。

你是個老道的讀者，所以你可能已經注意到了家族午餐桌上有幾個空位。我已經告訴你艾琳明天才開車來。而凱瑟琳的獨生女不來——就是花生醬三明治事件的艾蜜——因為她住在義大利，而這次團聚的重要性頂多值五到七小時的車程，不值得她更多時間。至於麥可不在這場景中，這應該也不會讓你感到意外。而且……這或多或少可能是我的責任。

所以現在你知道了幾件事：我母親為什麼拒絕跟我說話；我哥哥為什麼還沒來；為什麼他會想要乾淨的床單和冰涼的啤酒；為什麼我無法用慣常的藉口避開這次週末聚會；為什麼露西精心打扮；以及凱瑟琳為什麼在邀請函的「我們大家」上加了粗體。

自從我跪在蜘蛛網間看著我哥哥謀殺一個瀕死之人，已經過了三年半。距離我母親在我對陪審團解釋麥可行為時決定走出法庭，已經過去了三年。而在二十四小時之內，麥可會以自由人的身分來到蒼穹山居。

4

自從那場葬禮之後——棺材上懸著一面折疊整齊的旗幟，帶著不祥的意味，長椅上坐滿了戴白手套、身穿帶金色鈕釦制服的軍官——我就知道了成為局外人是什麼感覺。一場警官的葬禮展現出兄弟情誼最好和最壞的一面。對許多人來說這代表著地位和尊嚴——我看見一位警官一手挽著他的六角帽，一手彈開瑞士小刀，在棺材的木頭上刻了無限的符號，象徵永恆的羈絆——但其他人卻被排除在外。我記得死者的兩個家族在門廊上爭吵——血親和姻親的家族，以及穿著藍色制服的家族——雙方都堅持自己的主張才是最好的：土葬或火葬。這場爭執完全徒勞無功，最後血親贏了，死者入土為安。法律上這完全說得通，但我也相信警察會坐在巡邏車裡，聊著「如果我死了」的話題，就像士兵把朋友的信放在胸前口袋裡一樣。所以誰說得清呢？

葬禮十分熱鬧，看起來比較像是忙碌的電影片場而不是虔敬的教堂。所有的注意力……教堂門口的攝影師、扭來扭去的腦袋跟四處亂瞟的視線；驚愕的低語：老天，那是他的孩子們——無一不在教會我被觀察和被窺視是有差別的。單方面的窺視——「他的孩子們」——在你周圍形成一個圈圈，將你和外界隔絕。我記得當我們走出教堂時，看著奶油從媽媽那件原本潔淨的黑裙上滴落下來，即使我只是個孩子，還是突然就明白了兩件事：爸爸不在了。而我們只能一起困在這個圈圈裡。

當一打二的單親媽媽可不容易。奧黛麗必須身兼數職：典獄長、打小報告的犯人、收賄的獄警和充滿同情心的假釋官合而為一。馬塞洛在自己開公司之前是我父親的律師，父親死後他就常常出現，我猜是因為他覺得我母親很可憐。他跟爸爸一定曾經是朋友。但別誤會，以為他是那種穿著白色背心、拿著電動工具上門的男人（馬塞洛曾經幫我們裝過書架，結果斜得讓我母親抱怨看了都暈船）。事實上，他只是帶著支票簿來請人安裝。很快，他從幫我們忙變成了向我們尋求幫助。當馬塞洛帶著他年幼的女兒向我母親求婚時，母親帶著我們去吃漢堡，並詢問我們是否希望他們成為我們「圈圈」的一部分。母親竟然想到要徵求我們的意見，這一點就已經讓我信服了。麥可唯一想知道的是他是不是很有錢，問完便開始狼吞虎嚥他的芝士漢堡。

在成長過程中，總有時候是我們對抗她，青春期的男生都是這樣；有時候叛逆地多打五分鐘電玩勝過十五年的養育之恩。但無論有多少次甩門、多少場大聲爭吵，永遠——永遠都是我們三個聯手對抗外面的世界。連凱瑟琳姑媽都只能偶爾步入一下——或許是因為她是爸爸的妹妹。我母親總是支持我們，而且她期望我們無論如何都要支持對方，這是最重要的。

顯然甚至淩駕於法律之上。

我並非完全不能理解當時她為何走出法庭，因為我踏出了我們的圈圈，跟其他人站在一邊。我知道你可能覺得三年刑期以謀殺判決來說算不得什麼大事，你是對的。那個傢伙——他叫做亞倫．賀爾頓，如果你感興趣的話——受了槍傷，而且很難證明是子彈還是麥可的作為要了他的命。是的，麥可在亞倫中槍後在路中央踉蹌時開車撞倒了他；是的，他犯了重大的失誤，沒有直接送他去醫院，但馬塞洛・嘉西亞完美地替他辯護了（這位大佬不僅是嘉西亞與伯德布里吉公司法律事務所的招牌，更以拒絕在雪地裡走四十公尺而聞名）。他極力利用亞倫作為職業罪犯的惡名、案中那位身分不明且無從追查的槍手，以及一把從未被找到的槍，來模糊案件的焦點。

即使馬塞洛出現在謀殺審判現場本身就已經讓人震驚了，我認為他成功讓那位用雷射筆指點的檢察官亂了陣腳。但若只這麼說，還不足以體現馬塞洛的辯護水準。他主張，考慮到當時的情況，不能指望麥可做出理性的決定。馬塞洛指出，麥可確實未履行對亞倫的照護義務（這一點很重要，因為在澳大利亞，法律規定一旦你開始幫助某人，就有義務繼續幫助，這是我在審判期間學到的）。麥可將亞倫放入車中，卻沒有送他去接受醫療救助，的確是一種失職。但同時，他也因為擔心自己的生命安全而害怕行動，他不知道槍手是否還在附近，也不知道自己是否會遭到襲擊或跟蹤。所以，簡單來說，最終的結果是麥可被判了三年監禁。

作證的代價對我來說很大，而當最終協議——那個在法官辦公室裡私下談妥的刑期——被接受時，這一切似乎已經變得無關緊要了。我這輩子做過不少糟糕的選擇，其中不乏接受安迪午餐後邀我去酒吧喝一杯這種愚蠢的決定，而我至今還沒想清楚作證是否也是其中之一。當然，如果我選擇保持沉默，我得學著與這種沉默共處；但現在，我不得不學著與這種開口說出的代價共處，而我還不知道哪種更糟。我很想告訴你，我這麼做是因為這是正確的事情。但事實是，在我哥哥那低沉的咆哮聲中——「他就是不再呼吸了」——有些東西不一樣了。我可以在這裡說些老套的話，比如「他不再像我的哥哥了」，但實際情況恰恰相反：他讓我看到了我們身為康寧漢家族的一面。我看到了那些掩蓋層之下的真實。如果他身上存在那種東西——那種咆哮，那種在掐死別人時肩膀和前臂繃緊的力量——那麼這些是否也存在於我身上？我想要將這部分徹底驅逐出去。於是，我選擇了報警。我希望母親有那麼一部分能理解我為什麼這麼做。而當明天來臨時，我也希望我自己仍然能理解那麼做的理由。

我承認我嘎吱嘎吱地踩過雪地走向小屋時，有點搖搖欲墜。安迪因為自己找到一個酒友興奮不已，恨不得跟我肝膽相照，只要他願意付帳，我很樂意一直順著他。安迪是個園藝師。他依照規格將板球場和足球場上的草種植到適當的長度。他是個無聊透頂的人，困在無聊透頂的婚姻生活中；我發現這總是讓人在喝酒時很慷慨。

我帶著一個有伸縮把手的拖輪箱，在機場很方便，但在山坡上就不是這樣了。我磕磕碰碰連拉帶提地往前走，肩膀上還扛著一個運動袋。雖然下午才過了一半，但山峰已經擋住了太陽，天色開始變暗。雖然我灌了幾瓶啤酒暖身，但還是感覺到溫度立刻變低了。我聽說過火星上就是這樣：太陽一下山就立刻凍僵。我們喝完酒後安迪說想去瞧瞧露天的按摩浴缸，我希望他改變主意，要不然他們就得拿冰鑿把他鑿出來了。

雖然氣溫很低，但等我掙扎拖著行李到半埋在雪堆裡的小屋時，已經出了一身的汗。積雪堆到腰間，但工作人員剷出一道峽谷通往門口。我拖著行李踉蹌來到小屋前面，小屋正面有窗戶，門上還有一個突出的遮陽棚，所以視野不受雪堆阻礙。

我摸索著鑰匙的時候，瞥見有一張紙用樹枝戳著插在門邊的雪堆上。我把紙片拿起來。有人用黑色的粗體字留了言，字體因為紙張受潮已經開始暈開，給人一種毛骨悚然的感覺。

上面寫著：冰箱很爛。挖挖看。

紙條右下方有一個很大的S：是索菲雅。我彎腰用手掃開雪堆，看見她替我埋在下面的六罐啤酒的銀色頂端。自從麥可的審判之後，和我保持聯繫的只有索菲雅。連露西都不發電子郵件邀我去參加她免費的營銷會時，我就知道我的流放有多嚴重了。但索菲雅伸出了援手。或許可能是因為她跟我一樣，也是個圈外人。她被她父親塞入這個陌生國家的陌生家庭裡。我用了「塞」這個字，是因為就算馬塞洛在的時候很寵孩子，但沒有人是靠著關愛自己小孩而爬上企業顛峰的，所以我真正的意思其實是「拋棄」。即便她在我們家絕對不算不受歡迎，但我覺得她總是能感覺到我們隱形的圈圈。審判後大家扯平了，我們從友好的繼兄妹變成了真正的朋友。所以她才邀請我（而且只有我），參加她的賓果遊戲。

我把啤酒重新埋進雪裡，很高興這山裡還有一點溫暖。我走進小屋。小屋只有一間臥室，因為屋頂是斜的，所以有種奇怪的傾斜感——像是在船上失去平衡那樣。這種不安的感覺被一覽無遺的景色彌補了：這是旅程中第一個「正如廣告宣傳」的亮點。但我並不特別想拍我姑媽的背說她幹得好，景色真是令人屏息；特別是在最後的幾縷陽光攀在山脊上，山峰狹長的陰影延伸到山坡的時候。

窗戶那一側的屋頂有三公尺高，邊框是木頭梁柱，然後慢慢傾斜過客廳、電視、一堆地毯和一個鑄鐵壁爐上方。屋頂一定只到達積雪的高度而非地面，因為我驚訝地發現後方有一堵牆；牆上都是櫥櫃，裝著飯店的廚房用品，還有一個極限利用空間充當浴室的壁龕，那裡再度為了景色而犧牲，必須彎著腰才能淋浴。房間三分之一的地方有道梯子往上通往閣樓臥室。旅館員工事先開了暖氣——壁爐一定只是裝飾，因為並沒有生火——而我的皮膚因為從室外進入屋內適應溫度而刺痛。旅館本館的潮濕氣味被一種橡木的木質調氣味所取代，像是貼著「鄉間壁爐」標籤的香氛蠟燭散發出來的。

我把拖輪箱留在地板中央，然後把運動袋塞進一個櫃子裡。這時電視機旁邊的電話響了。我的電話上有一個小小的4。電話沒有任何能撥號的數字，只有一排亮著燈的快速按鍵，上面是小屋的號碼，還有一個「禮賓部」。現在發亮的是數字5。這是馬塞洛。

「奧黛麗覺得不太舒服，」他說「奧黛麗」，不是「你母親」。「我們會叫客房服務，明早見啦。」

跳過家族晚餐正合我意；午餐已經把我為整個週末儲存的容忍額度消耗得差不多了。我從冰箱拿出一瓶半溫的水——確實很爛，索菲雅說得對——仰頭一飲而盡，我不知在哪看過，說在雪地裡過一天脫水的程度比在沙灘上還嚴重。然後我去外面挖了一罐雪藏啤酒，攤在沙發上，不知不覺間就睡著了。

劇烈的敲門聲把我吵醒。你以前已經讀過不少這類書了，你知道我註定被驚醒的。

一時之間我陷入驚慌，因為我有時候會夢到——不對，是會記起——這種窒息的感覺。我掙扎著醒來時，巨大的窗戶和空曠的感覺讓我短暫地以為自己睡在戶外。山陵和漆黑的天空相接，不受城市霧霾和雲遮掩的繁星亮得驚人。外面的風聲像是在呻吟，成堆的雪花從山脊上捲入空中。我附近有鹵素聚光燈為相鄰山谷的夜間滑雪者提供照明，枯樹枝如手指骨般的陰影落在山坡上。氣溫持續下降，寒冷試圖侵入房中；我幾乎可以感覺到玻璃因室內暖氣而脈動。

我揉揉眼睛，費力撐起身子，蹣跚走到門前。我打開門。

索菲雅站在門口，雙手抱胸，被風吹亂的黑髮間掛著冰碴。「怎樣？」她說，「你把錢帶來了嗎？」

5

好了，聽著。事情是這樣。我沒有說謊。麥可叫我收著那些錢。

那天早晨他開車送我回家的時候——我默默地坐在副駕駛座上，拉扯仍舊黏在手臂上的蜘蛛網絲——他說那些錢暫時由我保管可能比較安全。我明白他的想法：亞倫不是拿了這筆錢，就是應該要把這筆錢給某人，而不知怎地事情出了錯。至於麥可是不是跟「出錯」的部分有關，我無法確定。但要是有人少了個幾十萬塊錢，那八成可能想找回來。以防槍手記得麥可的車，於是我成了安全措施的重要一環。當然啦，前提是真的有槍手的話。

我心照不宣地收下袋子。麥可可能暗示過他會付我保管費，但我當時什麼都聽不到，他的嘴唇翕動時，我腦袋裡只有一種好像在水底的回聲。我茫然地走進自己家，把袋子扔在床上，吐了一頓，然後報警。

二十分鐘後我就被銬上，坐在一輛廂型車後座，領著兩個打呵欠的警探去林間空地。我知道他們一開始並沒當真，因為他們中途還去了麥當勞的得來速。我可從來沒聽過謀殺案的目擊者還得等待滿福堡的。那是在一切開始之前。在警報聲、救護車、新聞採訪車，甚至直升機降落在田野中央之前。在關於謀殺案的深度報導，以及更受歡迎的、探討「蜘蛛網田野」的文章之前（這片自然奇觀是附近洪水讓蜘蛛群遷徙的結果）。在我被鎖在審訊室之前，他們拿著照片湊到我面前，嘴裡散發著麥當勞的熱氣，告訴我麥可已經出賣了我，並勸我乾脆招供之前。

他們放我走的時候應該已經到了拘留的期限，那時候我才知道麥可什麼都沒說。他們只是想看我會說什麼以自保。他們送我回家。路上我問他們要不要去吃肯德基炸雞，畢竟我並不趕時間，結果發現這趟車上的是幾個鐵面刑警。

我回到家看見床上那個黑色的袋子仍在原處，我才發覺自己忘記告訴他們這筆錢的事。

我發誓，我以為他們會搜我家。一開始我只專注在亞倫身上，試著記起每個轉折，以及我哥哥是什麼時候來接我，什麼時候放我下車，什麼時候叫我在車裡等。然後我以為他們已經找到了那些錢，最後總會問我的，但他們沒有。接著突然就是第二天了，我簽了一份文件說一切都是正確無誤的事實陳述，而我仍舊沒提那筆錢。麥可也沒提——他甚至可能不知道是我報警賣了他，我猜他可能以為我站在他這邊，替他保護那些錢。然後我上了證人席，仍舊沒有人提到錢；麥可跟馬塞洛在審判時也沒提出來抹黑我，其實我多少有點盼望他們提起此事。到這個時候，我知道我已經錯過了說出這件事而不讓一切天翻地覆的時機，所以這筆錢就繼續沒人提起。法官宣讀判決，我回到家，那個袋子仍在我家裡，但是世界已經改變了。我哥哥坐了牢，而我有一個裝著二十六萬七千塊現金的袋子。現在我知道確切的數目，因為我有時間數過。

這就是我不能錯過這個週末的另一個原因。幾個星期前我跟索菲雅說了我的計畫。我打算明天把袋子給麥可。我不覺得這是表達歉意，因為我沒做任何錯事，但這可能算某種和解。這不是一根橄欖枝，但確實是綠色的（只是個比喻，因為並不全是百元鈔）。這些錢幾乎原封未動。我真是個好弟弟。

「全在這兒了嗎？」索菲雅問，望著眼前沙發上敞開的袋子。她並沒有坐下，只在旁邊徘徊，緊張得不敢碰。

「大部分都在。」我承認。

「大部分？」

「這個嘛……有些緊急情況。已經過了三年了。我不知道他有沒有數過。」

「你說他數過了。」

「他八成數過了。」我讓步。「我希望他不記得確切的數目。」

「你知道要是我坐了三年牢，想著我弟弟偷了一袋子現金，那我會幹什麼嗎？我會每天都算一遍，算到小數點。」

「我猜他會以為我花光了，所以現在我還他他會很高興——」

「——還大部分——」

「——還他大部分。」

索菲雅誇張地嘆了一口氣，連嘴唇都在抖動，然後她走到窗邊。她用手指敲敲玻璃，看了一會兒山景。「你為什麼拿了？」她輕聲問道，現在嚴肅起來。

她看穿了我對自己解釋因為一直沒機會上繳而留著這筆錢的所有廢話：因為我太尷尬了；因

為我覺得會搞得太複雜了。她看得出事情不止於此。只是貪婪這麼簡單嗎？我不確定。我並不期待明天麥可會擁抱我然後跟我分贓，但我要是說過去三年來這個袋子在我衣櫃裡沒讓我安心，那我就是在說謊（但我保證我不會），特別是在艾琳出了那些事的時候。那是可以拿著跑路的錢。那是一切都完蛋時的錢。可以重新開始的錢。我不想要，但我卻慶幸有這筆錢。

「我沒拿。」我舊調重彈。「是沒法擺脫。」

索菲雅失望地皺起眉頭。她知道我的藉口都是排練過的。

事實是：那天早上我拿了兩疊現金放進內衣抽屜裡，然後才離家。事實是：一直到馬塞洛逆轉局勢之前，我以為麥可要坐很久的牢，那筆錢就無關緊要了。事實是：我沒有花掉更多的唯一理由是我不知道錢的來處，不知道能不能被追蹤；要不然我至少可以存進銀行領利息。事實是：我還沒決定明天要不要把錢給麥可。

我把錢帶來，以防他開口。我告訴索菲雅我打算把錢還他，以示負責，同時試圖阻止自己退縮。

當人們下決心時會有一種表情。不是實質的，比較像是種第六感，像是感覺有人看你時頸背上汗毛直豎的感覺。那時就是這樣。空氣中的原子改變了。索菲雅做了某種決定。

「要是我跟你說我需要一點呢？」她說。

電話響了，嚇了我們一跳。當然是這樣。你以前已經讀過不少這種書了，所以你知道電話註定會嚇到我倆。小小的數字2亮了起來。電話響了兩聲就停了，我還來不及過去接。我看了一眼我的手機，十一點十五分。如果你一直有在注意章節數，那就會知道剛剛有人死了。我只不過是還沒發覺而已。

「考慮一下。」她說。我發現她一直在等我開口。

「妳需要多少？」

「大概五綑吧。」她咬住嘴唇，從袋子裡拿起一把鈔票，好像在秤重一樣。「五萬。」她補充說，好像我會以為她半夜來找我只是要五塊似的。

「麥可知道錢在我這裡。」

「他知道他把錢留給你了，並不知道錢還在你這裡。」她肯定在家裡練過了，她的反駁跟我的藉口一樣都是準備好的。「你可以跟他說警方沒收了。你可以跟他說你把錢捐出去了。你可以跟他說你把錢燒了。」

我可以假裝自己沒有想過這所有選項，但我不能。我很可靠，還記得嗎？

「妳惹上什麼麻煩了？」我問。我沒說出口的是她有更有錢而且更正當的對象可以開口。比方說她父親。五萬塊是一大筆錢沒錯，但她自己是個有房產的外科醫生：如果她要五萬塊（她說「大概五綑」，對我而言就是她一定要五綑）。她需要這麼多才能彌補她自己能搞到手和總數之間的差額。而且她要現金。這表示快速、隱密、不留記錄。看來她惹上的麻煩比她透露的要大得多。

「我不需要幫忙。我只需要錢。」

「這不是我的錢。」

「也不是他的。」

「我們可以明天再談嗎？」

她放下鈔票，但我看得出她在腦中翻筆記，確保自己要說的話都說了，彷彿是她在參加面試，而主考官問了嚇人的「現在有什麼問題要問我們嗎」。她肯定已經在她準備的所有有力論點清單都打勾了，她走到門口打開門。一陣刺骨的寒風席捲而入。

「看看他們是怎麼對待你的。你還覺得你欠他們？有一天你會明白家族不在於你血管裡流著誰的血，而是你的血為誰而流。」

她把手插進口袋裡，走進夜色之中。

我回到屋內，呆呆地看著那些鈔票，試著分析剛才發生的所有事。

我想知道索菲雅說得對不對。雖然我的家人刻意排擠我，我還是覺得對他們有責任。這就是我來這裡的原因嗎？在這麼晚的深夜裡喝了這麼多酒，我已經無法思考這麼大的問題了，所以我放棄了自省，拿起電話回撥二號房。

「哈囉？」我驚訝地聽到索菲雅的聲音從另一端傳來。「阿恩？」

「喔，嗨，索菲雅。」我察看了電話上的燈號，我確實按了2。或許之前燈號閃爍的時候我看錯了。索菲雅不可能在我小屋裡同時打電話給我。「抱歉，我只是想看看妳是不是平安回去了，外面很黑，我不想讓妳掉進山谷錯過家族團聚。」

「你說這叫家族團聚？七個人？」她笑起來，電話響起雜音。「呸，你們白種人真是。」

我試著跟她一起笑，但我滿腦子只想著我們假裝得多正常，這讓我渾身一僵，結果只發出哽咽的咕噥。

「好了，阿恩，」她說，「謝謝你的關心。跟我保證你會考慮？」

我不用保證——我根本沒法想別的——但我還是這麼做了。我們互道晚安，我掛了電話，喝完啤酒，沒拉上窗簾等著日出，爬上閣樓。我側身望向陡峭的山陵和無盡的夜空，覺得自己非常渺小。我想知道其他人現在在做什麼。索菲雅，跟我一樣，在半山腰，想著一袋子鈔票；艾琳在某家位於半路上，床單粗糙的汽車旅館，天知道在想什麼；麥可，最後一次透過監獄的窗戶望向同一片天空，可能正想著要怎麼給我好看。

我迷迷糊糊地睡去，帶著幾分天真地希望明天一切都會好起來。

6

我醒來的時候，有一群穿著羽絨外套的傢伙接連走過我窗外。他們似乎都朝不遠處前進，幾百公尺外白雪覆蓋的高爾夫球場坡地上有一小群人聚集。大約有三十來人吧。一輛雪地摩托車從人群邊呼嘯而過，引擎轟隆作響。更遠處的山坡上有人在揮舞手臂，我看不出他們是要大家過去還是別靠近。一顆閃光彈在天上劃下一道蜿蜒的螢光軌跡，然後爆開，晶瑩的雪地反映出紅光。光線在雪地上輕易地傳遞，閃光彈熄滅時，雪地仍在閃爍：不只是紅色，還夾雜著藍色。不只是閃爍，還發亮；反射出一組彩色的光芒，客房一定都看到了。警察。

我像消防員一樣從閣樓的梯子上滑下來，手都快磨擦起火了。然後我慌忙把鈔票塞回袋子裡。幸好大家的注意力似乎都被山坡吸引，我得以在有人看見不該看的東西之前把錢收好塞進櫃子裡，然後穿上長褲。我盡快穿好衣服，打開門，看見山上唯一一個穿著牛仔褲的人走過。

「安迪！」我在門口叫道，跳著拉上左腳的靴子。他停下來，轉身揮揮手，等我走過去。我踩著雪艱難地走到他旁邊。空氣稀薄到讓我走過去時已經氣喘吁吁。我呼出的氣在我們之間形成白氣，讓他的眼鏡片結霧。「發生什麼事了？」

「某個可憐的混蛋。」他指向山坡，開始往前走，他臉上是好奇而非恐懼，算是回答了我沒出口的問題「是自己人嗎」。我跟著他，心下感激自己昨晚不經意地撥了索菲雅的號碼，知道她安全地回到了自己的小屋。被困在外面過夜絕對會致命，就算昨天晚上並無暴風雪也一樣。我打了個寒顫。這種死法太糟糕了。

雪地上躺著一個面頰被凍黑的死人。他穿著齊整——黑色的滑雪外套、黑色手套和靴子——只有臉暴露在外；有一瞬間我腦中閃現出另一片白色空地中央的黑色影子。我搖頭甩掉這個念頭，越過我前面傢伙的肩膀往前窺看。這裡有好幾十個看熱鬧的圍觀者，有可看的好戲把旅館客人像大黃蜂一樣燻了出來。

我們前面是一個男性警察，跟我差不多大，可能年輕一點。他的毛線帽有耳罩，外套有羊毛領。他試圖讓旁觀者不要靠近。老實說，他看起來十分慌亂，彷彿不知道自己在幹什麼。安迪走開去找凱瑟琳，後者比我們先到，雖然這件事並沒在她的行程表上。每個人似乎都有默契，覺得離案發現場大約十公尺是最合適的距離；大家自然而然地圍成一個半弧形。昨晚的雪並沒特別大，所以屍體跟三組通往山上的顯眼腳印都還很清晰。

三組朝山上走的腳印只有一組返回了山下。回來的腳印有點斷續，鞋印旁偶爾還有小洞。我猜那是發現屍體的人跑回去通報，驚慌地踉蹌下坡，偶爾用手撐了一下。第二組腳印是清晰的直線，我猜是那個警察，他正站在屍體旁邊。

第三組腳印跟其他一樣朝上坡而去，但隨後就失去規律，在幾平方公尺內忽前忽後，時上時下，像是有個人被困在隱形的盒子裡，不停撞上牆反彈。那組腳印在屍體旁停下，沒有留下回程的痕跡。

我身邊的圍觀群眾都在竊竊私語，拿出手機拍照錄影。但似乎沒人覺得害怕。沒有安撫的擁抱，也沒有單手掩住嘴的敏感震驚。每個人好像都跟我一樣：帶著知性的好奇打量屍體。或許是因為他凍僵了，所以感覺起來比較像是山區的一部分，而不是十二小時前還在呼吸的活人。這一幕確實很奇特，不過沒什麼衝擊力。然而一定會有人尖叫，試著推開我們，上坡去找他們的親朋好友吧。*沒人認識他嗎？*我想知道。

「這裡有醫生嗎？」那個警察已經放棄驅散群眾。他一邊重複著問題，一邊向人群中張望，顯示出他的觀察力大概位於「被蒙住眼睛」和「福爾摩斯級別」之間的最低那端。這裡是旺季的高檔山區度假勝地——這些該死的旁觀者應該有一半是醫生。

我看見索菲雅在我對面的圍觀人群裡，她舉起手。

凱瑟琳傾身在安迪耳邊說了些什麼，說完後又搖搖頭。

那個警察招手要索菲雅過去，然後領她遠遠避開腳印走。起先他們站在離屍體幾公尺的地方，索菲雅對著那個人比劃，然後警察點點頭，她在那人身邊蹲下，她用手托住他的頸子，歪向一邊，然後是另一邊。扒開他的嘴唇，拉開他外套拉鍊，把手伸進去。她示意警察過來，他在她身邊蹲下，遲疑地讓她抓著他的手以同樣的方式觸摸屍體。索菲雅覺得她讓警察摸夠了之後，就拉起外套拉鍊站起來。他們短暫說了幾句話，話聲被一陣風吹到了天上。我看見山脊上陰沉的烏雲。

「恩尼，安迪。」索菲雅叫道。她將雙臂舉到空中比個圈。到這裡來。我望向警察徵求同意，他模仿她的動作。安迪和我遠遠避開已經存在的腳印，但上坡的痕跡還是越來越雜亂。我感覺在圍觀的群眾外起風了。我的面頰生疼。我們走過去的時候，我沒辦法往下看。我把注意力放在索菲雅身上，但她望著屍體，陷入沉思。

「我們要搬走屍體，」警察在風聲中叫道，「搬到隱蔽的地方。我過來的時候看到一間車庫。裡面應該夠冷了。」

安迪和我點頭。警察指向山坡另一邊。

「我們得往上走。」──索菲雅誇張地揮舞手臂畫圈──「然後繞過去！這樣才能保存現場！」

雖然要下雪了，現場反正保存不了，但她還是想繞著腳印走。這表示她擔心的不只是移動屍體；她覺得這是犯罪現場，那個警察不一樣。他完全沒在勘查現場、拍照什麼的。最終可能還得跟這群多管閒事的客人要照片，到時候他就會慶幸自己沒把大家趕走了。

我和站在屍體腳邊的安迪達成了無聲的協定，他抓住腳踝，索菲雅和警察分別抓著手腕。我們盡力不讓他著地，但我們在深及小腿的積雪中蹣跚前進時，他的頭不時會往後仰，在新的積雪上拖出一道痕跡。他沒很重，但卻很難擺布。我用手指扣著他的靴子抓緊。靴子很結實，靴頭有鐵片。索菲雅倒著走，試著把他的手臂抱在胸口，但那個警察轉過身迎著風，雙臂在身後，高度齊腰。我聽見安迪在我身邊嘟嘟囔囔。半路他轉向我，我看見他下顎堅決地緊繃。唾沫在他鬍子上嘶嘶響。

他看見我在看他。「你沒事吧，夥計？要休息一下嗎？」

我搖搖頭。我沒說：還行。這我以前幹過。

7

維修小屋的一疊木板暫時成了停屍台。我們周圍有幾張長凳。上面散置著工具，一輛雪上摩托車呈半解體狀態，裡面的牆壁旁有一堆輪胎和幾台發電機，還有幾雙看起來像網球拍似的滑雪鞋掛在釘上。屋內沒有暖氣，再加上鐵皮牆和水泥地帶來的效果，簡直像是走進了冰箱裡一樣。這裡當臨時停屍間很合適。超低溫的好處是屍體沒有氣味。

我們把屍體放在木板堆上，木板有點小，那人的四肢垂下來。我們呼吸粗重，花了一點時間才緩過來。我試著不去看他變色的臉，我讀過關於凍傷的描述，變黑的四肢──鼻子、手指──會斷落。但我從來沒有近看過。那個警察終於決定要拍幾張照片。安迪用腳趾在自己小腿後側來回蹭著。索菲雅打了個寒顫，雙手捂住嘴巴哈氣取暖，但隨即想起自己剛碰過一具屍體，便僵硬地把手垂回了身側。警察拍完照片後，轉過身看向我們。

「謝了，兄弟，」他說。索菲雅翻了翻白眼，提醒警察把屍體搬到這裡她也幫了忙。他下一句話結巴了一會兒，但是沒有更正，只是繼續說道：「通常我不會移動屍體，但是風雪要來了，我不想之後再去把他挖出來。」

那名警察比我高幾英寸，也許是因為他穿著厚重的靴子；他的體重也比我重幾公斤，也許是因為他穿著厚厚的大衣，但他的豐滿臉頰是沒法忽略的。他的腰間沒有槍。我不知道為什麼會注意到這點，但我就是注意到了。他有一雙深綠色的眼睛，睫毛上落滿了冰晶。早上發生的事顯然嚇到他了，因為他的視線在小屋中逡巡，然後才落在屍體上，屍體似乎讓他的思考過程完全停止。

「我是恩尼，」我說，試著讓他回過神。「恩斯特・康寧漢。這位是安德魯・米洛。你見過索菲雅了。她也姓康寧漢，一槓，一槓，嘉西亞。」

「是嘉西亞，一槓，康寧漢。」索菲雅微笑著糾正。

「我們他媽的，一槓，快點離開行嗎。」安迪說，他跟那個警察一樣，一直動也不動地瞪著屍體。「這讓我起雞皮疙瘩。」

「喔，」警察把注意力轉回我們。「我叫戴流斯。你們應該叫我克勞福德警員。但叫我戴流斯就行。規矩只適用於平地。」他伸手打招呼。我指著他手腕內側，袖口上有一塊深色污漬。他另外一隻手腕上也有相同的痕跡：搬運屍體時留下的。

「你衣服上有血跡，克勞福德警員。」我說，婉拒了跟他握手。康寧漢家可不相信跟執法人員直呼名字那一套。

克勞福德的臉色變白了。他低頭看自己的手腕，深吸了一口氣。

「你沒事吧？」我問。

「我，呃，我不怎麼處理這些。」

「你是說屍體嗎？」

「謀殺案。」索菲雅插嘴。

「或許吧，但我們暫時先別提這個。」克勞福德有氣無力地一笑。他在雪地裡看起來笨笨的，但近看更糟。看見血跡不只讓他反胃，也讓他明白自己遇上了處理不了的麻煩。

安迪以口形對索菲雅說：「謀殺案？」即使沒有出聲，我還是聽得出他聲音中的驚愕。她嚴肅地點點頭。

「我想我應該問你們認不認識這個傢伙。你們認識他嗎？」克勞福德問。

「這是偵訊嗎？」我問。我在雙面鏡前坐了太多個小時，不會在不知道發問者的身分和意圖之前回答問題。「你怎麼不去問發現屍體的人？」

克勞福德搖搖頭。「我只是想知道你們認不認識這個人。從金達拜恩可以最快趕到這裡是我，但有更適合查案列嫌犯的警探正在趕來的路上。我想我可以查一下他是不是住在這裡，還是從山那一邊過來——或許他晚上滑雪出了意外。」

「他沒有穿滑雪板。」索菲雅說。我發現她也臉色慘白，跟外面地上的雪一樣白。

「嗯，我知道。但還是幫我一個忙——仔細看一下，」他讓我們看他手機上那個死人的面部放大照片。他的臉幾乎全黑，包括嘴唇。「有印象嗎？」

我們三個都搖頭。我不只不認識他，而且仔細一看，他的臉一點都不像凍傷。索菲雅突然用手掩住嘴，跑到門外。我們困惑地望著她出去，不久之後遠處的嘔吐聲隨風傳來。安迪和我面面相覷，試圖決定出去找她真能幫上忙還是徒增尷尬，最後我們都沒採取行動。

在這裡我要說我知道有些作者沒辦法讓女人嘔吐而不帶上懷孕的線索。這些作者似乎認為懷孕的唯一跡象是反胃，更別提他們相信只要在為劇情服務的播種情節後幾小時，嘔吐物就會從女人的嘴裡噴出來。這些作者，我的意思是男性作者。我絕不敢告訴你要注意哪些線索，但索菲雅沒有懷孕，好嗎？她可以想吐就吐。

「好吧，」克勞福德對安迪跟我說。我們對照片的反應似乎讓他滿意，他完成調查的職責，甚至在屍體旁邊也沒那麼不自在了。「我想現在就這樣吧。」他走到長凳旁，找了一會兒，發現一把打開的黃銅鎖，上面掛著一把鑰匙。我們跟他走出去，他把嘎吱作響的錫板門關上，上了鎖。「我會交代你們不要離開——」

「——但反正你們也走不了。」我替他說完。

「恩斯特以前有過這種經驗，」索菲雅加上一句，她從小屋一側出來，用手擦嘴。「處理屍體，」她有點心虛地解釋。「這從來就不容易。」

克勞福德沉重地呼了一口氣。他似乎很累。我將他歸類為工作大部分時間都把腳翹在桌子上，或是給像露西這樣的遊客開超速罰單的鄉下警察。他似乎因為被迫離開安逸的日子而惱火，對屍體反而比較不感興趣。「好了。我已經上報了。我聽說你們還在等另外一個客人？」

「那跟這有什麼關係？」我說。

「就是想再確認一些細節而已。如果你們需要我，我在旅館，但看看天氣跟交通狀況，希望很快就有其他警探趕來。」他抬頭遲疑地望向陰沉的天空，然後扣上門鎖。

「謀殺？」我們走下山坡時安迪還在嘀咕。看熱鬧的群眾已經散了，但休閒勝地還是有零星的幾個人看著我們把屍體抬進小屋。我很高興小屋沒有窗戶，要不然應該會有一些凍僵的額頭。

「他顯然在外面過夜凍死了。妳現在已經不是醫生了，還來攪混水，跟警方說這是謀殺？」我不知道索菲雅已經不是外科醫生了。我想知道她在克勞福德警員開口的時候舉起手，那時凱瑟琳跟安迪的私語是否與此有關。我想知道這是不是跟她需要五萬塊錢有關。我瞥向索菲雅。如果安迪的話是要侮辱她，那完全是白搭。她的表情沒有改變。沒有透露任何訊息。

「那血跡呢？」我大聲喃喃自語，試圖自己想清楚。「克勞福德警員搬運屍體袖子上沾了血跡。如果這傢伙是因為在外過夜凍死的，怎麼現在還會流血？妳是說他被人攻擊了？」

「他的臉都凍黑了，」安迪反駁，「妳到底跟那個警察說了什麼？」

如果我們家族有座右銘，那就是：non fueris locutus est scriptor vigilum 康寧漢。拉丁文：康寧漢家人不跟警察說話。我不會拉丁文；我不羞於承認這是我用Google搜索來的。索菲雅幫助警方讓安迪代表凱瑟琳義憤填膺。「代表」是安迪慣常的立場。他的中間名應該是「委託人」。

「血跡來自他脖子上的傷口。你抬著他的腳——沒有好好看清楚。他臉上不是凍傷。」索菲雅說。「是灰。」

「灰？像煤灰那樣？」我說。「在這裡？」

「灰堵在他氣管裡，覆蓋在他舌頭上。如果我們把他切開，我確信會發現肺裡也都是。這根本說不通。要不是他身上完全沒有燒傷，而且他陳屍在一片完全沒有融化跡象的雪地裡，我會說死因非常明顯。」

「請指教。」安迪顯然並不信服。

「他是被燒死的。」

8

我希望我死的時候，能成為眾人早餐桌上的熱鬧話題。今天的早餐要跟大家一起吃，餐廳裡滿是談話的聲音——昨天午餐一定是凱瑟琳預訂了包廂。我在木製長桌間走過，片段的話聲蹦進我耳朵裡：凍僵了！；我去年在八號洞也被困在沙坑裡，但沒這個傢伙這麼糟，或許他該練一下短切技巧；我聽說他甚至不住在這裡？我不會讓傑森跟荷莉離開我的視線。

我加入早餐隊伍，拖著腳經過湯鍋，把培根放進盤子裡。培根沒有人動過，多半是因為人們剛剛面對一場死亡後，決定避開飽和脂肪。我把盤子堆滿，走去加入我家的人，坐在露西旁邊，索菲雅在我對面。我和我母親的距離比我樂見的還要近，但我覺得故意留個空位，去坐在對面的安迪和凱瑟琳那邊太有針對性了。其他桌位的人都在討論山上那個人的遭遇，我覺得索菲雅可以借此機會提出她的謀殺理論。她一反常態十分沉默，低著頭擺弄食物，而不是吃東西。於是我得聽著馬塞洛溫和地抵擋露西推銷最新的投資良機，那是一個無腦的企劃，複雜到需要一部電梯上上下下，才能描述清楚它的多層結構。我以前會以此取笑她，直到我發現這些公司將某些女性理想主義（也就是經濟和工作上的獨立）化為武器，剝削女人，創造出自我價值的假象。露西的丈夫在監獄裡，她正是一個對這種虛假成功上癮的完美目標。

不得不說，馬塞洛相當冷靜地應對著她那套「女強人式」的猛烈攻勢，耐心等待她自己說累為止。「妳喜歡成為某件事的一部分我很高興，但要小心。就跟他們給妳的那輛車一樣。」馬塞洛忍不住要刺她一下。「我聽說合約的條件很嚴苛——妳可能攤上非常昂貴的租約。」

「我知道自己在做什麼，」露西哼了一聲，「事實上我們提早付清了。」她驕傲地說出最後一句，但馬塞洛顯然不相信她。在此之後她就安靜了。

我環視房中，看見克勞福德警員獨自坐在窗邊，望向山巔。等真正的警探抵達後他好回家？我不確定。餐廳裡所有的燈都亮著，但外面的天空陰沉到像是傍晚。或許他在看入口的路，擔心會被困在這裡。我發現從他的角度可以看見維修小屋；他在監視那裡。我因為自己不夠信任他而自責。他可能正在整理索菲雅告訴他的話。我自己也想過了，想起那些腳印，在那個方形的小區域，隱形的盒子裡橫衝直撞。現在我知道我看的是一個燃燒的人最後的行動。在自己被火焰吞噬時瘋狂地亂舞，毫無方向。然而，沒有半滴雪融化。

「我要說的是，」安迪熱心地對凱瑟琳說，聲音大得打斷了我的思緒。「我們從比特幣知道該注意什麼。我們講的不是像傳統股票那樣翻兩三倍。這真正改變了遊戲。」我注意到索菲雅把一張紙條從口袋裡掏出來，用誇張的手勢在上面打了一槓，朝我眨眨眼。我發現我沒繼續進行我的賓果遊戲。我沒法劃掉露西的格子，因為她推銷的對象是馬塞洛而不是我。我可以劃掉右下的那一格（骨折或有人死），但決定這太沒教養了。至少不能在人前這麼做——我的確想贏。

桌子中央有堆成金字塔的牛角麵包。安迪伸手要拿，但凱瑟琳打了他的手一下。

「我洗過手了。」他抱怨。

「有些東西是洗不掉的。」她用紙巾包住一個麵包，放在他盤子上。他悶悶不樂地用刀叉叉起來。

「別擔心，他會在暴風雪之前到的。」馬塞洛對奧黛麗說，但我們這桌極度缺乏話題，以至於每個人的耳朵都趁機豎起來。我也不例外。

「我們要留下來嗎？」露西問。

「妳以為每次有人在高級滑雪道上撞到樹他們就會把度假村清空嗎？」馬塞洛實事求是地搖搖頭。「人在大自然中是會遇險喪命的。缺乏正確的技術和知識……如果你不尊重山，還能指望什麼？」他聳聳肩，帶著那種自信，彷彿相信自己在一件事上成功，就能在所有事情上成功。我曾見過馬塞洛因為拿鐵上的奶泡問題對一個青少年大喊大叫：如果他連咖啡師都不尊重，我很懷疑他會尊重一座山。

「不能退款，」凱瑟琳啜著橘子汁，加上一句。然後她瞥了索菲雅一眼，好像她最可能反對一樣。「我們要留下。」

「再說離開也沒什麼意義。」馬塞洛下了結論。「我們現在已經更加意識到危險了。」

安迪和我都瞥向索菲雅。我出於好奇，想看她會不會有所反應。安迪則更像是在挑釁。索菲雅用叉子刮著餐盤，但沒有抬頭。

「麥可可不想一來就看到這地方滿是警察，還不停問些關於某個死人的問題。」露西說道。

「他們沒有理由問他任何問題。」馬塞洛說。「昨天晚上他在兩百公里之外。」

「我只是覺得不應該讓他想起——」

「等麥可到了，他可以自己決定。」奧黛麗堅決的聲音打斷她。她有一種終止爭論的母性手腕。我們要留下來。所有人。沒有商量的餘地。

「如果是『黑舌頭』呢？」索菲雅終於開口。安迪驚愕地哼了一聲，把牛角麵包碎屑噴了滿桌。「你知道火災裡最常見的死因不是燒死，是窒息。火焰消耗了空氣中太多氧氣。」

「不要在早餐的時候說這個，親愛的。」馬塞洛說。

「有點戲劇化了。」安迪嗆咳著說，一面拍著胸口讓自己嚥下麵包。

「黑舌頭是什麼？」露西和我異口同聲地問道。

「你對時事不太瞭解吧？」安迪說，在空中做了一個殺人狂似的戳刺動作。

「我是認真的，」索菲雅說。「安迪，我在外面跟你說過，有一點很奇怪——」

「別把我扯進來。」安迪說。

「恩尼？」

「我相信妳，但我沒看清楚。」

「我不會指望恩斯特的——他喜歡背後捅人刀子。」

「露西，說真的，」索菲雅現在是哀求了。「聽著。據我所知，我覺得這符合——」

「想當英雄的大小姐做出診斷了，是吧？我們應該要信任妳？」凱瑟琳的腔調非常惡毒，我大吃一驚。她一直強調「信任」這個詞。「妳看了屍體多久，一分鐘，可能兩分鐘？」

「我把那該死的玩意搬下山。相信我。事情不對勁。克勞福德警員會希望他的同僚快點來，因為我不覺得他知道自己碰上了什麼。」

這種書裡通常有兩種警察：「唯一的希望」和「最後的選擇」。在目前階段，戴流斯・克勞福德唯一的希望就是成為「最後的選擇」。我不想指望他，就像我不會指望炸彈客的手指❸一樣。索菲雅顯然也做出了同樣的評估。

「妳要不要聽聽自己在說什麼？」凱瑟琳公然嘲弄她。這簡直像是在學校食堂。要是她有一杯巧克力牛奶，可能就會澆在索菲雅頭上。「妳沒喝醉嗎？」

安迪要是繼續被牛角麵包嗆到，就需要哈姆立克急救法了。凱瑟琳的話嚇得馬塞洛倒抽了一口氣。我沒這麼驚訝；凱瑟琳自從出了意外之後就是個絕對禁酒主義者，沒有比完全清醒更激怒她的事情了。

「我沒看見妳主動幫忙。」我插進來，只是為了讓索菲雅知道有人站在她這邊。我不會在桌上問她，因為這樣會導致一場唇槍舌戰，但我還是想知道黑舌頭是什麼。

凱瑟琳越過我對索菲雅說：「那是因為我覺得他要找的是真正的醫生，而不是那種被吊銷執照的。」

❸ 比喻用來形容極度不可靠或危險的事物。它暗示炸彈製造者的手指可能因操作不當或爆炸事故而受損，甚至可能已經殘缺，因此靠它來完成精細的工作或做出可靠的行動是不現實的。

請注意，我自己半個小時之前看屍體的時候，才發現索菲雅的外科手術生涯暫時停擺了，所以我還在適應。我以為是中年危機、職場變革之類的。但現在凱瑟琳在指控她。她在人群裡跟安迪竊竊私語時說的一定就是這個。

索菲雅滿面通紅。她站起來，有一瞬間我以為她要越過桌子撲過去，讓克勞福德警員更為忙碌，但她只把餐巾疊好，扔在盤子上，臨走前尖銳地拋下一句：「我的執照還在。」

「真的有必要這樣嗎？」索菲雅走到聽不見的距離之後，我嘶聲對凱瑟琳說。

「她竟然還沒告訴你，我很驚訝。我以為你們兩個現在好得不得了。真沒想到。」

「告訴我什麼？」

「有人告她，」凱瑟琳幸災樂禍地笑著說，但我滿腦子都是那句話：大概五細吧。「某個死在她手術台上的病人家屬。」安迪在她背後做出大口猛灌的動作。現在我聽出了凱瑟琳話中的刻薄，指控索菲雅是個醉鬼。我想到埋在我門外的半打啤酒。她確實喜歡喝一杯，但我從沒見過她喝過頭。她是不是失誤了？她為什麼沒有告訴我？

我轉向馬塞洛。「如果她是被告，你要幫她辯護嗎？」

他幾乎是哀求地望向凱瑟琳，但她的視線非常冷酷。他搖搖頭，粗暴直接地說：「她自己惹的禍。」

我覺得這非常不像他；我一直以為索菲雅是他的小公主。「你在謀殺案的時候替麥可辯護，但是現在不替你女兒辯護？」

「麥可服滿了刑期，」露西說，「多虧了你。」

「妳還替他說話？」我啐道。這聽起來比我的本意要尖銳。雖然我生氣了，但並不是生露西的氣。至少在這件事上，她和我應該站在同一陣線的，但她顯然決定想把腦袋埋在沙裡，把她的憤怒向外朝替罪羔羊（我）發散，而不是處理她婚姻破裂的真正痛苦。

奧黛麗做了慣常的套路讓我們閉嘴：站起來－推開椅子－離開餐桌。每個人都打算離開。但我還沒完。我氣炸了。克勞福德好奇地看著我們一家；我們的聲音一定比我意料中要大。我懷疑他知不知道我們是康寧漢一家：也就是自動生成的嫌犯。他知道麥可要來，所以我猜他知道。

「我不敢相信這話得由我來說，但我們真的要每一次吃飯都不歡而散嗎？我們不能就和平地在一起待半分鐘？這是家庭聚會，那是不是現在就應該開始團聚或者幹些類似的事情了？」我不知道自己為什麼這麼說。或許是看見那個死人還是影響了我，而看見索菲雅離開，讓我感受到過去三年來自己受到的排斥。或許我決定要一吐為快。也或許我只是吃了太多培根。

如果一個燃燒的人無法融化積雪，那我母親的怒火絕對可以。那個週末她第一次直接對我說話。

「我兒子什麼時候來，家族聚會什麼時候開始。」

我妻子

9

我不想提。

我父親

10

我想是告訴你我爸是怎麼死的時候了。

當時我六歲。我們先在新聞上看見，警局才打電話通知我們。電影裡他們都出現在門口，克制地敲門——你知道那種——你在還沒開門之前就知道門後是哪種壞消息，而且警察沒戴帽子。我知道這很蠢，但我記得電話響了，是一種嚴肅的響法。同樣的顫音我以前聽過一千次，但在那一刻聲音似乎慢了一毫秒，大了一分貝。

我爸晚上總是不在家；幹他那行的就是這樣。我關於他的回憶都很美好，真的，但我想到他時，大部分都是他留下的空白。看我爸爸曾經在哪裡遠比看他在哪裡要簡單。客廳裡無人的扶手椅。烤箱裡的盤子。浴室水槽裡的鬍碴。冰箱裡半打裝啤酒中的三瓶空缺。我父親是一串腳印，是殘留的痕跡。

電話響的時候，我坐在廚房餐桌邊。我的兩個兄弟在樓上。

對，我是說了「兩個」，後面我會跟你解釋。

電視機還開著，但不久之前媽媽把音量關掉了，她說她受不了記者說話。電視上有一台直昇機用探照燈搜索加油站——看起來像是一輛警車撞上白色的大冰櫃，破裂的冰袋散落在凹陷的引擎蓋上——但我還是不明白出了什麼事。媽媽一定有所察覺，因為她雖然假裝沒興趣，但我注意到她一直瞥向電視。而且她一直刻意阻擋我的視線，一會兒突然決定必須在那個特定的櫃子裡翻來翻去，一會兒覺得現在是用清潔劑擦拭長椅上特定位置的最佳時機。然後是電話鈴聲。電話裝在門邊的牆上。她拿起話筒。我記得我母親的頭撞在門框上的聲音。她低聲說：「該死的，羅伯特。」我知道電話那頭不是他。

我並不確切知道事情的真相。如果要坦白說，這是一個我從來不想深入探究的話題。然而，透過多年的新聞報導、母親的隻字片語以及對葬禮的模糊記憶，我總算拼湊出了一些線索，所以我會告訴你我這個版本的故事。在我的敘述中，必然會夾雜一些假設，幾分確信的部分，以及那些我確定無疑的事情。

我們先從假設開始。我假設加油站有那種無聲的警鈴。我假設服務員被人用槍指著，但設法用顫抖的手指在櫃檯下摸索，找到警鈴。我假設那個警鈴通知了警察局，警察局派遣最近的巡邏車前去。

現在是我相信的部分。我相信槍戰在巡邏車停下前就開始了。我相信被擊中頸部是一種緩慢而痛苦的死法；我聽說很像溺死。我相信司機是第一個中彈的人。我相信他頸部的子彈就是他撞上冰櫃的原因。

接著是我確信的事情。副駕駛座的警察下了車，走進服務站，對我爸開了三槍。

我之所以確信，是因為那個警察在國葬的時候，帶著一大塊蛋糕來找我母親說：「我告訴妳我擊中了他哪裡。」然後他用沾了奶油的手指劃過她的腹部，粗聲道：「這裡，」接著在她的髖部描繪出一個黏膩的螺旋，「這裡。」最後把剩下的蛋糕砸在她胸前：「還有這裡。」

我母親沒有閃避，但那個警察回到拍他背的朋友圈之後，我記得聽到她從鼻孔呼出一口長氣。

恐怕這就是作者使用的詭計之一。我小時候參加的國葬並不是我父親的。死者是那個被他殺害的人。我母親說我們得去參加，因為那樣才是正確的做法。她說會有電視報導，我們去的話他們會談論我們，但如果我們不去他們會變本加厲，那時我就明白了被排斥是什麼感覺。我不再是我。不只是在葬禮上，在學校也一樣。後來體現在約會上，我不想告訴跟我約會的女孩我的童年，但她還是用Google搜索了我。（艾琳是最先在這個層面理解我的人之一，因為她自己的父親會家暴。）曾經有一個警探從昆士蘭開了十小時車到雪梨來，指控一個康寧漢家人要為他當班時發生的未偵破襲擊案件負責。當時我十六歲，從來沒離開過這個州，我想那個傢伙羞憤地開回北方的路一定很漫長，他的主要嫌犯不僅是個沒有駕照的青少年，馬塞洛還叫他把他不可靠的毛髮分析塞回他屁眼去。我的意思是，我們的名字一旦出現在名單上，即使是因為像毛髮比對這種不可靠的證據（自九〇年代起就不再允許在法庭上使用，這是有原因的），也等於被特別標註了。就像幾十年後滿福堡警探把我關進偵訊室，不肯相信我跟他說的任何話一樣。我不再是恩斯特・康寧漢。我是「他的孩子」。我母親是「他的寡婦」。我們的姓氏是無形的刺青：我們是警察殺手的家人。

媽媽成了法律。她不待見警察，所以我們也是。我覺得她喜歡馬塞洛，一開始只是因為他是個替跟我爸一樣的小混混辯護的律師。他對待法律的方式不是尊重，而是漏洞詭計。公司法只是詐騙的進一步演化：罪犯是一樣的，只是開比較好的車。甚至現在爸爸的陰影都不可忽略。如果在這裡的是個都市刑警而非必須處理灰臉人的「最後選擇」等級警員，我知道我們全部都會被銬上手銬，被視為主要嫌犯。

現在你知道我父親怎麼死的了。他不知嗑了什麼嗨得很（他們在他屍體旁找到一個針筒），試圖打倒一個服務員搶幾百塊錢。我知道我是個混蛋，一直隱瞞到第十章。但我在這裡提這件事是因為它即將重要起來。我想你應該知道當個康寧漢家人意味著什麼：封閉自己，保護彼此。那是早餐桌上索菲雅感覺到在她面前關上的門。連我這個完全被排除在外的人，都只半調子地替她說話，仍舊想設法留在圈子裡。我們就是這麼做事的。我們一直都是這樣處事的——直到那天晚上，在那片布滿蜘蛛網的空地上，我在麥可的眼神裡看到了一絲我父親的影子，於是我試圖離那種東西越遠越好。

Non fueris locutus……後面忘記了。

11

通往屋頂的入口要爬六層嘎吱作響、地毯磨損的樓梯。我經過每一層樓時都會看一眼；每層大約有八間房。我這麼做有幾個原因。第一：我想估算賓客的總數。看來這裡有大約四十個房間，有幾間是空的，所以大概是六十到八十個人。第二：我想看看克勞福德警員是不是在敲門。屍體似乎讓他不安，我懷疑他以前有沒有辦過謀殺案，但我還是覺得他可以推敲出基本的偵訊方向。一具屍體至少算得上緊急事件，但他似乎不著急。早餐的時候餐廳裡都是八卦而非感傷，我猜沒人知道那個死人是誰，更沒人在乎。第三：我習慣在清潔人員打掃旅館房間的時候偷瞥一眼，因為我想看看裡面有什麼。我以前會回到旅館房間，跟艾琳說對面那間房裡的床放在不同的地方，電視裝在牆上，或是窗簾的顏色跟我們的不一樣。這聽起來像是一種無聊的觀察（來吧，編輯，把這段刪掉，我看你敢不敢），但你捫心自問，是不是曾經走過一扇打開的旅館房門而沒看進去過？不可能。

現在想起來，那就是早餐的氛圍最讓我不能釋懷的地方。感覺就像是每個人都走過一扇門，而沒有人看進去。

或許我說的是人類與生俱來的好奇心。我哥哥車後座有具屍體，我坐在車上只是想看看他要怎麼辦。我是那個爬上屋頂只為了看看手機有沒有訊號，好用Google查「黑舌頭」的傢伙。我是那個要看進太多扇門的傢伙。或許這還是重要的。

每一層的小標誌都有箭頭，標示一串房號或是設施。一樓是餐廳和酒吧，還有一間烘乾室（推理小說裡重要的房間總是名詞），樓上幾層則有洗衣房、圖書館——我猜宣傳小冊上的壁爐一定在那裡，就是它讓我陷入這個困境，所以我覺得它最好能展現童話故事層級的溫暖和劈啪聲，以彌補我目前的處境——此外還有健身房和活動室，旁邊有撞球／飛鏢的字樣。我提醒自己少想死人，試著享受度假的部分，雖然到目前為止這一切可真令人放鬆。我非常懷疑麥可會跟我一起友好地打撞球，但我確信我們能找到某些續兄弟情的活動。或許他想朝我扔飛鏢。

我繼續往上爬，屋頂旁邊的小箭頭從朝上變成朝旁邊，我在相連的走廊上看見一台清潔人員的推車。中獎了。我瞥向房內：雙人房，爛冰箱。

屋頂上已經有個女人，正在抽一根早餐後的菸。她還沒轉身我就知道不是索菲雅，因為索菲雅抽菸時很懶；一個不注意她就會讓菸燒到手指頭，然後她就「喔」一聲，接著點上另一根。露西抽菸就像是在虹吸汽油一樣，我從短促急切的抽吸聲知道是她。

冷得要死。我把手插進口袋裡，抵著我從清潔推車上順來的幾瓶迷你洗髮精（我可不覺得這有什麼不妥），然後走向她。

「等一下。」她說，然後把那根菸抽乾了。我在大學有個朋友嚼口香糖，她會把口香糖黏在床頭皮上，第二天早上繼續嚼。露西抽菸就是這樣：一定要夠本。我看得出她告訴自己這是最後一根。我也看得出她真的這樣相信，我確信她每次都這樣。結果，這一次她幾乎對了。她只能再抽一根。

「網路。」我說，拿出我的手機解釋（電池量：54%）。

我得爬上屋頂才有一格訊號，即便如此也時好時壞。我知道，這種設定在這類書裡已經是套路了，你只能接受。而且我知道，一場暴風雨正在逼近。我也知道，我隨便提了一下這棟建築裡竟然有個帶壁爐的圖書館（恰好也是我將解開整個謎團的地方）。到這裡為止，我幾乎已經列完了如何寫一本推理小說的清單。如果這能安慰到你的話，我可以告訴你，一直要到第三十三章才會有人手機沒電。所以手機訊號跟電池電量只是陳腔濫調。我不知該怎麼說——畢竟我們在深山裡，你還想怎樣？

「剛才抱歉了，」我說。我們並肩站著，我直接對著空曠的山景道歉。這是男人知道如何表達歉意的唯一方式，假裝我們站在小便池前。「我還在消化這一切，但我不應該那樣對妳大叫。妳知道啦，我只是覺得我們應該支持彼此。我們有同樣的經驗。」

「你操心你的婚姻，我操心我的如何？」

這種虛張聲勢以一個靠尼古丁鼓起勇氣的人來說太超過了。但我不想再吵起來，於是我只說：「很公平。」

我們沉默地站著看山景。遠處的纜車傳來微弱的機械鏗鏘聲。時間早到有些人才剛拉上靴子，但我猜最熱切的人已經起床幾小時了，出去找最新鮮的雪地。

我看見路徑像靜脈般在樹梢間蜿蜒，下方白色的高原有一條河流順坡而下，地面從雪白變成斑駁的棕色。寒風呼嘯著掃過屋頂，把插在一排木桌中央的傘吹得搖搖晃晃。安迪說得沒錯：屋頂一側有三塊人工草皮，上面插著高爾夫球座。遠處的鋁製柵欄後是水療浴缸，蓋子半開，水面上籠罩著霧氣。

我的視線忍不住望向屍體被發現的地方。那裡離任何地方都很遠：山脊上最近的度假村滑雪坡道，山坡上的樹木，甚至離入口道路都很遠。從高處看，我的視野足夠清晰，可以達成一個結論。那個死人不可能誤闖到他陳屍的地方，除非他本來就在蒼穹山居：實在是太遠了。

「你看到他了，」露西說，我吃了一驚。她看見我的視線落在那片雪地上。我第一次正眼看她。她搽了亮粉紅色的唇膏，畫了黑眼線。我確信她想造成風騷的效果，但寒冷讓她面色蒼白，任何顏色在她臉上都非常突出，讓她看起來像個卡通人物。她穿著另一套全新的衣服——一件黃色的高領上衣，以雪地服裝來說太過貼身了。「那個警察讓你跟安迪搬運屍體的時候，我們都不能靠近，看不清楚。但是你看到了？」

我清清嗓子。「算是吧。如果那是萬聖節的話，我大概就是扮驢屁股的那個。」

「啥？」

「我抬的是他的腳。」

「所以呢？」她充滿期待地說。「他看起來像麥可嗎？」

「喔，露西。」我開始明白她聲音裡的急切了。她大概是早餐時自己做出的假設，否則我們家早就進行過一場更加沉重的對話了，但即便如此，還是沒有人直接告訴她。「那不是麥可。」

「看起來完全不像他？」

「我的意思是，那不是他。我可能是這裡唯一看起來像他的人，而我覺得我，」我裝模作樣地上下拍拍確定自己還活著。「沒錯，我還在這裡。聽著，我們是被索菲雅嚇到了。要不然我們查一下她說的到底是什麼？」我舉起手機。露西是早餐桌上唯一跟我一樣，不知道黑舌頭是什麼的人。

她搖搖頭，「我已經查過了。那是以前的事，但當時鬧得很大，媒體報導很多，所以他們當然得想出一個響亮的殺手名號。有人在布里斯班殺了一對老夫婦，還有雪梨的一個女人。」

我明白自己為什麼沒聽說過了。過去幾年以來，自從我自己成為血腥新聞的一部分之後，我就忍耐不了這種報導了。「他們叫什麼名字？」我問。

「啊，」她滑動手機畫面，速讀一篇文章。「愛莉森．亨佛瑞和……我不知道。喔，那對夫婦姓威廉斯——馬克和珍妮。」

「索菲雅說他們是窒息死的？像是……拷問？」

「那是一種緩慢的死法。我寧願這樣，」她用手指比了一把槍，朝自己太陽穴扣動扳機。「也不要那樣。人們擔心那是連續殺人犯。他們只做過兩次。好吧，其中一件案子是一對，但那算是一件還是兩件？顯然那是兩個受害者，但要讓凶手變成連續殺人犯，是有什麼規則嗎？」

「這不是我的專長。」

「你不是寫這種東西嗎？」

「我寫的內容是『如何』寫這種東西。」

「或許是為了戲劇效果，或許幾樁駭人聽聞的謀殺案，比一連串平平無奇的謀殺案要來得有價值。反正以報紙來說絕對是這樣。」我還沒來得及問她一個人在沒融化的雪地裡燒死算不算駭人聽聞，她就繼續說道：「索菲雅瘋了，我不相信連續殺人犯會躲在這個度假村。我只想知道你是不是認出了屍體，或許昨天午餐時，還是你跟安迪在酒吧的時候，還是隨便什麼地方曾經見過？」這聽起來像是個匆忙的藉口。「妳為什麼想知道那個人是誰？」

「因為好像沒有人知道，這讓我覺得很恐怖。而且似乎沒有人失蹤。」

「我相信他們有住宿登記簿。或許他自己一個人住。」

「據說每個該在這裡的人都在。」

「妳怎麼知道？」

「我跟別人聊過了。度假村的主人。你偶爾也該試試看。」

「我不認識他。」我承認。我知道我是敘事者，我並不是唯一一個試圖揭開這起死亡事件真相的人。犯罪小說總是從嫌疑人的動機入手，但視角卻只局限於那位「靈感閃現的調查者」。難道僅僅因為是我的聲音在引導你們，就意味著我是偵探嗎？也許如果換了別人來寫這個故事，一切都會完全不同。說不定，我終究只是個華生罷了。

那麼，露西為什麼特別好奇，跟我一起在這裡利用斷續的網路找線索呢？我從她下顎的線條察覺出非常輕微的失望神色，我猜到了。「妳在找線索，因為妳想擺脫克勞福德。」我說。「妳知道那個無名氏的身分拖得越久，他們就會派越多的警察來。如果麥可不安，那妳這個週末的計畫就泡湯了。」

「我不能受到任何干擾，」她低聲說。我沒勇氣告訴她如果是這樣的話，那螢光色的口紅就出局了。「麥可應該回到家人的懷抱。這是我能給他的最後機會了。」

我知道她到屋頂上有另外一個理由。她在找那格訊號。希望能收到訊息。

「妳有他的消息嗎？」我問。

「沒有。」

「她呢？」

露西笑起來。「我覺得她可能把我的號碼刪了。我可是『前任』呢。你呢？」

「我根本不期待。」

「我猜我們在同一陣營。」她嘆了一口氣。

「妳擔心見到他嗎？」

「我知道他會跟以前不一樣。但不知道會有多不一樣，我很害怕。昨天晚上我睡不著。我一直夢到他甚至認不出我了。我懷疑以前的他還剩下多少，甚至有沒有剩下的部分。我害怕可能沒有。」

我沒說我害怕的正好相反：他跟以前完全一樣。

我發現露西從來沒問我關於錢的事。她一定不知道它的存在。我心想，這對一段婚姻來說，隱瞞這麼大一筆錢可真是驚人。

她伸出一隻手，再度讓我驚訝。這是停戰。她的手抖得厲害，我得托住她的手腕穩住她。

「你不該那樣對他的，」她喃喃道，然後鬆開手。她的聲音非常小，我差點沒聽到。我張嘴要辯駁，但她舉起一隻手。「我不是說那是你的錯。我心胸沒那麼狹窄。但如果你沒選擇那麼做的話，這一切都不會發生。他或許可能還是要去坐牢，但事情會不一樣。我因此恨你。」她並不憤怒，反而平靜誠懇，所以我知道她說的是實話。「我只是想當著你的面說出來。就一次。」

我點點頭。我有種感覺她想跟我說這些——就一次，像是她再抽最後一根菸那樣。但我明白。過去二十四小時我也一直在想同樣的事。我不怪她。

一陣轟隆聲在屋頂上迴響，那是跟崎嶇山路搏鬥的汽車引擎咆哮，被風帶到我們耳邊。我望向入口的路，看見一對車頭燈從樹林間出現。但那不是汽車：是一輛中型的卡車。你搬家時會雇用的那種。在當前的情況下可笑地不切實際，在山坡上跌跌撞撞。五分鐘，或許再十分鐘路程。

「來了。」我說。

露西深吸一口氣穩住自己，摸索出她的最後一根菸。

12

聚集在旅館門口上坡停車場的人群，跟稍早山上的人群差不多：都是謹慎的半弧形，只不過這次不是想瞥死人一眼，我們都聚在這裡看一個重生的人。

露西不是唯一想知道麥可變了多少的人：我們沒人去探過監。你們應該不會驚訝我的會面單寄丟了。但或許是出於尷尬，或許是出於羞愧，麥可不希望任何人去探視。他決定把監獄當成一個繭，把自己藏起來。他跟幾個家庭成員有些往來，但都不是當面。而是電話、郵件。我不確定寄離婚協議書算不算寫信，如果算的話，他寫過幾封信。但往來非常稀少。所以他現在出現確實是一件大事。

拉手剎車的喀啦聲傳來。然後引擎停了，卡車喘息地停下，接著只剩下山風呼嘯。現在要是打個雷，那氣氛就拉滿了，但我保證過不撒謊。我注意到麥可的卡車輪胎上好好地裝了雪鏈。

露西整整頭髮，往手心吹氣檢查口氣。我母親將雙手交抱在胸前。

副駕駛座的門打開了，麥可下了車。

你們有人可能已經察覺出什麼了。但我要暫時按下不表。

經過三年多，我承認我期待看見我哥哥變成荒島野人：亂糟糟的長髮披到肩頭，一把大鬍子，還有那種滴溜溜轉的、不安的眼神——「這就是文明世界啊」。然而我們眼前的他完全相反。他的頭髮確實長了，但被打理成了波浪形，又濃密又豐厚，甚至可能染過。他顯然有時間修整一番，因為臉刮得乾乾淨淨。而我本以為他眉宇間會多出一些歷經苦難的痕跡，但他的皮膚光滑，臉頰紅潤，眼睛明亮。也許是寒冷的空氣讓他看起來精神奕奕，也許在監獄裡遠離風霜是一種被低估的護膚療法。但不管怎樣，他看起來竟然比入獄前還年輕。我上次看見他時，他坐在被告席上，垂頭喪氣，穿著一件看起來像是拘束緊身衣的西裝。但是他看起來煥然一新。重獲新生。

他穿著一件黑色的North Face羽絨衣，裡面是一件扣上釦子的硬領襯衫，看起來像是要去爬埃佛勒斯峰一樣。他深吸一口山間空氣，回味一下，然後發出一聲狂野的「酷呀」。聲音在山谷間迴盪。

「哇，」他說，「凱瑟琳，妳真選對了地方。」他搖搖頭，強調這個地方難以置信的美景，或許他是真心的，我不能確定。然後他直接走向我的母親。我猜現在我要開始叫她「我們的母親」了。或許我該直接說「他的母親」，我自己則用「奧黛麗」。

麥可傾身擁抱我們的母親，在她耳邊說了幾個字。她抓住他兩邊肩膀搖晃，好像是要看他是不是真人。麥可笑起來，又說了些什麼，我只聽到呢喃聲。然後他轉向馬塞洛，後者堅定地跟他握手，像慈父般拍拍他的上臂。

麥可順著半弧形打招呼。凱瑟琳得到一個擁抱跟隔空吻頰。安迪和他握了握手，說了一句：「不錯的卡車。」然後又評論說希望它能有足夠的馬力爬上山坡——這種典型男人在尷尬時覺得應該聊車的方式。麥可每跟一個人打招呼，我的胃就翻攪得更厲害。這樣排成一排簡直像是晉見女王一樣。我的心都跳到喉嚨口了。我拉拉領口，太多層了。我擔心等他走到隊伍末端時，我會因為融化在雪地裡而矮上一尺。索菲雅用一隻手臂圈住他，像是校園舞會上不情願的舞伴，敷衍地說了一句：「歡迎回來，麥克。」這與眾不同：我哥哥有很多名字——米奇、康納、阿罕。被告——但沒有人叫他麥克。等他走到露西前面，她已經把口紅啃掉一半了。她像是摔斷腳踝一樣倒進他懷裡。她把臉埋進他頸間，低聲說了些什麼。我是唯一近到能聽見他回答的人：「這裡不行。」她振作起來直起身子，快速地用鼻子吸氣，試圖裝出平靜的樣子。索菲雅用一隻手撫上她的背。然後麥可來到隊伍末端，站在我面前。

「阿恩。」他伸出手。他的手指有著監獄裡的污穢，指甲縫裡夾泥。他的笑容看起來熱情真摯，但我無法判斷他是真心高興見到我，還是只是因為在監獄的業餘戲劇社裡表現得特別出色。

我握住他的手，勉強說道：「歡迎回家。」雖然我不知道他是否受歡迎或是這裡算家。

「我相信凱瑟琳一定有很多計畫，但我希望我們能私下找個時間喝點啤酒。」他說。在我聽來他是在說那筆錢，但這跟他的腔調不合。我知道索菲雅在看我們，試圖分辨我們在說什麼，我懷疑她安慰露西只是要離我們更近一點的戰術。「我有些話要說，我覺得是我欠你的。希望你接受。」

如果你用不同的方式修飾這句話——像是「欠」和「有話要說」——這就成了威脅。但他的聲音很……謙卑。這是我唯一能想到的形容詞。這次會面不符合我所有的想像。我試著將眼前這個人和我在腦中塑造的那個人合而為一：一個充滿憤怒、痛苦和復仇心的人？我以為那是做給別人看的偽裝，一等只剩我們倆他就會摘下面具，但這感覺不像是詭計。可稱之為兄弟情。可稱之為血緣。我帶了一大筆現金，希望他能聽我說。而他帶著微笑跟我握手，希望我能聽他說。

我跟露西的呼吸一樣急促地點頭。我從屁股跟舌頭之間設法擠出一個「好」字。

就在這個時候，卡車駕駛座的門打開了。當麥可從副駕駛座上下來時，你們大部分人就已經料到了這一幕。

「這一路可真難開，」艾琳說著伸伸懶腰。「這裡的咖啡怎麼樣？」

13

確實，這不是什麼值得開新章節的重大揭示。我們都知道誰在駕駛座上。我們當然知道：露西已經到了，而凱瑟琳絕不會即興決定誰去接麥可這麼重要的事。看見艾琳並不讓人驚訝，她跟麥可在一起也一樣。

在你指責我拖延她下車這一幕之前，我要說艾琳有一種天生的懸疑感，她更有可能是不想讓麥可的到來更加尷尬；所以留在車裡等他完成皇室謁見流程。

我在麥可入獄六個月之後發現了他們的事。我以為我是第一個，然後家族其他人慢慢得到風聲。雖然我總是想像露西是跟我同一時間知道的：她穿著睡袍，興奮地打開一個黃色的大信封，知道這是從監獄寄來的，因為信封被打開看過，然後重新用膠帶貼上；而我太太則在平凡無奇的早餐上突然跟我說，她打算多花點時間跟我哥哥麥可在一起。

好吧，我的確拖延了。

如果你想知道我如何遣詞用字，我得說我大部分的早餐都平凡無奇；我從來沒法覺得有那麼多牛奶的餐點能多有戲劇性。我這一輩子只有過三次有意義的早餐。其中兩次你已經知道了。另外一次跟精子有關：我們得再熟一點才能講這個。

人們總說婚姻失去了火花，好像那是一種超自然的能量，可能因為被錯誤對待或遺失而消逝。或許可以這麼說：如果我的妻子能僅靠電話和電子郵件（因為他不接受探視）就和我那位被定罪的哥哥建立起一段關係，而我完全沒有察覺，那麼我們的婚姻早就已經結束了。別讓我抹黑她，因為她不是壞人，而且確實是這樣——我是說，結束了。那天晚上麥可開車帶著後座的屍體過來時，我們已經分房睡了。要不然她可能就會看到我扔在床上的那袋錢。但問題不在火花。是打火機、燧石、火柴。而且並沒有失去，是被拿走了。我們並沒有失去火花，而是我們不再擁有製造火花的工具。

「我不想讓事情變得很尷尬。」那次早餐時她喃喃說道，一面說一面轉動手指上的結婚戒指。當時我並不太在意這象徵著我們的婚姻即將破裂，而是驚覺她瘦了多少。從人的面頰跟髖部狀況可以看出短期的起伏，但當你看見手的時候……我知道我們倆都瘦了，但以前我想從她手上拔下戒指時，簡直像是要動用電鋸。看見戒指變得這麼鬆，讓我反省自己是怎麼對待她的。別誤會，我們之間並沒有什麼殘暴的行為：沒有尖叫也沒有摔杯砸盤。但我們已經到了只要在一起，就是互相折磨的地步。要是她沒有轉動戒指的話，我可能會說些別的，但她這麼做了，所以我沒有。

「妳想怎麼樣都可以。」我說。

她給了我一個微笑，那種眼睛裡閃光的方式表示並沒真的在笑。然後她叫我先別告訴露西。我不覺得有必要進一步追問她。早餐不是時候。接著，好吧，我就再沒問過。我當然有想過。有時候我想知道她是不是只是喜歡刺激。我看過報導說女人會愛上死刑犯，有些人甚至有好幾個老婆。或許坐牢的人能讓她沒有負擔。一種有實質界線的關係，她用不著擔心其他事情，比方說那些讓我們分開的事情。我的缺點麥可都不可能有，因為他完全沒跟她的生活產生交集。我已經考慮過了所有選擇，相信我。或許她喝下了康寧漢家族的迷魂湯，諷刺的是，她把這看作是一種忠誠的行為。或許她更相信他，而不是相信我。或許，他身上有那種能點燃火花的東西。當我懷有怨恨時（雖然我盡量避免），我會猜想，這是不是因為他們之間有一些我永遠無法匹敵的共同點。這就叫做伏筆。

麥可比較容易摸透。我總是覺得他只是想從我這裡奪走什麼東西。

艾琳下了卡車，這雖然不是驚喜，但確實引人注目。因為麥可在監獄裡真的不見訪客，更加不可能有親密關係。這個週末不只是我第一次看見他們一起出現，更是他們第一次見到彼此，他們的關係是個謎，我們每個人對此真正的含意都有不同的看法。你可以叫我宿命論者，甚至只是懶惰，但我很樂意放任不管：我當他們是在一起了，但不會稱他們為一對。而衣服標籤沒剪掉，口紅像是緊急探照燈般刺眼的露西，顯然覺得她還有插足的餘地。其他所有人則在不信和接受之間搖擺，大部分都在懷疑的範圍內徘徊。

回想起來，我不可能真的像我現在筆下這樣冷淡疏離，因為我的確想過他們前一天晚上不可能在一起，艾琳只是當天早上去庫瑪監獄接麥可而已，那離此有兩小時車程。前一天晚上她可能住在我想像中的廉價汽車旅館裡。我不知道為什麼這很重要——誰在乎他們有沒有一起過夜——但我承認我想過。我提到這個是因為我覺得，要是我想過這種事，那露西可能滿腦子都是。

艾琳繞一圈的效率比麥可高多了，她需要握手的人比較少，露西努力忙著綁鞋帶。她走到我這裡時，我伸出手。

「挺好的。」我說。這是我們私下的笑話；我想逗她笑。

她沒有笑。她只握住我的手，將我拉進一個冰冷的單手懷抱。她的呼吸溫暖地吹在我耳畔。她低聲說：「那是家裡的錢，阿恩。」

這是偷偷說的緊急私語。麥可埋了亞倫的那個晚上也跟我說了同樣的話。*那是我們的錢*。我明白這意味著什麼。他賺來了這筆錢，他為它殺了人。他在宣告對這筆錢的主權，同時也用這筆錢換取我的沉默。我說不上自己期待從艾琳那裡聽到什麼。也許是一句歉意的話，或者當她靠近我耳邊時，是某種帶著誘惑的語氣，又或者是兩者的結合：歉意中帶著一絲誘惑。但我沒想到她會是麥可的傳話人，而他那邊則微笑著，說他欠我一杯啤酒。*那是家裡的錢，阿恩*。她的話中是否隱含著如果我不配合會發生什麼的暗示？我無法確定。她眼中的神情是真摯的，而不是威脅的。也許只是一個警告。還沒等我想清楚，她就離開了。而且，當著所有人的面，我也不可能追問她。

這群人很快分開站隊。露西和索菲雅跟著麥可和我。露西應該不想讓麥可離開她的視線，索菲雅八成不想讓我在決定要不要給她錢之前說出錢的事。艾琳跟我母親和馬塞洛站在一起。我試著解讀我母親的表情。看著很陌生，所以我想那一定是溫暖的歡迎。凱瑟琳加入了艾琳那一群，安迪暫時被孤立在中間，然後飄到了我們這邊。

麥可可能意識到這裡得由自己來定調，如果他不開口，就沒有人會說話。他試著讓氣氛輕鬆起來，告訴我們在上山的途中，他得強迫艾琳在每個加油站停下，好讓他每一站都能吃一種不同的巧克力棒。

「哪種最好吃？」我跟自己做了一個小小的交易，要對麥可禮貌，就像他對我一樣。所以我試著接話。

「結論還不確定，」他點點頭，然後拍拍自己的肚子。「我還需要更多的資料。」

露西笑得太大聲了。

「這卡車是怎麼回事？」索菲雅問。「你們沒看到邀請函裡『山間小屋』的部分嗎？我很驚訝你們竟然開得上來。」

「租車的地方都預約滿了——本來應該是廂型車的。他們只剩下這輛，要不然我們就只能開艾琳的掀背車，那裝不下我的東西，因為我租的倉庫明天到期，他們已經把我搾乾了。所以車後面基本上就是我的客廳了。我們是有點擔心，但這輛車還挺有骨氣的。」

「你把扶手椅搬到雪地來了？」安迪笑著說。我還在因為他用了「我們」這個詞而掙扎。

「我會直接付租金。你為了省幾個錢，就把東西全部搬來？」索菲雅問。

「我覺得很有道理，」露西喃喃道，「我想我們大部分的東西都還在我這——」

「他們就只有這輛了，」麥可壓過她。「此外，我們當然還讓他們打了很大的折扣。我下星期得搬東西，所以可能還會再租幾天。冒險開上來還是值得的。」

「如果需要的話，你可以把東西放在我這裡。」我說，半是緩和氣氛，半是因為我沒有仔細聽：我在留意艾琳和凱瑟琳說的話。這裡給個提示：輕聲說秘密的時候，不要帶太多嘶音——嘶聲會藉著空氣傳來。我聽見凱瑟琳說「分開的房間」，但我聽不出她是提要求還是確認。我希望我沒聽見，但我聽見了。我發現麥可和索菲雅都好奇地看著我。我花了一秒鐘才發現自己說了什麼，然後我有點期待麥可會說本來就是了。

「我可能真的會麻煩你喔，老弟。」他說。

「我戒菸了。」露西插進來。

麥可看她的樣子，像是為人父母的看著孩子為了表演翻跟斗打斷他們喝酒，然後說：「幹得好。」換句話說意思就是一邊涼快去吧。「所以，這裡有什麼好玩的？相信我，我很期待餐廳跟酒吧，但我不想一整個週末都窩在室內。」

安迪和我齊聲說：「屋頂上有按摩浴缸。」

「各位！」馬塞洛叫我們過去。露西以不輸一級方程式賽車的速度從安迪內側超過去，來到麥可旁邊。索菲雅和我跟在後面。

「你臉紅了，」索菲雅低聲諷刺。「怎麼啦？追星族看到偶像了？」

我搖搖頭。「我手足無措。我沒想到會是這樣。」

「我也是。」索菲雅皺皺鼻子。「Cuidado。」雖然我不會西班牙語，索菲雅還是偶爾會跟我說幾個字。這個我認識，以前聽到過幾次：小心。

我們加入馬塞洛他們，麥可走向艾琳，後者把手伸進他的後褲袋。我們結婚的時候——抱歉，從技術上來說，我們現在仍處於結婚狀態；我應該說我們還在一起的時候——艾琳並不喜歡公開秀恩愛。她的童年十分艱辛，有時候還有暴力；她由單親父親撫養長大，他會私下打她，在公眾場合擁抱她。因此她很難相信過火的親愛是真的，而不是裝個樣子而已。她不相信。我提起這點是因為我們幾乎不會公開接吻，也絕對沒有沉溺於任何後褲袋的行為。最多就是把她的手貼在我背上吧。她對麥可的親密行為讓我覺得是種表演。甚至是宣示主權。我不確定是要給我還是給露西看。或許是我嫉妒想太多了，這單純是因為我哥哥的屁股比較好。

「我們決定，」馬塞洛說，聲音大到我們都能聽見，但主要是對著麥可和艾琳。「我們要一起告訴你一件事——要不然你可能從別人嘴裡聽說。」

「我不確定……」

「露西，拜託。麥可，我們最不想做的就是在這個週末給你任何不必要的壓力。但我們必須現在在這裡一起告訴你，要不然就是等你聽到流言蜚語。」

我母親跟著點頭，和往常一樣，這比馬塞洛說的話要有分量得多。麥可很快瞥了我們其他人一眼，但我可以發誓他在找我。或許他覺得這跟那筆錢有關。要不就是跟他和艾琳有關。

「出了一點小事，」馬塞洛說。「今天早上發現了一具男性的屍體。他好像是在晚上迷路，然後凍死了。」馬塞洛的視線掃視過我們，然後落在索菲雅身上，好像是要看她敢不敢反駁。

「簡單來說就是這樣。」

「這裡有警察，」麥可推論。「維修小屋旁邊停著警察的巡邏車。我之前沒多想，但這樣就說得通了。可憐的傢伙。」

「還有一件事你需要知道。」這次開口的是索菲雅。露西猛地轉身，眼睛裡好像要射出刀子似地瞪著她。馬塞洛清清喉嚨要壓過她，但麥可朝他舉起一隻手，我想馬塞洛以前可能從沒碰到過這種情況，讓他頓時語塞。我發誓他閉上嘴的聲音在山谷間迴盪。「他們不知道死者身分。顯然不是這裡的客人。目前沒有人採取任何行動，但有更多的警探正在來這裡的途中。他們可能會想偵訊大家。」

每個人都點頭同意，索菲雅新生的機智讓人印象深刻。但我不相信；我覺得她只是想試圖刺激麥可。「警探」、「偵訊」這種詞，她是在試著嚇唬他。

「警探來調查凍死的人？」艾琳自言自語，察覺到有些不對勁。她擔憂地望向麥可。索菲雅抿緊嘴，淡淡地微笑。她已經種下了她想要的種子。

「如果你不想留在這裡，我們可以去別的地方。」我們的母親說。「我們希望隨你的意。」

「你完全不用擔心，」馬塞洛說。「根據我的經驗，服刑是很好的不在場證明。而且這裡的警員稱不上有經驗。那具屍體嚇到他了。所以他在等上級到來。他們會來的，他們會在這裡待個五分鐘，然後就會離開。」

「而且這裡的住宿——」凱瑟琳開口，我知道她只差一口氣就要說「不能退款」。

「那警察叫克勞福德。」我插話道。

「克勞福德。沒錯。」凱瑟琳暗示這無足輕重。「他不像城裡的警察那樣敏銳。似乎康寧漢的名頭沒像以前那樣響亮了。」

「至於警方，」露西急著附和，要讓他安心；顯然覺得要是我們真的解散，那她離永遠失去麥可就只差一百塊錢跟一間汽車旅館房間了。「這裡等於沒有。他沒有問問題。我們幾乎見不到他。」

「那個應該沒有採取任何行動的警察，」麥可說，「是不是他？」他指向旅館的台階，克勞福德警員正急忙走下來。他直接走向我們，掃視眾人找尋新面孔。他看見我哥哥。

「麥可．康寧漢？」

麥可玩笑地舉起雙手說：「我有罪。」

「很高興我們有共識。你被捕了。」

14

凱瑟琳說得對：康寧漢的名頭沒有以前響亮了。若非如此，克勞福德在衝到我們中間之前，應該會考慮自己的人身安全。

「你以為自己在做什麼？」露西第一個爆發。她衝到麥可面前，當作人牆。

「應該是有什麼誤會。」凱瑟琳說，站在露西旁邊加強防線，還拖了不情願的安迪一起。

「大家都冷靜一下。」安迪說，裝出一個震顫的笑聲。他是因為婚姻才加入康寧漢家的，所以他仍舊有守法公民對警察的敬重。

「讓開。」我注意到克勞福德的左手拿著手銬，像鞭子一樣晃動。

「你就不能，」——這是我母親，雖然她沒靈活到成為人牆的一部分，但她的話就足以成為盾牌——「他媽的別找我們麻煩嗎？」

我突然相信以前看過的每一篇關於母親把車子抬起來救小孩的報導。好吧，救她們偏愛的小孩。

「奧黛麗，」馬塞洛安撫她，「這樣沒有幫助。」他走向前，對克勞福德警員強調一下他的勞力士。「我是他的律師。我們先進去，坐下來慢慢談。」

「不戴手銬不行。」

「你跟我都知道警察不是這樣辦事的。他才剛剛到這裡，怎麼可能——」

「爸，」麥可說，我花了一會兒才發現他是在跟馬塞洛說話。「沒關係的。」

但是馬塞洛火力全開。「你不能因為自己是這裡唯一的警察，就在度假村頒布戒嚴令。我知道你的處境很為難，某處有人失去了父親、兄弟或者兒子。我家人和我都很樂意接受非正式的談話，幫你確定那人的身分。但要暗示有任何犯罪行為……那是……那就是令人震驚的指控。這完全是基於家族背景的刻板印象。我們會提起訴訟。如果你們想拘留他，必須有理由和指控，而你們兩者都沒有。現在，我只免費提供六分鐘的法律諮詢，我想我們已經超時了。我們談完了嗎？」

光是聽到馬塞洛的長篇大論，我就有種要道歉的衝動。但克勞福德不為所動。「還沒結束。我可以自己下判斷，因為發生了謀殺案。」

每個人都難以置信地喃喃重複那個詞。我看見索菲雅微笑。馬塞洛握緊拳頭。我的母親不是會驚呼的人，但她用一隻手摀住嘴。

「一起『事件』。」麥可意有所指。

「你完蛋了，」馬塞洛低聲對克勞福德咆哮道。這是一句連我都聽得懂的法律語言：「我曾為比這更小的事毀掉過別人。」

「我也曾為比這更大的事抗爭過。」克勞福德回應道。

他們被旅館的關門聲打斷。一個高眺的女人站在門前，她年齡跟我相仿；下巴曬黑了，但眼睛周圍膚色蒼白——戴著滑雪護目鏡曬的。她光著手臂，穿著T恤和背心，對寒冷不以為意。我認出她是那個開著水陸兩棲荒原路華，幫我裝輪胎防滑鏈的女士。

「警員，你需要幫忙嗎？大家已經夠驚慌了——這是在吵什麼？」

「不干妳的事。」馬塞洛說，可能又出現的爭論對象讓他厭煩。

「這是我的度假村，當然干我的事。」

「既然這樣，妳能不能讓這個想當白羅的大偵探不要騷擾妳的客人？如果妳想平息驚慌，何不試著不要到處說『謀殺』？」

「這是我第一次聽見『謀殺』這個詞。」旅館主人對克勞福德揚起一邊眉毛。「真的嗎？你是指綠靴子？」

以用顏色取名的暱稱來說，綠靴子比黑舌頭要容易理解。那是指一名在攀登聖母峰時喪生的男子，因為回收他的遺體太危險，他的屍體就一直留在路邊，而那雙鮮豔的綠色靴子成了登山者的地標。今天早上的屍體並沒有穿綠色的靴子——我很清楚，我抬著他的左腳——但他們顯然已經決定用這個簡稱來稱呼我們凍僵的神秘客人。

「我有理由相信他的死因有疑點。」

「為什麼？因為她嗎？」凱瑟琳抬高了音調，半是難以置信，也可能是因為海拔偏高。她指向索菲雅。「巫醫的醫學意見都比她高明。妳跟他說了什麼？真正的警探什麼時候會到？」

「我是醫生。」索菲雅跟克勞福德保證。

「我們要忽略即使那人的死有疑點，而麥可有不在場證明的事實嗎？」

「爸，讓我——」

「我來處理，麥可。你確定你要繼續嗎，警員？你的懷疑是基於你翻出的犯罪紀錄，可能還有一點家族歷史和你對警徽的忠誠，為民眾鞠躬盡瘁之類的。你的偏見不僅表露無遺，還讓你像個白癡。你告訴我麥可今天早上才出獄，怎麼會跟這件事扯上關係？老天爺啊！」

馬塞洛的爆發讓所有人啞口無言。克勞福德掃視我們大家；我猜他是想尋求一絲支援。我避開他的視線。連索菲雅都望著自己的腳尖：雖然她相信黑舌頭和綠靴子，但有人是大紅臉時她還是知道的。

「來吧，」馬塞洛說，握住奧黛麗的手，開始朝旅館走去。

但是麥可沒有移動。他跟艾琳交換了一個緊張的鬼臉。

我可沒有誇張。就在此時，終於打雷了。

「我想也是，」克勞福德說，「你想告訴他們，還是我來說？」

「我沒有傷害任何人，」麥可舉起雙手，朝克勞福德走了幾步。「但我很樂意協助你找到真犯人。」他說這話的時候看著我。

「麥可！住口！警員，他不知道自己——」

「他不是我的律師。」

「你在幹什麼？」奧黛麗走回來，把手搭在他肩膀上。「你昨天晚上在庫瑪。沒事的，你跟他說就好。

「這裡很冷，媽，進去吧。」

「你說出來，說就是了。跟他說。」她開始用另一隻手握拳捶他的胸膛。好像她能強迫他坦白一樣。然後，我想是因為寒冷加上激動，她腿一軟，就跌坐在雪地上。麥可試著扶住她，但慢了一步，只能順勢讓她往下坐在雪地裡。克勞福德、索菲雅和我都急忙過去要幫她，但她把我們揮開。凱瑟琳和露西開始大罵克勞福德讓一個老太太一直待在天寒地凍的戶外。

「康寧漢太太，」克勞福德說，大聲到讓大家都安靜下來。「麥可昨天下午就出獄了。」

昨天？我慢慢地醒悟過來。但那就意味著——

麥可的視線瞥向艾琳。我覺得我看到露西的臉瞬間垮了下來。第一片雪花落在我眼睫毛上。

「那也不是絕對的證據。好吧，好吧。所以他不在監獄裡。當然。」馬塞洛一面轉換思考過程，試圖找出最佳的選擇，一面把奧黛麗拉起來。「但那不表示他在這裡。親愛的，妳不能這樣，妳衣服會濕的。那你告訴我們你昨天晚上在哪裡，麥可，事情就到此為止了。」

「我寧願跟你走，警員。」

克勞福德把手銬銬上，安撫地看了麥可一眼。即便不知道麥可隱瞞事實的全部潛在含意，「最終選擇」警員也看得出這是將傷害減到最低的選項。我注意到他把手銬調得非常鬆，或許沒鬆到可以掙開，但鬆得不構成威脅。他轉向老闆——聽著，我知道以時間線來說，旅館主人還沒有告訴我她的名字，但這讓我很困擾，所以我要開始叫她茱莉葉，因為她很快就會告訴我了——

對她說：「為了賓客的安全，我需要讓他獨處。」

「不管你把他關在哪裡，他都可以出來。這裡所有的房間跟小屋都不能只從外面上鎖——以防火災。」茱莉葉回答。（看吧，我跟你說了這樣比較容易。）「我們是旅館，不是監獄。」

「烘乾室呢？」露西說。她的臉色比天色還要陰沉，聲音沙啞，充滿怒火。我後來才知道，她當時一定已經知道所謂的「烘乾室」不過是一個加熱的小房間，裡面擠滿了放靴子的木製長凳和掛外套的衣架，散發著濕霉味和那種穿著極其防水但悶汗的衣服才會有的氣味。這是一個小小的報復，但在短時間內，這已經是她能想到的最好辦法了。她得意地加上一句：「我看見外面有個門栓。」

「呃，烘乾室不適合讓人待在裡面，」茱莉葉說。

克勞福德抬起頭，伸出手掌，幾片雪花落下然後融化，他想盡快解決，回到室內。他抱歉地轉向麥可。「只需要幾個小時。」

麥可點點頭。

我發現這個時候是艾琳開口的完美時機。如果監獄不是麥可的不在場證明，那她可以是。反正我們都知道他們在一起了，所以他們一起過夜算什麼大事？然而她仍舊保持沉默，我發覺不管他們在隱藏什麼，都值得因謀殺嫌疑被關在烘乾室幾小時。這挑起了我的好奇心。

「你在哪裡學會當警察的？」要不是我母親倚在馬塞洛肩上，他可能要揍克勞福德。「這完全不合法。」

這些書裡的警察雖然是「最終選擇」或「唯一希望」，但也會有「循規辦事」或「破壞規則」的個人特色。顯然克勞福德又出乎了我的意料。

「我很樂意合作。」麥可重複。

「沒事的。」艾琳說，擁抱了他一下。她的手順著他的脊梁滑下，探入他的後褲袋，這次是另外一邊。不過，我才沒注意呢。

他們都開始朝旅館走去。我隨波逐流跟在後面。馬塞洛把奧黛麗交給索菲雅，然後對著克勞福德滔滔不絕地說著——我姑且稱之為「精采絕倫」的語言。一方面充滿了密集的法律術語，另一方面還有許多生動的髒話。

「你得給我一點空間，」克勞福德在台階頂端用「破壞規則」的嚴厲腔調說。他的對象是馬塞洛，但我們全停下了腳步。感覺像是我們在演舞台劇或是拍婚禮合照一樣。「暖暖身子，我們稍後再談。」

克勞福德的手抵在麥可背上，催促他進門。

「我不在場的時候你不能跟他說話。」馬塞洛補了最後一刀。

「那個人不能替我發言。他不是我的律師。」麥可說。然後他轉身，舉起被銬住的雙手，手掌下半部合在一起，兩根食指相觸。他指著我。「他才是。」

14.5

好的，發生了很多事，所以我想在這裡插一段快速回顧。

我知道，這有點奇怪，但我希望我們所有人都能在同一條思路上。如果你對自己的理解能力很有信心，可以直接跳到後面看。

這種書通常都會梳理出一群惡棍的背景故事，把他們鎖定在一個地點，然後端上一具屍體，讓每個人的背景故事裡都出現可能的動機。我會試試這招。

背景故事：三年前，我哥哥麥可出現在我家門前，他的車子後座上有一個叫做亞倫・賀爾頓的人。亞倫死了，然後他沒死，然後他又死了。雖然我知道這會有效地讓家族放逐我——在我父親搶劫加油站被殺之後我們都不信任警察——我還是站在執法單位那一邊，告發了我哥哥。

地點：我們在蒼穹山居集合，歡迎麥可出獄。這是澳大利亞海拔最高的度假勝地。暴風雪要來了，這是一定要的。但請不要覺得會陳腔濫調到我們被困在此處，因為我們沒有：我們只是小氣又猶豫不決。雖然我猜現在我們是有點困在這裡的意思了，因為麥可被關在烘乾室裡，而我們不能拋下他——但那是接下來幾章的重點，而這裡則是回顧。

人員：我母親，奧黛麗，她認為目前我們家族的處境全怪我；馬塞洛，我繼父，高貴的嘉西亞與伯德布里吉公司法律事務所合夥人，他手腕上的錶市值等於大學學費，在麥可因謀殺受審時替他辯護，但卻不肯碰索菲雅的醫療過失案；索菲雅，馬塞洛的女兒，我的繼妹，她因為某種原因需要至少五萬元，這或許跟可能讓她丟掉醫師執照的醫療過失訴訟有關。她是外科醫生，妙手回春的成果包括重建了馬塞洛的肩膀；凱瑟琳，我組織力超強的姑媽，這次週末就是她的主意；安迪，凱瑟琳的丈夫，他戴著結婚戒指的樣子就像別人戴紫心勳章一樣。露西，麥可的前妻，在他受審時支持他，但他入獄後就跟她離婚了，因為他跟別人有了特別的連繫……。艾琳，我的妻子，雖然我們分居了，她卻在我哥哥的信件中（顯然，還有一夜在他懷中）找到了慰藉，我覺得這很明顯，過去的創傷讓我們漸行漸遠；麥可，他謊稱自己當天早上才出獄，之前還把一個裝了二十六萬七千元現金的袋子交給我保管；度假村的主人，茱莉葉，道路救援兼禮賓人員；戴流斯·克勞福德警員，一位目前情況完全超出他能力範圍的警員，簡直像是從中國冒出來然後再度開始漂流一樣；我，被家族排斥，拿著一袋買命錢。以上就是演員陣容。我認為我們符合這裡要求的惡棍資格。

屍體：今天早上有個人被發現死在積雪覆蓋的高爾夫球場中央。索菲雅相信是一個叫做黑舌頭的連續殺人犯幹的，而且被害人並不是凍死的。據露西所說，旅館的賓客名單上並沒有人失蹤。如果你覺得她跟我這麼說很可疑，那我要提醒你，身為老闆的茱莉葉可以查看賓客名單，並且創造出一個無名的綠靴子，這也表示露西的八卦是正確的。問題是我們沒有人有動機殺這個無名氏，因為我們都不知道他到底是誰。

以下是我現在想強調的重要小知識：

一，索菲雅來我小屋的時候有人在她屋裡，還打了我房間的電話。

二，索菲雅也是唯一一個有不在場證明的人，因為綠靴子死的時候，她正在我的小屋裡，技術上你不可能知道這點，但我還是告訴你了。

三，馬塞洛取消了晚餐，因為我母親身體不舒服。我一晚上都沒有聯繫過安迪、凱瑟琳或露西。

四，索菲雅、安迪和我看了綠靴子的臉，但克勞福德並沒有一個早上都公開展示遺容，所以我們可能是唯一見過的人。我們都不認識他。

五，我還是不知道那一袋子錢是從哪裡來的。我就快發現有人盯上了這筆錢。

六，走向綠靴子的腳印有三組，只有一組回來，而且晚上並沒有下雪。

七，露西化妝的品味僅次於艾琳對男人的品味和麥可對越野登山車的品味。

八，我並沒有忘記我之前用過「兩個兄弟」這個詞。

九，麥可寧願被懷疑殺人，也不願說出前一天晚上他跟艾琳在哪裡。

十，我們離下一起死亡事件還有六十一頁。

而這一切的中心，就是我。一個寫書教別人怎麼寫書的人，毫無法律背景，卻剛剛因為我還搞不清的原因，在合法性存疑的情況下，被任命為一名涉嫌殺人犯（甚至可能是連環殺手——如果你相信露西對戲劇化條件的描述）的法律顧問。而這個人應該是討厭我的。

如果你對我展現的公平性覺得滿意，那我們就繼續了。

15

我可以輕鬆地趕上奧黛麗，但我們大家一起湧進門廳，我想等大家都散開。麥可被領往烘乾室時，他跟我說他會派人來叫我（他真的這麼說了，好像我是宮廷小丑一樣），但他要先思考一下。我猜他需要時間編出一個令人信服的不在場證明。

每個人都去了酒吧、餐廳或自己房間。麥可被捕對其他客人來說是一場好戲：前廳窗戶上有很多前額留下的油膩痕跡。馬塞洛領著奧黛麗上樓。他輕柔地摟著她，把她裹在外套下，用安撫的平穩腔調跟她說話。我母親還沒老到覺得樓梯是障礙，但已經老得可以跟扶手當好友，所以他們走得很慢。我半是期望馬塞洛追上克勞福德，跟他唇槍舌戰，但他放棄了戰鬥，轉而打擊手機（電池容量：未知）。我猜他是想搞到一格訊號好打電話給某人開除克勞福德。

我等到他們走上第一個樓梯平台，我覺得那裡有足夠的空間能讓我堵住他們，說一會兒話。畢竟我已經很久沒有當面跟我母親說話了。她可能知道些什麼。

我要跟上他們時，有人從後面把手放在我肩膀上。這具有攻擊性，但卻微微地拉住我。我轉身看見凱瑟琳抱歉地退縮了一下，就像有人試圖告訴你他們為自己說的話感到抱歉的那種表情。當她解釋他們為什麼要提早離開宴會時，安迪常常在妻子後面露出的那種表情。

「現在真的是最好的時機嗎？」她問，表現出凱瑟琳式的關心和責任感，但同時也有一點高高在上。她是比我母親小十幾歲，但她已經開始擔心奧黛麗了。凱瑟琳並非取笑也非虛情假意，但她的意思很清楚，她覺得我母親年紀大了。

「喔，」我說，嚴肅地點頭同意。「我同意。我們等多幾具屍體再說吧。」然後我想起我答應安迪要乖一點。畢竟她只是想幫忙。我放緩態度，解釋道：「如果我要幫麥可，就得盡量蒐集訊息。我總歸要跟她說話的。」

凱瑟琳似乎心不甘情不願地接受我的論點。「盡量別讓她激動。」又來了，擔心奧黛麗的身體而不是她的幸福。「要是她真的願意跟你說話的話，不過她很可能不願意。」

「我總得試試。」

「你打算怎麼說？」

「不知道。卑躬屈膝？」我聳聳肩。「她畢竟是我母親。我得喚起她母性的那一面。」

凱瑟琳笑起來。很難說是殘忍還是善解人意，但她放開了我的肩膀，不再拉著我。「如果這就是你的全部計畫，那我希望你帶了通靈板。」

奧黛麗坐在圖書室裡一張紅色高背釘釦皮椅裡，翻著瑪麗．韋斯特馬克特的書，但並沒真的在閱讀。宣布大結局時坐在這張椅子上就完美了。雖然門上寫著圖書室，這個房間卻是愛書人的惡夢：裡面都是被濕氣侵蝕，發霉變黃，跟薯片一樣脆弱的平裝本，放在用老舊的木頭滑雪屐和滑雪板做成的書架上。角落裡裝飾著宣傳小冊的壁爐火焰飢餓地劈啪作響，建築師顯然完全不瞭解書本的可燃性。火焰讓房間太過溫暖，但至少聞起來沒有旅館其他地方那麼潮濕。壁爐台上沒有槍，更別說契訶夫的槍：要我用上面放著的鴿子標本和裝框的戰績勳章謀殺任何人可太勉強了。

我母親看見我，闔上手裡的書，站起來轉過身，假裝忙著挑選滑雪板架上同個作者的書。

「奧黛麗，」我說。「妳不能永遠不理我。」

她把書放回去（如果你問我的話，我會說分類錯誤，因為瑪麗・韋斯特馬克特是阿嘉莎・克莉絲蒂的假名，但一個名字算什麼），轉過來看見我堵在門口，皺起眉頭。

「來幸災樂禍的嗎？」她把雙臂交抱在胸前。「來跟我說你對他的判斷是對的？」

「事實上，我想來看妳是不是覺得好些了。」

她花了一秒鐘——不是處理我主動交流，就是回想自己取消晚餐的藉口，我無法確定——然後她嗤之以鼻。

「我可以照顧自己。」她顧左右而言他，暴露了她可能因為大家過分關心她而感到沮喪，她顯然覺得這威脅到她的獨立自主。我猜凱瑟琳最近一直拿她的年紀和能力做文章，而我來看她的狀況更是雪上加霜。「你只是要說這個？」她打算繞過我。

「麥可傷害了某人，媽。我做了自己覺得正確的事。」我刻意說了「自己覺得」雖然我知道我是正確的。「我現在也在做我覺得該做的事。」

「你聽起來跟你父親一個模樣。」她搖搖頭。這不是稱讚。

我很好奇；她很少提到我爸。「怎麼說？」

「羅伯特可以把一切正當化。像是每一次搶劫都是最大最後的一票。他讓自己獲得了赦免。」

「赦免？」我父親並沒得到赦免；他死在跟兩個警察的槍戰中，殺了其中一個。除非她的意思是他說服自己他犯的每一樁罪行都是正當而必要的，都是為了他的家庭，而他是個好人，可以再也不犯。就像露西的香菸。「爸是個壞人。妳知道的，對吧？」

「他是個白癡。如果他只是個壞人，我還能接受。但一個覺得自己是好人的壞人——這就讓他惹上了麻煩。現在你強迫我看著你犯下跟他一樣的錯誤，還期望我笑著假裝沒事？我們一家人好不容易團聚……現在又出了這種事。」

她的話動搖了我。犯下跟我父親同樣的錯誤？她是在指責我跟綠靴子的死有關嗎？這種暗示讓我震驚。因為我被傷害到了，而且我從來沒有當她的面說過，於是我衝口而出。「麥可是個殺人兇手。」

「他是殺了人。但這就表示他是兇手嗎？殺人也能得動章的。有人的工作就是殺人。麥可不稀奇也沒什麼特別。你把他當成謀殺犯？那凱瑟琳呢？索菲雅呢？如果你得做跟他一樣的抉擇，不管他做抉擇的理由是什麼，那你又是什麼樣的人？」

「那不一樣。」

「是嗎？」

「我覺得外面有具屍體不同意妳說的話。」

「麥可沒有殺他。」

「這我相信。」我衝口而出。我發現自己真的相信他。「但有人殺了人。而這發生在麥可出獄的這個週末，也太巧合了些。這跟我們有關係，我知道。」

這話似乎惹惱了她。她的激動和她瞥向我身後的視線裡還有別的東西。

我冒險朝她走近一步，放低聲音。「妳知道那個死人是誰嗎？」

「我不知道。」冒著劇透的風險，我要說她說的是實話。「但他不是我們的人。這才是最重要的。」

「妳有什麼沒告訴我的？」

「所以你想找到殺人凶手，是吧？因為編造出一個帶刀帶槍的客觀壞人，讓你去追捕比較容易，這樣你就可以忽略事實？等你找到壞人又會怎樣？他們付出代價嗎？壞人可以死在小說結尾——事實上，他們應該死在小說結尾。如果那就是麥可對亞倫做的事呢？那只是麥可故事的結局，被你誤以為是開始而已。」說完這一大串，她得緩過氣來。我咀嚼她話中的真實性。「我們之所以在這裡是因為你。麥可關在那個房間裡也是因為你。這是你幹的。你跟你父親一樣。他知道他離開我們會陷入困境，但他還是離開讓我們自己去面對。而我們付出了代價。我們全都付出了代價。」她的聲音充滿了惡毒。「要是他留下武器，讓我們能戰鬥也就罷了。但他沒有。銀行裡什麼也沒有。你對麥可做了同樣的事。」

有一瞬間我以為她是指責我侵佔了麥可的錢，我正要問她怎麼知道的，然後我會過意來，她只是說我們的父親死了，讓我們一貧如洗。事實上我們成長的過程並沒有那麼窮苦。但我並不真的知道她如何獨自撫養我們。不管怎麼說，或許她只是打個比方。

「爸跟麥可一樣，都是殺人兇手。」我阻止了她的論點，只提黑白分明的事實。「唯一的不同是他還是個毒蟲。」

「你父親不是毒蟲！」奧黛麗大叫。

「媽，他們在他身上發現了針筒。不要再騙自己了！」

「不要嚇你母親。」一個聲音從我身後傳來：馬塞洛拿著一杯冒著熱氣的棕色飲料。他是用開玩笑的口氣說的，但他很快察覺房中緊張的氣氛。他用前臂把我從門口擋開。奧黛麗溜出去，順手拿過飲料，很快窸窸窣窣地沿著走廊離開。

馬塞洛揚起眉毛。「一切都還好吧？」

我點點頭，但我的動作太機械化，立刻就被他看穿了。

「我知道，一切都天翻地覆。在我看來，麥可顯然想和你談談。「誰是他律師」這種無聊的爭論撐不過幾個小時，但如果這能幫我們拉攏克勞福德警官，讓他覺得我們在配合，那我們不妨順著演下去。」他看得出我充滿戒心。「喔，別以為我放棄了，我之後會毀了他的，我保證。他會屍骨無存。但我知道什麼時候捧他們，什麼時候踩他們。我想現在我坐冷板凳了。你應該先跟麥可談談，因為這是麥可希望的。我們玩他的遊戲，不是克勞福德的。」

我發現自己很好奇混用不同的運動比喻是全天下繼父的特徵，還是只是馬塞洛的。

「但你才是真正的律師。而且是個好律師。他被控謀殺，你讓他只判了三年——這個結果很不錯。他為什麼不信任你了？」我問。

「我不知道。」他聳聳肩。「他似乎不怎麼信任任何人。或許他會告訴你原因。」

「你第一次跟客戶見面的時候，怎麼分辨英雄和惡棍？」我問。「我知道你應該不偏不頗，但你一定會覺得有些人無藥可救，有些人則還有希望？」

「所以我才去搞公司法——我不想為那種事煩惱。他們全是垃圾。」

「我是認真的。」

「我知道，夥計。」他伸手握上我的肩膀。馬塞洛總是能找到一個避開「兒子」的詞來稱呼我，好像到現在他還不好意思出口似地。「夥計」算比較嚴肅，是「小子」的升級版。「你在問你爸的事。」

「奧黛麗說他是一個以為自己是好人的壞人。」

馬塞洛思索了一下。「這我不好說。」

我覺得他能說，但是沒有逼他。

「你們是朋友。他是什麼樣的人？你們關係好嗎？」我這麼問讓自己都驚訝。

馬塞洛抓抓頸背。他慢慢地找尋合適話語。「是，我跟他很熟。」他看看手錶。這不是他想說的話題——我猜可能是因為他娶了死去客戶的妻子。「我最好去找你母親。」

我攔住他。「你能幫我一個忙嗎？」他點點頭。「你有研究人員、法律助理、跟警方也有聯繫——對吧？你能調查一下黑舌頭的被害者嗎？露西說有一個叫作愛莉森．亨佛瑞的女人，和一對夫婦，馬克和珍妮．威廉斯。任何有用的訊息都可以」

他停頓了一下。可能不確定是不是該鼓勵我這麼做。「第一個叫什麼——威廉斯和……？」

「愛莉森．亨佛瑞。」

「知道了。當然可以，冠軍。」他放鬆下來。謝天謝地他沒有用拳頭敲我的手臂，要不然我們就得到外面去玩接球了；我可沒帶我的棒球手套來。「我會去問問。」

我沒有跟著他離開，而是獨自留在圖書室裡整理思緒。我發現自己望著壁爐台上的勳章，想著我母親說的話：殺人也能得勳章的。那個勳章是深青銅鑲邊，藍色天鵝絨底的玻璃相框，底下有一張四方形的小紙條，像是幸運餅乾裡的那種。紙條上有一組點陣，但不是摩斯密碼，我也認不出是什麼。最底下是鐫刻的牌匾：頒授予在猛烈戰火中傳達了救命訊息的英雄，一九四四年。勳章上刻著「英勇，獻身」。

放輕鬆，如果不重要，我不會花一百多個字描寫一個勳章。我發現我母親看事情帶著偏見，但她說的沒錯。所有的殺人事件並不平等；那個勳章就是這個意思。奧黛麗告訴我她相信麥可有很好的理由那麼做。

是你造成的，她說。在她簡短的話語中我再度聽到露西在屋頂上跟我說的話：事情本來會不一樣的。我發現我相信她。我讓麥可去坐了牢——如果他的憤怒轉移，造成了更糟糕的結果呢？我為自己的罪惡感感到羞恥——麥可應該去坐牢的——但我還是有罪惡感。知道這一切都不是我的錯並沒有什麼安慰作用。這是牽一髮而動全身的效應。我把他變成了什麼樣的人？

就在那個時候，我決定要幫他。不是因為我覺得他是無辜的，也不是因為我覺得他有罪；而是因為自從我們抵達這裡之後每個人都跟我說的話。

是你造成的。

我是事情會演變成這樣的原因。你可以說這是因為出賣血親，我母親在情感上放逐了我，或是深植心底的康寧漢忠誠造成的罪惡感，但我的良心再也無法承受了。我下定決心：我要挖下去。要麼透過麥可的寬恕為自己鋪路，重回家族；要麼釘下最後一根釘子，徹底證明他的罪行。叫我叛徒也好，說我和警察是一夥的也罷，但我隱隱覺得，我們家中有人牽涉其中。對我來說，事情很明顯：重新修補我們家族的唯一辦法，就是找出誰是殺人凶手。

這個嘛，我們都是——我早就告訴過你了。我指的是最近。

我母親

16

人們——大部分是被派出去辦事的——在剛開始颳起的凶猛冰雪中跑向他們的車子。在混亂中我幾乎看不清停車場，但他們都在做同樣的半蹲半跳，用手肘遮在眉頭上的動作。風吹起了地上的積雪，在膝蓋以下形成迴旋的白霧，看起來像是浪尖上的泡沫。地勢平坦，但他們掙扎向前的樣子彷彿都在爬坡。我看見零星的橘色閃光（車門解鎖），然後就褪成灰色。好像某種接力賽一樣，下一批要衝出去的人縮在遮陽篷下，一面觀察著暴風雪，一面往手心吹氣。我猜他們是在討論車裡的東西是不是真的必要，以及如何將這次冰冷的任務盡量轉變成值得美女心動獻身的英雄行為。

我跟索菲雅坐在酒吧櫃檯——這裡可以喝上一杯咖啡。我們坐在高腳凳上，對著正面的窗戶，可以看到暴風雪越來越大。馬塞洛在後面跟茱莉葉爭論，想多要一間客房。我母親要不是跟他在一起，就是去找克勞福德的麻煩。我還沒想清楚擔任麥可的律師是什麼意思，所以我在接近烘乾室之前先補充咖啡因。因為麥可還沒打算見任何人，克勞福德就鎖上了烘乾室，然後自己在外面放了一張椅子守著。露西獨自坐在在房間另一端。她有一杯午餐時的啤酒，但她只是晃動著酒杯。艾琳不在這裡，她在暴風雪來襲之前就去了自己的小屋。凱瑟琳喝了一壺茶，正在看一份塑膠封面的文件夾。我想知道要發生多少謀殺案，她才會崩潰地決定喝酒。我猜至少還得再死幾個人。那個文件夾裡應該有她的行程表。就算她把天氣預告印出來，試圖看出自己哪裡解讀錯了，我也不感到意外。至於安迪在哪裡，我讓你猜兩次。

門廊上的那群丈夫覺得雨雪勢頭稍弱，就都衝了出去。我敲敲玻璃說：「他們起跑了，」好像在報導賽馬一樣。「『我應該早點去的』目前在後，但只比『我寧願凍死也不肯承認我錯了』慢一點，後者只落後『我之所以出來只是因為已經老掉牙的典型關係』幾步，目前險勝的是『寶貝妳確定非要那個不可嗎』。」

安迪走了進來，甩掉鬍子上的冰碴，脫下外套掛在門邊的鉤子上。他癱坐在凱瑟琳對面的椅子上。「寶貝，妳確定非要這樣不可嗎？」

索菲雅笑起來，有點太大聲了。凱瑟琳瞪了她一眼，她很快把注意力轉開，假裝為窗外的暴風雪著迷。

「你們是怎麼回事？」我問。我用不著跟索菲雅明說我指的是誰，但她還是聳聳肩，好像她不知道我在說什麼。「少來了。我說的是凱瑟琳。今天早上她明顯針對妳。我甚至不知道妳們關係好到能吵這種架。」

「是嗎？我沒注意。」索菲雅反駁。我不相信。凱瑟琳的輕蔑就像母親的眼神；你知道她何時在看你。但她顯然不想談這個。「所以現在你是律師了？」

「我想是吧。」

「你不是有像解決犯罪的十個步驟之類的東西嗎？就照著——」她好像變魔術一樣在空中揮

動雙手，「——做一遍得了。」

「那是十誡，不是十個步驟。而且也不是我的。更別提，」我傾身過去，竊竊私語。「我甚至不喜歡法律驚悚小說。」

「那你接下來要怎麼辦？」

「這個嘛，我想如果我去上法學院，實習一下，去哪裡搞幾個獎項，可能可以把麥可從那個櫃子裡弄出來……大概八年就行了。」

「他能那麼做嗎？我是說，指定你當他的律師。」她拿起杯子喝了一大口。杯子放回碟上時發出喀嗒聲。「而且為什麼是你？」

「我不知道，」我說，「這對她的兩個問題都是事實。但麥可在外面對我說的話——我有些話要說，我覺得是我欠你的——在耳邊徘徊不去。「嫌犯不需要任何資格也能在法庭上替自己辯護，對吧？或許這是那個規矩的衍生，要不就是完全不合法。但克勞福德也沒有按規矩辦事。我不確定他知不知道規矩，或許麥可在利用這一點。如果他配合，就能得到他想要的。馬塞洛似乎認為讓麥可跟我談談是個好主意，所以我現在也要配合。」

「把自己關在悶汗小屋裡就是他想要的？」

「目前我猜有兩種可能：如果我從技術上來說是他的律師，他想跟我說話就能跟我說話，而且不讓別人聽到，對吧？克勞福德必須讓他跟律師私下談話。他在外面時說他有話要跟我說。所以或許麥可要我去。」

「第二種可能呢？」

「跟第一種一樣。如果他要我進那個房間，那或許他是在避免某人進去。」

「他在害怕？」

我聳聳肩。我的推論僅止於此了。索菲雅揉揉眼睛，打了個呵欠，再度將視線移向窗外。之前我看不到上坡處的臨時停屍間，或是下坡處的湖，但現在我連停車場都看不到了。幾公尺內一切都是灰色。空中亂舞的冰碴在一片空白中看起來像是顯微鏡下的景象——這些灰色的小細胞——有一秒鐘我從分子層面想像了這座山脈。等暴風雪過去，地面會是完全不同的形狀：深及膝蓋的純白積雪像是鋪上了一張厚厚的毯子。我發現我們在看這座山一個原子一個原子地自我重建。

「妳看起來好像昨晚沒睡過。」我嘗試著開口。在外面的時候，我以為她面色蒼白是因為寒冷，以及看見屍體的震驚，但在室內她看起來非常孱弱。我看見她緊繃的面孔，聽見她咖啡杯的喀嗒聲，暴露了她顫抖的雙手。我想到安迪大口猛灌的動作，以及凱瑟琳尖刻的話語。

「真的？」索菲雅揚起一邊眉毛，立刻跟我槓上了。「我們要用這種方式解決？」

「跟我講講昨天晚上的事。我不知道，算妳的不在場證明什麼的吧。我真的不知道要從何開始。」我說，試著顯得隨意而非好奇。

她嘆了一口氣，用手指拂過咖啡泡沫，舔了一下，沒有回答。

我轉為哀求。「至少幫我練習吧。」

「時間線是這樣：爸打電話跟我說晚餐取消了，因為奧黛麗不舒服，所以我在這裡吃了酒吧的零食，因為我受不了餐廳，而且老實說，我在用酒精培養一點勇氣，好去找你說話。我見過你之後，就回了自己的小屋。你想聽藉口嗎？今天早上很累，所以我看起來很糟。對了，我要謝謝你暗示一個女人如果看起來有點邋遢，那就一定是個女凶手。我能提醒你除了克勞福德警員之外，我是這裡唯一一個認為這是謀殺的人嗎？而且最重要的是，你知道我直接回我房間了，因為我剛進門你就打電話過來。你就是我的不在場證明，笨蛋。」

「我想是吧。」我思索了一下。除非你跳過了前情提要，否則你就會知道我即將察覺有人在覬覦那筆錢。我這就察覺了。「告訴我妳欠什麼人錢？」

這句話讓她猛地坐直了身子，瞥向四周。「不要這麼大聲，」她嘶聲道。「你說這話是什麼意思？」

「妳要的錢，我猜是妳欠的債。」

「恩尼，聽著，如果你要這樣羞辱我，我就不要錢了。我不應該開口的。我會自己想辦法。」

「如果妳不是要打發某個人的話，為什麼需要五萬塊？」

「我沒有欠任何人錢。」她的腔調很明確；這是她最後一次這麼說。「我們能談點別的嗎？」

「昨晚有人去過妳的小屋。」我說。

她瞇起眼睛，皺起面頰，好像吃了什麼壞掉的東西。我讓她吃了一驚。我看不出她是吃驚有人去過她房裡，還是吃驚我竟然知道。

「妳在我房間的時候，」我解釋，「記得我的電話響了嗎？那是從妳的房間打來的——因為後來我回撥的時候，接電話的是妳。我猜有人在那裡找東西，他們一定不小心碰到了快速撥號鈕。」

「你說的有人是指綠靴子嗎？你覺得他在我房間裡？找錢？」

「我這麼想過。」

「所以我殺了一個討債的自衛？」

「或是有人為了保護妳殺了他。」

她想了一會兒。我不是警探，很難分辨這種停頓是因為被冒犯了還是正在算計。她把頭微微傾向一邊說道：「在我回答你卑鄙的指控之前，我要先問你決定了嗎？」

「妳是說錢——」我記得她嘶聲叫我小聲。「我還沒有——」

「所以你還沒決定？」

「我還沒決定。」

「如果我有生命危險，能幫助你下決定嗎？」她的手指敲在桌面上。

我伸出手，握住她的手穩住她。我盡量嚴肅地（對我來說很難嚴肅）。「妳有生命危險嗎？」

我抬起眼，看見她忍住笑。她讓笑意在臉上泛開。「少來！聽聽你自己在說什麼。討債的？像黑道嗎？澳大利亞有黑道嗎？我以為你是因為我的南美出身所以有種族刻板印象呢。」她搞笑地皺皺鼻子。

「那樣的話，應該是販毒而不是黑道，」我說。「那會是毒販而不是討債的。我是說，如果我們要給妳貼標籤的話。」

「如果是這樣，那就把我綁起來吧。」她伸出手腕，假意屈從。

「抱歉，我累了。這不是藉口，但我腦袋不清楚。」

「我知道我讓你為難了——我前晚問你要錢，第二天綠靴子就凍僵了，這確實很可疑。我跟你要錢是因為你有一袋子，而我覺得麥可不配得到這些錢。對，這可以幫我度過難關，但那是私人的事。拜託，我們可以聊點別的嗎？」

「妳可能不會喜歡我想到的其他話題。」這讓她笑出聲來。我們又是朋友了，「所以妳想假裝關心我睡得如何，還是我喜不喜歡上山途中聽的播客節目，這兩者的答案都是『斷斷續續』。還是妳想從黑舌頭和另一件事中選一個？」

「老實說，沒什麼大不了的。」她一面說，一面用湯匙敲著杯子的邊緣；或許聲音的節奏可以讓她不去回想。這比較像是刻意做出隨意的樣子，而不是自然的動作。「我以前也失去過病人。」

所以是另外那件事。

「別以為我不在意，我很在意。這很難受。每一次都是。但是外科手術有併發症。我們有驚人的技術，更加高明的藥物，但最簡單的手術仍舊有風險。手臂骨折會導致血栓——你知道嗎？」

「發生了那種事嗎？」

「聽著，我是人。我做我的工作。有時候狀況很好，有時候不那麼好。」

「妳是說妳犯錯了嗎？妳是一個非常棒的外科醫生，索菲雅。馬塞洛信任妳替他治療肩膀，而他要在法庭上戲劇化地搥桌子，就需要肩膀。那就像是替碧昂絲的聲帶開刀一樣。」

「我想你有點誇張了，就跟爸爸一樣——你知道他喜歡掌控一切。」湯匙又響了。「我在腦袋裡重現過好多次。我可以誠實地說不，我沒有犯錯。我做的選擇是正確的。如果今天我得再做一遍，也不會有所不同。審查會還我清白。只是相關人員跟醫院的管理階層關係比較密切，所以事情拖得比較久，大家就開始嚼舌根了。」

她瞥向凱瑟琳。我不知道是不是我的想像，但凱瑟琳的視線似乎避開了我們，就像索菲雅的凝視是一顆白色的撞球，彈跳到凱瑟琳的黑球上。凱瑟琳不在醫療界，甚至稱不上有影響力。我掃視其他人。安迪不知從哪找到一副撲克牌（或許他一直帶在身上，準備隨時表演業餘魔術，他幹得出這種事），正在玩接龍。露西在房間另一端，唇上叼著一根菸。你先別急著說我騙你她抽過了最後一根菸，侍者走過去告訴她室內禁菸。她渴望地望向被風雪吹襲得嘎嘎作響的窗戶，把菸塞回口袋裡。

我的思緒仍在凱瑟琳身上。「他們審查的時候，會包含酒測嗎？」我問。

「怎麼跳到這件事上了？」

「妳知道凱瑟琳對酒精的態度。她已經諷刺妳好幾次了。一開始我以為是因為妳的謀殺理論毀了她的週末，但現在我看出她把妳描繪成一個不可靠、趾高氣揚的的醉鬼，但我們都知道妳不是。她好像把這當成私人恩怨了。」索菲雅吸了一口氣要回答，但我改變了主意。「不，對不起。聽著，我顯然得學習如何詢問，而不是每次都指責他人。我只是要說，妳知道她自從意外之後，就跟戒酒協會有非常深厚的關係——她很受尊重，對這套東西瞭若指掌。其實，如果真有這樣的問題，她會是一個很好的盟友。我們是站在妳這邊的。」

索菲雅嗤之以鼻。「她就是高人一等，不是嗎？如果你以為她戒掉時也是那樣，那你的記憶不太好。她可野了。爸跟奧黛麗得跟她完全斷絕關係，她才改過來。我需要建議的話會去找別人。」

凱瑟琳的意外和後果以及復健我是一起聽說的。聽到細節讓我很驚訝。「但是妳沒有回答我的問題。」

「我喝了一杯葡萄酒，」索菲雅說，終於把湯匙放下。「至少是八小時之前。跟食物一起。但發生這種事的時候，他們就會把每一件事放大。如果有某個實習生說前一天晚上在酒吧看到妳——事實上是餐廳——他們不能確定，但看起來像是妳喝得很歡，那一點幫助都沒有。或許那個實習生看錯了，或許他們懷恨在心，或許是有人誘導鼓勵他們——」她用大拇指磨搓指尖，「誇大其詞……總之有人獲利。這是政治。我得到的教訓是：千萬別去那些醫學生用來狂飲的地方吃晚飯，說你是為了那裡的食物去的——就像說你看《花花公子》是為了看文章一樣。」

「伊恩・弗萊明在花花公子上發表過文章，」我說，不知道這對她的論點有沒有幫助。我想了一下，從回憶裡加了一句。「事實上瑪格麗特・愛特伍也是。」

「一點也沒錯！我說了我只是去吃飯。我沒有受到影響。我沒有犯錯。聽著，他們並不像檢驗運動員一樣檢驗醫生。所以他們要說什麼？一個實習生看見我喝了一杯葡萄酒？任何死亡都會在三十天內轉到法醫那裡，但那是標準程序。他們沒有任何依據，他們不會找到不當的地方。」

這在我聽來像是急著為自己辯護的藉口，但我略過這一點。「馬塞洛為什麼不替妳辯護？」我問。「當然啦，醫院有律師，但是他高出一個層次。」

「我說了，這是政治問題。此外，現在你是律師了——下星期你有事嗎？」

我哼了一聲。「凱瑟琳為什麼針對妳？」

「凱瑟琳在不爽……她生來就是那種個性。但她聽到了謠言，跟你一樣來找我問了這些問題。她主動說要幫我，但當我向她解釋了剛才告訴你的那些事後，她的反應不太好。她可能覺得我已經無藥可救了。不過，我也不想成為她的小改造項目。」

我點點頭。這聽起來的確像凱瑟琳。

「信不信由你，現在我有問題要問你了。」

「這才公平。」

「你幹嘛管閒事？這裡有警察，讓他去調查。」

「我們都知道如果這不是他第一天上班，那就是第二天。而且——」我用指節敲敲窗戶，

「我不覺得他的後援能趕上來。」

「這還是不表示你必須解決這一切。」

「麥可要我幫忙。我覺得是我欠他的。」

「欠、欠、欠。你們成天都把這個字掛在嘴上。家族並不是信用卡。」

注意：我知道這基本上就是「你為什麼不走開」的場景，或許還加上一頓「這跟你無關」的教訓。我那個時候就知道，這通常是阻止愛管閒事的偵探（我）揪出當事人（這裡是索菲雅）小辮子的一種手段。不要搞混了，這不是「這案子不歸你管了」的場景，那是克勞福德的問題，不是我的。但是我很清楚索菲雅的動機。如果我撒手不管，麥可戴著手銬離開度假村，那錢就歸我了。而我不會再保存三年，更別提二十五年了；我會把錢花掉。或是給別人。我不認為她的動機是把注意力從自己身上轉開，而是要除去麥可，這樣錢就是大家的了。如果她要陷害他的話，應該會更努力刺激我，而不是警告我放手。我確信她有自私的動機，但不是殺人的動機。

「恩斯特？」一個聲音從門口傳來。我轉身看見茱莉葉在酒吧門口。「克勞福德警員說現在可以了。」

我揮手同意，站起來對索菲雅致歉。「我得去聽他要說什麼。至少瞭解一下他昨天晚上的不在場證明。」

「喔，我明白了。」她開玩笑地揍了我手臂一下。「恩尼，你這個吃醋的慫貨。」

「我不是——」

「但你是。你根本不關心綠靴子。你只想知道昨天晚上麥可跟艾琳在哪裡。」

你知道現在這一幕叫什麼。這叫做「性愛一直都是一種動機」。

「他跟我撒謊。跟我們。」我承認。「我很好奇。」

「事實上是兩次。」

「啥？」

「他跟你撒了兩次謊。家具？租的倉庫？認真的嗎？那玩意太誇張了。我打賭他的東西都在露西那裡，根本沒動過。他去坐牢的時候他們還在一起，記得嗎？」她搖搖頭，好像我是個白癡一樣。

「我沒聽懂。」

「問他那該死的卡車裡到底裝了什麼，恩尼。」

17

茱莉葉在走廊上等我。起先我以為她因為我缺乏機械天分，所以笨得不知道跟隨指標走到烘乾室，然後我發現她領著我走向跟箭頭相反的方向。我不知道我們要去哪裡。有時候這種書在翻開封面之後會有地圖，度假村的藍圖現在可能很有用。

「我們還沒有正式認識，」她帶著我在吐出蓬鬆白毛巾的清潔小車之間穿梭時我說。「大家都叫我阿恩。」

「跟上大號時的嗯嗯一樣嗎？」

「是恩斯特的簡稱。」

「所以大家應該那樣叫你，對吧？」她不客氣地說。

「妳跟我母親一定處得來。」我避開一個客房服務的托盤，上面的犯罪現場有兩個壓扁的能量飲料空罐跟一張巧克力棒的包裝紙。「她也覺得我很煩。」

她在走廊盡頭一間沒有號碼的房間前停下——所以我想不是客房——把鑰匙插進鎖孔。她在開門之前轉過身。「我知道你急著見你哥哥，我會很快的。」我注意到她的嘴唇乾裂，登山者常常這樣，嘴唇脫皮起皺，好像你可以把冰錐插進去爬的山縫一樣。「喔，對了，我叫茱莉葉。」

她終於自我介紹了。我的編輯剛剛一定鬆了一口氣。「我幫你的車子上了防滑鏈的。」

她說得好像這是新資訊一樣，所以我糾正她。「我記得。」但聲音比我預料中要低啞。事後回想，聽起來還帶著一點猥瑣的意味。她打量了我一會兒。

「我顯然給你留下了深刻印象。你已經邀請我跟令堂見面。還有，不要再盯著我的嘴唇了。」

我沒有告訴她我是想把乾裂的皮撕掉，不是想吻她。但我還是感覺到自己臉紅了。

她打開房門，露出一間凌亂的辦公室，中間是併在一起的兩張桌子。歸檔系統只能稱之為旋風掃過式；地上都是紙張堆成的山谷。牆壁周圍都是書架，那裡的紙張至少都歸檔在亮橘色的檔案夾裡，但這些狀似有整理的檔案夾都是平放著堆疊起來的。我覺得不知道怎麼整理書架的人沒資格批評我不擅長駕駛。但我什麼也沒說，因為我還沒從剛才被逮到盯著她嘴唇那件事恢復過來。每張桌子中央有一台你可以用來練舉重的笨重電腦，連著褪色灰白的鍵盤，這種顏色通常都只保留給過時的電腦配件或青少年的床單。

茱莉葉在一張黑色的皮椅上坐下，開始用一隻手敲打鍵盤，另一隻手招呼我過去。

「妳在這裡多久了？」我問，半是想更瞭解她，半是想知道她的電腦來自哪個世紀。

「我是在這裡跟金德拜恩的寄宿學校間長大的，」她低聲說，更專注於把污垢都已石化的滑鼠從桌上拉下來。「這是家族生意。我祖父跟朋友們在戰後建造的——我想他們要遠離人群。我二十來歲的時候挑了最暖和的地方，搬到昆士蘭。我爸媽接管了這裡，然後他們死了。家族的事情有某種必然性，我六年前回來要賣掉這裡，結果大概是被大雪封住了。」

「家族就像引力。」我說。

「差不多啦。」

「令祖父參與了哪一場戰爭？我在圖書室看到他的勳章。」

「二戰。而且不是，哈哈，那是法蘭克的勳章。」

「法蘭克？」

「事實上是F-287，但是祖父都叫牠法蘭克。那隻鳥。」

「鴿子標本？」我哼了一聲。「妳在耍我吧。」

我想到鐫刻的字－獻身－一切都很合理。那張紙條可能是編碼的訊息，綁在鴿子腿上飛過了敵軍陣線。這簡直是絕佳的迪士尼冒險電影。

茱莉葉繼續說道：「我最喜歡的是一隻船上的貓因為吃了作亂的老鼠鼓舞士氣而得到了勳章。我不是開玩笑。老爸可喜歡那隻鴿子了——他訓練了一整群，但法蘭克是特別的。牠攜帶了一張地圖，上面有所有機關槍的位置，軍隊的清單、姓名、座標；牠救了很多人的命。祖父回家之後，把牠做成了標本。當成展示品有點詭異，但我喜歡。」她拍拍電腦螢幕。「啊，在這裡。」

她指向螢幕上正在播放的監視器錄影帶綠色畫面，她按了暫停。我推測閉路電視鏡頭應該裝在旅館前門上方某處，因為鏡頭的角度照向山坡，還看得到停車場、車道的大部分，以及失焦鏡頭邊緣的幾棟小屋。鏡頭沒法照到屍體被發現的地方。畫面左下方有時間，還差幾分就到晚上十點。我猜畫面上的綠色是某種夜視濾鏡。

「那些是幾號房？」我指向小屋。

「那是雙數房：二、四、六和八號。」

馬塞洛和奧黛麗在五號，所以沒有出現在畫面上。索菲雅在二號，就在畫面邊緣，只看得到一點屋頂。我應該在六號，但凱瑟琳和安迪的房間前一天沒有準備好，所以他們住進了六號。我不知道露西在哪一間。「四號是我的。」我說。

「我知道，康寧漢先生。」

「跟蹤客人嗎？那是侵犯隱私。」

「是嗎？」她說。你可能覺得她在調情，但這時我不太確定。你要到第二十七章才會見識到我們親嘴，如果你感興趣的話，那時候我赤身裸體。

「小屋裡有其他人嗎？」我問。

「訂房的只有你們家人。小屋一半是空的。」

「OK。這個鏡頭會動嗎？角度不怎麼好。」

她搖頭。「如果我們不固定，一有暴風雪就會被吹掉。此外，那並不是監視器，只是一個雪地攝影機。只是讓大家看看度假村的天氣，好方便計畫旅行而已……像是要不要帶防滑鏈——」她停頓了一下，讓我消化這句侮辱。「……以及合適的衣物，或者需不需要預定纜車通行證。這也不是影片——你看，是快照。」

她點了一下播放，我看見確實是一連串的照片，大概每三分鐘一張，每一張底部的時間都不同。她讓照片連續播放。偶爾會有一團灰色，那是有人走向小屋的影子，但基本上照片沒有什麼用，因為每個人都只是模糊的影子，什麼也看不出來。唯一的好處是它覆蓋了部分車道，但要在三分鐘的空窗期拍到車輛還是要看時機。我知道，因為我從旅館到小屋來回走過幾次，在雪地上速度很慢。所以除非有人非常急著趕路，否則照片應該會照到絕大部分人，雖然看不清楚誰是誰。

茱莉葉讓照片繼續播放，一定是快轉，因為照片大約每二十秒就換一張，而不是三分鐘。快要晚上十一點，有一個人走向四號小屋，我知道是索菲雅來找我。過了十幾張照片之後，她又出現回到二號小屋。從陰影很難看出方向或是目的，但照片的順序讓我對我的總結很滿意。我本來希望能看見有人在索菲雅的兩張照片之間出現在二號小屋附近，但沒這麼走運。無論是誰，都在三分鐘的空窗期內。這不是非常非常幸運，就是縝密地計畫過了。一整夜的照片都無事發生，偶爾有人從小屋裡出來抽菸，以及兩個影子牽著手望向星空。並沒有人朝上坡走向高爾夫球場。

時間過了凌晨一點之後，茱莉葉握著滑鼠的手收緊了。她在找什麼。過了幾張照片，她找到了，點了暫停。「我覺得這個很有意思，」她說，「綠靴子不是客人也不是工作人員，山的另一邊也沒有任何人失蹤。我用無線電呼叫過其他度假村，大家都在談論這件事，但沒有人知道詳情。」茱莉葉指向桌上一張印出來的清單，上面有一串名字，我發現都是客人，每個名字旁邊都有一個小勾。我猜應該是都確認的意思。露西已經跟我說過了，但能確認還是好的。

我想知道她為什麼這麼有興趣，我在等她自己告訴我足夠誤導我的資訊和這裡無事發生的事實之間搖擺，她可能只是想找點刺激；我在打勾的名單下方看見一份厚得多的文件，上面貼著黃色的便利貼上面寫著「在此簽名」。雖然大部分都看不清楚，但我能看見上方角落有一個熟悉的標誌，我認出那是一家有名的房地產公司。（有些字眼在推理小說裡很突出，對不對？沒辦法間接地提及有如此明顯後果的事，所以我乾脆用粗體標明了：她桌上有一份產權合約書。）或許她並沒那麼被雪封閉。

茱莉葉繼續說道：「這表示死者是半夜來的，所以或許那是他。」她指向螢幕。「我查過了，那輛車現在在停車場。我們可以讓克勞福德查車牌，查出一個名字？」

她使用「我們」這個詞，暗示了我沒預料到的同夥感。也就是說，到目前為止似乎我們所有人，包括那個警察在內，調查得都沒有茱莉葉多。我再度體認到我是因為寫下這些所以才是主角，並不是因為我適合當主角。我傾身向前。車道上有兩道車頭燈光。要看車前進的方向比人容易。顯然那輛車朝停車場而去。雖然夜視鏡頭反射了車頭燈，讓照片過度曝光，但那輛車顯然是四輪傳動的賓士。

「那是我繼父的車子，」我說，「馬塞洛。今天早上那個一直大喊大叫的人。」

「喔。」

「但是他不是昨天晚上到的。我們在私人包廂一起吃了午餐。所以他一定是去了別處然後再回來的。」我沒有告訴她他因為我母親不舒服而取消晚餐。我保證誠實的承諾是對你，讀者，不是對好奇的度假村主人茱莉葉。即便如此，我還是對他離開的時間有興趣，因為他可能必須撒謊才辦得到。當然啦，他可能下山去藥房也說不定。「倒回傍晚的時候——應該可以看到賓士離開。」

茱莉葉倒回影片，在大約晚上七點的時候，找到一張賓士車尾燈的照片，車子開往山坡，但仍被拍到了。那是在他打電話給我之後，我應該在睡覺。

「該死。」她說，顯然對某人離開幾個小時的關心不如綠靴子到來。但我正好相反；我心裡滿是疑問。馬塞洛說了謊取消晚餐，因為他要去別處。去了六個多小時。幹什麼去了？我母親是被蒙在鼓裡，還是真的不舒服，在小屋睡了一晚上呢？還是她知情？車窗是有色的，所以看不到副駕駛座上有沒有人，更別提誰在駕駛了。

茱莉葉說出了我最害怕的念頭。「或許他帶了某個人回來？」

「我能看看其他照片，一直到早上的嗎？」我問。她再度開始播放照片。每三分鐘一張的快照閃過，我離螢幕近到鼻子能感覺到巨大老螢幕的靜電。「如果被害者是這附近的人，一定會有人認出他的。」

「我沒有看到屍體，但正如我剛才說過，這附近所有的員工跟客人都在。每家旅館的電話一路響到湖邊，克勞福德跟金德拜恩的警局確認過了：沒有失蹤報告。克勞福德說他不想嚇到客人——如果那是個無名小卒，拿著死人的照片給大家看也沒用。我得說我同意他的看法。這些都是付了錢的客人，而且，免費早餐在貓途鷹（TripAdvisor）上能得到的好評也就只有那麼多。」我厚臉皮地在心中暗記要告訴凱瑟琳早餐可以免費。「山裡會發生意外——沒人擔心這一點。或許是迷路的登山者？只有你們的人說是謀殺，刺激了那個菜鳥警察。」

「那為什麼讓我看這個？」

「因為你好像真的相信是謀殺，要不然也不會問這麼多問題。我查了一下你們家族——並不怎麼清白。如果是謀殺……那表示這裡有個殺人凶手。我要為我們客人的安全負責。」

她提及我的家族歷史有點冒犯到我，我緊繃起來。「妳不是應該把這個證據——」這個詞從我的嘴裡冒出來；雖然我覺得是謀殺，但到目前為止仍舊只是雪地上的一個死人，將之稱為證據我覺得太過正式了。「我是說，把這個訊息告訴克勞福德而不是我？」

「我不認識克勞福德——他顯然只是被派來處理意外事件的跑腿。現在他們知道事態嚴重，馬丁——他是警官——會跟城市裡的警探們一起過來，如果有需要的話。但我打賭他們沒辦法冒著暴風雪上來，現在可能已經被困住了。而且，該死，好吧，我就直接說出來了：我不覺得克勞福德知道自己在做什麼。」

「我也是。」我承認。

「坦白說我把注押在你身上。你是律師。」

「我不是律師。我是作家。」

「那你哥哥為什麼說你是律師？」

「我不知道。我幫助其他人寫犯罪小說，所以我大概很擅長猜結局吧？或許他以為我能解決案子。」我用樂觀的語氣這麼說，因為我知道這聽起來很沒說服力，所以我把注意力轉回影片上。

影片裡的時間已經過了凌晨，夜視濾鏡關掉了，螢幕現在是沉悶的灰色。鏡頭上是克勞福德的警車，時間是差一刻七點，車子朝旅館的方向開去。車窗沒有顏色，所以我能看見克勞福德一條手臂搭在副駕駛座上，扭著頭正在打呵欠。看來他一定是很早就起床，才能這麼早到達這裡。

「屍體是誰發現的？」我問。從馬塞洛的車子回來到克勞福德抵達之間沒有成塊的陰影：沒有被害者，沒有凶手。「是誰報警的？時間一定很早。也沒有人驚慌失措。」

「這你得問克勞福德，我不確定。」

現在畫面變亮了，鏡頭上的白光讓我瞇起眼睛。照片上開始出現未經過濾的日光下的明顯人影。接下來幾張照片中陰影聚集在一起，像螞蟻一樣排成一排爬上山坡。我以為我看到了安迪跟我在我的小屋門口碰面，但不能確定。早晨一張張閃過：（巨大蠢笨的）卡車抵達；旅館門口的人群近到可以看清臉；麥可被逮捕。該死的照片照到艾琳擁抱他，她的手插在他牛仔褲的後褲袋裡。我真的覺得夠了。

「妳說這是讓客人在上山之前察看山上的情形？意思是說你們網站上可以看到這些畫面？」

「對，這是直播。而且很容易找到——就在我們網站的主頁。」

「所以如果有人開著你們的網頁，就可以算好時間，刻意在快照的空窗期間行動，以免被拍到？」

「以我們的訊號之差是辦不到的。」

「對，但是拍照的時間不會變——每三分鐘一次。如果你算好時間，甚至不用看直播也能在空窗期活動。」

「我猜是可以的。」

「而且如果克勞福德一路直衝，大概約一個小時就能上山吧？然而畫面上沒有任何慌亂，直到更晚些時候才有人往山上趕，這中間整整一個小時裡沒人通知酒店的工作人員。有人發現了一具屍體，報了警，然後呢？回去接著睡覺了？」

「你覺得是凶手報的警？他們想讓警察來這裡？」

「一旦排除了所有不可能的情況——」

「——剩下的無論有多離譜，都一定是事實。」她替我說完。「真可愛。是啊，我也差不多把所有夏洛克．福爾摩斯都看過了。度假小屋就像洗衣機裡那個遺失襪子的神秘入口，專門收容那些發霉的平裝書：沒有人買它們，也沒有人帶來它們，但它們總是會在這裡出現。這方面，我算是個小專家了。那麼——我是不是能假設消除法就是你計畫的全部？」

「我是說，」我結巴起來，那就是我的全部計畫。「我覺得那是一個普遍公認的開始。」我試著不盯著她下唇上一長條等著被人撕掉的乾皮。

「普遍公認。」她的語氣有點難以置信，但帶著玩笑的意味。「那個該天殺的男人創造出世界上最有名的理性解謎範例讓我很驚訝，而我們都該忘記他完全是個瘋子。」

「這我不知道。」

「你還寫犯罪小說？」她舉起雙手。「反正我討厭主角是作家的書。」

親愛的讀者，雖然我當然讀過亞瑟．柯南．道爾的作品，但從技術上講，他並不屬於我們所熟知的「黃金時代」範疇。所以，儘管我在自己的調查中採取了某種福爾摩斯式的方式，我並沒有寫到他。我把這一點解釋給茱莉葉聽。

「我對羅納德．諾克斯這樣的人比較有興趣。他是三〇年代推理小說作家組織的成員。反正我並不寫小說，我寫指南。妳知道啦：『寫第一本推理小說的十個簡單步驟』、『如何成為亞馬遜暢銷作家』，那種指南書。」

「喔，我知道了。你寫如何寫那種你從來沒寫過的書的指南，讓那些從來沒寫過的人買。」

老實說，她一語中的。你會驚訝於有多少懷著作家夢的人願意掏出一塊九毛九買個有進展的感覺。我的書並不糟糕，但我並不是真的在幫助作家，只是滿足圓夢感。我並不以此自傲，但我也不自卑。

「這是一份營生。」

「諾克斯是什麼人？」她問。

「他在一九二九年寫了一套推理小說的規則。我的書裡用這套規則跟現在的犯罪小說比較。相比之下幾乎所有的規則都被忽略破壞，現在的小說傾向於作弊。他把那套規則稱之為他的十誡。柯南．道爾年代比他早。為什麼說柯南．道爾是瘋子？」

「看在老天的分上，他相信有精靈存在。還去追捕精靈。他第一任妻子和兒子死後，他試著用降靈會跟他們溝通。他認為他的奶媽是靈媒。這人瘋得離譜，居然試圖說服胡迪尼——一個公開承認魔術不是真的的人——相信胡迪尼自己就是魔法。」

「那是十誡之一。」我說，停下來思索一個死於火災的人卻沒讓雪地融化算不算靈異事件。「事實上是第二誡。不能有超自然的因素。」

「所以那些規則——就是你哥哥指定你的原因？那也太牽強了。」

「不是的，我覺得他指定我是因為我是最不像康寧漢的康寧漢家人。」

「什麼意思？」

「我不是家族的一員。」我是用開玩笑的口吻說的……是嗎？但話說出口非常苦澀。我不夠格。

「我不是要——」她的思緒戛然而止。她搖搖頭。關掉電腦視窗，站起身來。「事實上你說得對。我應該跟克勞福德說的。上帝保佑沒有真正的殺人犯逍遙法外，要不然我們的命都掌握在一個作家手裡了。我猜我們可以用你的精裝本把他們砸死。」

「只有電子書。」我尖聲道。「我是個人出版。」

「哎喲——」她摀著肚子，好像這是世界上最好笑的笑話。「如果你打算解決這裡發生的不管是什麼事，我希望你看過的不只夏洛克·福爾摩斯，因為連亞瑟·柯南·道爾都相信鬼魂。」

18

在我去烘乾室跟我哥哥談話之前，你該知道一些跟我弟弟有關的事情。他的名字是傑瑞米。準確地說，我對這裡的時態使用不太確定：他的名字現在依然是傑瑞米，但也曾經是傑瑞米。我想這兩種說法都對。請別把我的語法不足當作不誠實的表現。最重要的是，當他去世的時候，我正坐在他身邊。

這很難下筆，而且並不只是因為我手上的石膏。

我們一向只叫傑瑞米的名字。我發現有人英年早逝時，大家通常都這麼做，彷彿他們還沒活到能夠肩負家族姓氏的傳承一樣。索菲雅可能不這麼覺得，重要的不是你的血緣或是出生證明上寫了什麼，但她仍舊介意用連結號的姓氏順序。這就是你反覆用亮色的蠟筆練習一板一眼的大寫字母「恩」；到二年級足球隊上就變成「阿康」；對著法庭上的蛇頭麥克風時就是「康寧漢先生」；最後印在花圈裡面，和在教堂拱門前分發的小冊上是「恩斯特・詹姆斯・康寧漢」。因為你死的時候就得回了你的姓名——你的全名。那我也注意到了。那是傳承。所以傑瑞米就一直都只是傑瑞米。

我不是說他不是康寧漢家人，因為他是，在最真實深沉的意義上是。但是我認為要稱他為傑瑞米・康寧漢貶低了他，會讓他顯得比實際更渺小，將他束縛在我們這個家庭之中。作為一個康寧漢，他是那些讓我驚醒時舌乾口澀、喘不過氣的夢的一部分。而如果不以我們的姓氏將他固定，他則屬於天空、屬於風、屬於思緒。

我想姓名在犯罪小說裡也很重要。我讀過很多論述裡的偵探都拆解了假名，找出隱藏的含意（比方說，雷布斯Rebus意為謎題，如果你不知道的話），或者名字是一個難懂的字謎。推理小說最愛字謎，雖然本書裡大部分的名字都是真的，為了法律和趣味因素我改了幾個，所以如果你列出這裡每個人的名字試圖拆解，很可能會破壞驚喜。但我並不反對你那麼做。我叫恩斯特，我很誠實，沒有隱含的寓意。

茱莉葉．韓德森（換位字謎可以組成lederhosen jet unit皮褲噴射裝置，你自己解讀吧）讓我挑戰順著箭頭找到烘乾室。我覺得她對於我沒有熱切地想跟她組成破案雙人組感到失望。從她桌上還沒簽字的合約以及不經意地提及貓途鷹評價看來，我覺得她想調查這個案子的動機並不只是出於看了太多推理小說，甚至不是基於照顧客人的責任：她在意的是保護房地產的價值。或許她覺得謀殺案調查會讓可能的買家望而卻步。特別是如果她即將成交的話，看起來正是如此。

克勞福德——我剛剛才注意到我們一直都叫他的姓氏，我們都是這樣稱呼警察的（這很有道理，因為如果傑瑞米比他的姓偉大，那克勞福德在他的警徽之下，名字就比姓更渺小）——我走近的時候他站起來。我跟克勞福德握手；頂著律師的稱號似乎應該這樣做。

「茱莉葉有些你可能感興趣的證據。車道上的錄影，如果有幫助的話。」我說。「但是很奇怪，一直到天亮大家才騷動起來，但一定有人打電話給你——」

「——在天亮之前。」他替我說完。「對啊，花了我一個小時才開上來。一個小時上下。」

「他們有留下名字嗎？」

「我不知道。我整晚都在抓超速。所以打到警局的電話不是我接的。」

「為什麼是你過來？茱莉葉說你不是通常負責這裡的警官……叫什麼……」我已經忘記了那個警官的名字。我嘴裡咕噥了幾聲。

克勞福德沒幫我，他只聳聳肩。「我離這裡最近。」

「你到的時候有其他人在屍體附近嗎？」我已經知道這個問題的答案，但我想蒐集資訊。

「我本來以為這裡會亂成一團，但我不能告訴你沒發生過的事。」我再度想起那三組腳印：一組是被害者的，一組是警員的，一組是凶手的。這證明了根本沒有人發現屍體：打電話報警的一定是凶手。

「我們甚至還不知道死者的身分，」我用沮喪的口氣說道，希望能夠促使克勞福德主動提供一些訊息安撫我。「我能有一張死者的照片嗎？」我停頓一下，然後加上一句，「以律師的身分。」我覺得這像是律師會提的嚴肅要求。

「但我聽說你不是？」克勞福德說。「你父親告訴我的。」

「繼父，」我回嘴，知道這讓我聽起來像個青少年。馬塞洛即使想拉我去他那邊，卻告訴克勞福德我沒有資格，好試圖取代我。如果我覺得麥可不想讓人進入上鎖房間的猜測是正確的，馬塞洛確實非常努力想進去。「我盡力了。是他選了我。」

「這裡有小孩。我不能冒險讓照片流出去。你明白嗎？」

我點點頭，決定妥協。「我可能不是律師，但你知道你不能把他關在這裡。他配合警方不表示他沒有權利。」我舉起雙手，希望表現出我是個可愛的廢柴。「再說，我不知道他應該有什麼權利，但我知道不是這個。」我指向因濕氣略微彎曲的沉重木門。門上掛著一個畫了卡通靴子的白色塑膠牌。

「他說他可以待在這裡。」

「那不是我的重點。」我說。「如果你的懷疑是基於他出獄的時間比他承認的要早，那艾琳的不在場證明也和他相關。我沒看見她被關起來啊。」

「你是在說我有性別歧視嗎？」

「我是說你睜眼瞎。」

「這個嘛，她不姓康寧漢，不是嗎？」

「我明白了。很高興我們把話說清楚了。」姓名，似乎對克勞福德也很重要。「現在我覺得你是無能了。讓我進去，這樣我可以繼續假裝我是律師，而你可以繼續假裝是警探。」

「你真的很關心他，對不對？雖然你作證讓他坐牢了。」克勞福德把頭微微歪向一邊。我閉上嘴，但我很不高興他對我的瞭解已經比今天早上多得多了。該天殺的馬塞洛。門上的鎖是一根插栓，沒有掛鎖。克勞福德用指尖把鎖撥開（安全性真他媽高），然後站到一邊，讓我打開門。

「我成長過程中沒有兄弟，所以我沒法說我瞭解。我猜就是血濃於水吧。」

「如果我能確認他昨天晚上在哪裡，而且不是這裡的話，你就得放他走——要不然至少把他移到真正的房間。好嗎？」我是認真的，但這聽起來也有律師風格，而且我希望做決定的是我。

克勞福德遲疑地，幾乎難以察覺地沉了沉下巴。

我最後想到一件事。「喔對，我不在場的時候不要跟他說話。或是其他律師通常說的那些。」

我推開門。

如果前廳有著那種滑雪小屋會有的潮濕氣息，烘乾室就是船難。這個房間是讓大家脫掉汗濕潮濕的雪地裝備，放在這裡過夜，第二天早上再來拿半乾的東西。所以房間密不透風，以免熱氣和味道洩出：貼著橡皮的門框打開的時候發出啵的一聲。我需要鰓才能呼吸這潮濕黏稠的空氣。我幾乎可以感覺到鼻孔裡的黴菌孢子，說這裡聞起來有腳臭都侮辱腳了。

房間狹長，兩邊都是長方形的鞋櫃，蓋子是打開的，裡面有幾十雙沒有繫帶子的滑雪靴。靴子的內底都拉了出來，像舌頭一樣；要不就是完全取出靠在牆上，散發出熏人的氣味。鞋櫃上方的架子上掛著滑雪外套、雨衣跟更多晾在衣架上的靴底。一台小熱水器前面有單薄的曬衣架，上面都是襪子。最奇怪的地方在於這個房間鋪了地毯，吸收了所有的濕氣，踩上去有種海綿般的彈力感，還微微滲水。房間的盡頭有一扇沒打開的窗戶，窗戶上方有某種發著熱氣的紅色裝置，這是唯一的照明。積雪壓在窗外。阻擋了所有自然光線。

麥可坐在窗下的鞋櫃上。這個櫃子是關著的，上面放了幾個枕頭，假裝這樣比較舒服。他有一個客房服務用的托盤，上面有一罐可樂和三明治的殘渣。他的手銬解開了，外套也脫了，袖子捲了起來。康寧漢家族以「不太守規矩」而聞名，但相比之下，我們瘦弱的身材更讓人印象深刻。簡單來說，從來沒有人會把我們錯認成足球隊。然而，麥可脫掉他那件臃腫的外套後，顯得截然不同。

「你肩膀練得好，」我說，「是監獄裡流行的嗎？」

麥可朝他前面的椅子示意。橘紅色的加熱燈發出低沉的嗡嗡聲。

「我要把門關上——」我把門推到四分之三的部分。「但我想我們倆可能都會悶死。」這是真的，但卻不是我沒關上門的唯一理由。我站在門邊，繼續滔滔不絕，讓聲音填滿這個房間。如果你到現在還沒發現我用幽默感當作防衛機制，那我真不知道該說什麼了。「你知道，馬塞洛是靠這些手段吃飯的。我怕你沒想到才提的。」

「坐下，阿恩。」

我深吸了一口濁氣，鼓起勇氣，走向那張椅子。我坐下來，我們的膝蓋相觸。我把椅子挪後了一點。麥可打量我。一開始我以為他的眼神若有所思，帶著好奇。他看著我臉上新增的紋路，看著一個人在三年之內的改變。然後我有了另一個想法：他是在打量一頓大餐。

「我一直在想傑瑞米，」他說。「我知道你可能太小了，不記得細節。你記得嗎？」

那似乎是個很曖昧的開端，但我想還是順著他比較好。「記得一點，」我說。「我的意思是……有時候我懷疑自己是不是真的記得，還是只是吸收了太多的描述，我的腦子自動把訊息拼湊在一起。然後我就分不清哪一部分是真的，哪一部分是我自己填補了空白。」當時我只有六歲，我知道那一天大部分時間我都不清醒，所以我的記憶大部分應該都是創造出來的。「我會作夢，很奇怪，有時候感覺像是我夢到了別人的記憶。有時候他——有時候他不……」我的聲音微弱下來。

「我知道你的意思，」麥可搓搓前額，跟那天晚上他出現在我家門口時的動作很像。他的車上載著亞倫．霍爾頓，額頭上小小的凹痕是抵在方向盤上留下的。「我知道媽當時對你很嚴厲，但我想你太小了，不知道當時有多艱難。我們從五個人，一下子變成三個，就像這樣。」他打了一個響指。

我點點頭，記起當時被從奧黛麗身邊帶走後，我們倆的寄養家庭。

「我們終於回來之後——好吧，不是她不想失去我們，而是她不想我們失去彼此。你有沒有這麼想過？」

我沒有說，*這麼久以來*。我沒有說，*這是你造成的*。我沒有說，*家族不是信用卡*。

「我常常想起傑瑞米。」我不置可否地說。

「我們仨——你和媽和我——一年之內，我們失去了父親和兄弟。她拖延了那麼久才讓傑瑞米下葬是有原因的。這你記得吧？我想她沒辦法承受連續舉辦兩場葬禮。」

「但是等了七年也太久了。」我說。我們替傑瑞米舉行了一個小儀式的時候，我已經步入青春期了。我們在他生日那天辦的。

「當時我很高興，我覺得我夠大了，能夠理解，能夠體諒。那是不是在某種意義上，讓我們更親近了？我的意思是：沒有任何事情——」他對著地面說話，一面搖頭。「撬棍不能，戰爭不能，該死的外星人入侵也不能分開我們康寧漢家人。然而——」他抬眼盯著我的胸口。「你辦到了。」

我畏縮了，垂下眼瞼避免視線相交，我注意到客房服務的托盤上有叉子沒有刀。我有一瞬間來決定是因為安全顧慮不給他，還是刀會突然從他袖口出現。「如果你只是要我來這裡告訴我不是你幹的，那就快點完事吧。」

「我的確殺了亞倫．賀爾頓。」他刻意說得很慢。

我想像小孩一樣用手指塞住耳朵，吐出舌頭。我心中閃過無數的可能。我不想聽他是怎麼隨便挑選一個受害人，然後在雪地裡殺害他，以及他很樂意被關在惡臭的房間裡，只為了能跟我私下說話。他如何跟露西一起計畫好了，後者建議了烘乾室。我不想聽到的最後一句話是他得意地說他逮到我了。他睡了我老婆（好吧，我介意，一點點啦）。我想把椅子掀翻，衝向門口，但我得先站起來轉過身，我還沒邁出一步他就能阻止我了。如果他有刀……

我得試著跟他談條件。「我有錢——」

「我是故意的。」麥可舉起一隻手阻止我。「我用手勒住他的脖子，他就不動了。然後你——你，我弟弟——送我去坐牢。」

然後他像響尾蛇一樣，迅速地撲了過來。

我腦中的一切都成了空白，就像我心裡颳起暴風雪，要不就是我已經死了而自己不知道，麥可的手臂環著我的……

……背。

我的背。不是我的脖子。也沒有刀。他擁抱我。我遲疑地回抱，握住他的肩膀。他的肩膀可真結實。

「謝謝你，」他在我肩頭喃喃道。我震驚地坐著，還是不確定我是不是真的死了。我不知道回答「不客氣」在這種情況下是禮貌還是諷刺。他抽抽鼻子。「我相信家裡沒有人告訴過你你做的事是正確的，更沒想到告訴你的人會是我。」

「差不多是這樣吧。」

「露西認為這個地方是懲罰，但這裡很完美。」他說，環視房間。「因為這裡很安全。」

「哪裡不安全？」

「我不信任他們任何人。你是我唯一可以說話的對象，因為只有你願意站在法庭上定我的罪。這表示我知道你會幫我做正確的事。我知道這裡又熱又悶，但我真的認為你該考慮把門關上，因為我已經告訴你我是故意殺掉亞倫的，但現在是我告訴你原因的時候了。」

19

「我有三年的時間可以想想怎麼告訴你這件事，」麥可在我關上門之後說。顯然在這三年間，他並沒準備好開場詞。「監獄很適合客觀內省，感覺像是一切都靜止了，而世界仍在你周圍轉動。讓你得以觀察一切。老實說我得承認我發展出某種靈性的理解。」

我一定揚起了眉毛，因為他開始辯解。

「我不想深入探討生命的意義之類的廢話，但當你殺了人——對不起，當你決定殺人的時候——就得衡量一下。你明白吧？」

「我不明白。」我說，我確實不明白。雖然現在書寫這一幕的時候，我稍微明白了一點。

「我不知道怎麼解釋我傷害亞倫時的感覺。我處於混亂狀態，我做的一切都是機械性的。就像握有主導權的不是我……」他帶著歉意伸出手。「我知道這聽起來不像話，但我不是在找藉口。我試著告訴你我不知道接下來我會做什麼。我可能造成的傷害。我可能傷害的人。我跟殺人犯一起坐了三年牢，恩尼。我以為我殺人是為了……好吧，某個理由。某個比我自己重要的理由。但我在牢裡跟那些為自己所做的事互相稱讚的人在一起，媽的，他們殺人的理由竟然小得可笑。」他搖搖頭；他已經失去了方向，把自己搞抑鬱了。他眨了眨眼，深呼吸，重新振作。「對不起，我是打算說生命的價值。你知道嗎？索菲雅的官司。那家人控告醫院，索賠幾百萬……我不記得艾琳說的數字了。重點是，他們跟一群律師圍桌坐著，翻閱各種文件，最後達成一個數字。他們決定『我們的兒子值這麼多錢』。」

「這跟索菲雅無關。」我驚訝地發現自己堅定地支持她，雖然她有所隱瞞，還需要五萬塊。

「的確無關，但我只是想解釋一下。亞倫的命握在我手裡，我衡量過它的價值，以及對我來說，結束它的代價是什麼。」

「你決定你自己的命比亞倫的更重要。」我發覺麥可並不是要告訴我什麼天大的秘密，只是跟我說了他重複無數次說服自己的話。他試著告訴我亞倫的死是值得的。這又不是新聞。我下定決心，搖搖頭。我放棄了。「那些錢歸你。我把袋子帶來了。」

「不，不是錢什麼的，而是代價。知道生命的價值是很奇怪的感覺。我想說的只是這樣。」他沉思了一會兒，發現沒有說服我。他的眼睛反映出加熱燈的紅光，看起來有點邪惡。這聽起來有點像是威脅。像是他在告訴我他已經衡量了一條命跟一袋子現金孰輕孰重，而且會毫不猶豫地拿我的命來衡量。我不知道這是不是我的想像，但窗外灰色的積雪突然非常有壓迫感。我想像著外面的暴風雪，重重地堆積在窗戶上，彷彿隨時可能衝進室內把我們淹沒。然後他說：「當你意識到自己錯了的時候，這種感覺就更奇怪了。」

我不確定他是想告訴我他不滿意自己得到的代價，還是他付出的代價。我也告訴他了，雖然我的用語沒有在書寫時這麼流暢。

「我是想告訴你我從自己的錯誤中學到了教訓，我絕對不會再訴諸暴力。而你還是覺得這都是為了錢？」麥可說。

「不是嗎？」

「錢不是……聽著，那本來就該是我們的錢，好嗎？我們為此而死。他們付出代價是應該的。」

我們的錢。又來了。但我們是誰？康寧漢家人？我張嘴要問問題，但我的腦子想到一件事，停止了運轉。

亞倫死的那天晚上麥可告訴我這是我們的錢。我以為他的意思是那錢是他應得的，不管是偷還是殺，都是他賺到的，而我可以分一杯羹。幾個小時之前艾琳才在我耳邊低語：那是家裡的錢。我以為她也是那個意思：我可以分一份。麥可跟艾琳一直在告訴我實話，而我完全沒聽懂。他們說的是字面上的所有權。

現在我可以想像那個滿是蜘蛛網的空地，麥可朝一個掙扎喘氣的人俯身下去。心裡衡量要怎麼辦。評估一條人命。一切都說得通了，包括麥可為什麼不用數就知道袋子裡有二十六萬七千元。

好吧，我該死。我終於解開了某個謎題。

「錢不是偷來的。」我推論。「本來就是你的。你不是誤打誤撞。你認識亞倫。是他偷了你的東西嗎？」

麥可發覺我即使還不能盡信，但已經願意聽他要說什麼了，他的眼睛亮起來。我知道「他的眼睛亮起來」是陳腔濫調，但這是真的：雖然其實可能是旅館老舊的線路電流突然波動，讓加熱器閃了一下。「我想我該跟你講講亞倫・賀爾頓這個人，他認識老爸。」

這完全出乎我的意料。我很高興自己把門關上了。

「爸認識亞倫？」

麥可認真地點頭。「我要告訴你的事聽起來會很……總之，聽起來會很扯。但還是聽我說完，好嗎？」他把我的沉默當成同意，繼續說道：「賀爾頓是個條子。」

「警察？」我覺得我得用手指把兩邊眉毛往下摁在額頭上，但我忍住了。

「以前是。」

「顯然是。他現在什麼都『以前是』了，不是嗎？」我知道我的話很幼稚；但這在我動腦筋的時候就脫口而出。「那沒道理。你殺了警察，不可能只判三年啊？」

「不是。我的意思是，我……那天晚上，他已經不是警察了。他以前曾經是。他——」他晃動手指。「怎麼說呢，墮落了。一敗塗地。所以他從一份零工轉到另一份零工，最後開始賣二手貨。他是個兼職的毒販，兼職的小偷，還有時候無家可歸。而他全職的角色，是個麻煩製造者。馬塞洛之所以能把他描繪成一個小罪犯，是因為亞倫在當警察的時候……並不是光輝的警務模範。事實上，這正是檢方接受三年協議的原因，因為如果馬塞洛不得不在法庭上把那段歷史抖出來——嗯，有些人寧願那段往事永遠不要被公開。」這說得通。「馬塞洛私下跟法官透露了亞倫的過去，檢方接受了交易。三年。你聽懂了嗎？」

「差不多吧。只除了這跟老爸有什麼關係？」

「我就要說到了。」

「雪要化了。我聽說我可以六分鐘計費一次，既然現在我是律師了。」

「我想我已經事先付過錢了，恩尼。」

這我無法反駁。妙語如珠對上事實也無用武之地。

麥可喝了一口可樂，做了個鬼臉，大概是因為入侵到罐頭裡的腳氣味道。他繼續說道：「總之，亞倫找上我，你知道，非常突然——我並不想惹麻煩。他說他有我想要的東西，他要賣給我。事實上他說他找了我兄弟。所以那天晚上我才開車去你家。我想如果他告訴你同樣的事，你或許會……理解所有狀況。」

「或許他那麼說只是為了讓你相信他。」我靠向椅背。「但我沒參與。我從沒見過他。」

「是，也不是。」麥可聳聳肩，像是我認不認識某人只是觀點問題。我還沒來得及爭辯，他就繼續說道：「當然我知道你不認識他。那天早上你的震驚和困惑，更不用說你知道他的名字之後，並沒有改變證詞，但是你確實見過他。」

我要反駁，但他傾身向前，用一根手指戳我身體三個地方：我的肚子，我的髖部和胸口中央。他慢慢地，有節奏地動作，每戳一次都是一個拍子。我可以在腦中聽到記憶裡字句的韻律，跟他的動作相符合的，他甚至不用說出口。

我會告訴你我開槍打了他哪裡。這裡、這裡和這裡。

20

「我這一輩子都在試圖忘記老爸。」我喘息道。我正試著迅速將麥可告訴我的一切整理好順序，並且在其中篩出事實。我一直故意忽視老爸死亡的一切情況；在他做了那些事情，以及他的死法之後，我從來不覺得他值得我費心思。死在跟警方的槍戰中毫無光彩可言。那並不是英勇赴死，不是值得驕傲的死亡。那應該被遺忘。所以在麥可受審的時候，亞倫的名字並沒有在我腦中激起一絲靈光。隨著馬塞洛說服法庭接受提前認罪協議，從而壓下亞倫那些骯髒的過去，我可能永遠都不會知道真相的另一面。我搜尋記憶，看見站在我母親前面的那個男人，用奶油抹在她的胸前。我是不是看到了一個上面寫著賀爾頓的金色牌子？還是那只是因為麥可剛剛告訴我的事讓我自己在腦中編造出來的記憶？這是不是我剛剛跟他說過的，不知道哪一部分是真的，哪一部分是我自己填補了空白的回憶？我道歉；一個可靠的敘述者不應該這麼做。不過，警察會戴名牌嗎？

我把這些念頭拋開，說了讓麥可驚訝的話。「這不能改變什麼。這不表示你有權力對亞倫做那種事。這也不意味著亞倫對老爸做的事是正確的。但是——」我知道我採取了非．康寧漢的立場，跟敵人站在同一陣線。「老爸是個罪犯，他在搶劫的時候開槍打中了亞倫搭檔的脖子。如果賀爾頓是你說的那個人，那他只是反擊而已。」

「這我不否認，」麥可說。「但是想想看，我們小時候很有錢嗎？老爸開著拉風的車嗎？媽媽戴過昂貴的首飾嗎？我們並沒有享受犯罪者的生活。爸爸犯罪以養活我們，照顧我們。我不是說他做得對，但他不是為了填滿自己的口袋。他不會的。」

「這是對我們父親非常正面的看法。」我說。

「聽賀爾頓說就知道了。而且我知道這是真的，因為誰會在臨終前撒謊呢？」我看得出麥可很懊惱，我知道是亞倫射殺了我們的父親，並沒有拍他的背稱許他。他知道他還得繼續贏得我的支持。他伸手拿飲料，想起那個味道，又放下罐子，轉而動動下顎，嚥下唾液，清清喉嚨。「爸爸後來和一群人混在一起。幫派不是正確的字眼。同夥嗎？」他笑起來。「他們自稱為劍齒，劍齒虎的劍齒，你知道吧？那夥人開始壯大，優先做的事改變了。他們從偶爾販毒的強盜轉變成偶爾搶劫的毒販。甚至涉及更危險的東西。隨之而來的是更多的暴力，更多的強制手段。最後，有人決定綁票比搶劫或販毒更賺錢。老爸畫下了一條他不會越過的界線，而當劍齒開始越界的時候……」

他的話讓我想起了我母親在圖書室跟我說的話：但一個覺得自己是好人的壞人——這就讓他惹上了麻煩。

「老爸背叛了？」我打斷他。要是我們在圖書室就好了，那裡更適合偉大的推論。

麥可點點頭。「他跟他們達成了協議，他提供訊息，而他們會在逮捕他的同夥之後對他網開一面。他認為這是脫身的機會。你知道那種事情都是怎麼運作的——他們跳過小蝦米，直接逮大鯨魚。老爸是小蝦米。他幫助他們逮到幕後主使者。但是，他們更想逮到收賄的警察。」他停頓了一下讓我消化。「老爸的死並不是搶劫失敗。他們的目標本來就是他。」

我記得奧黛麗說我父親不吸毒。或許針筒是賀爾頓栽贓的，讓搶劫案更有說服力。畢竟一個深陷藥癮的毒蟲更有可能毫無理由地就對巡邏車開槍。如果我父親要揭穿賀爾頓和他的搭檔，這一切就說得通了。

「不能給賀爾頓定謀殺罪很可惜，但他的作為最後還是暴露了。他會從證物櫃偷古柯鹼，還拿賄賂。要大家視而不見也是有限度的。」這似乎意有所指，但我沒特別打斷。「他坐了一陣子牢，然後關於他的一切歷史都成了機密，因為這對警方來說是件醜事，你明白嗎？」

老實說，我很想相信他。不只是要替老爸平反，而是這解釋了很多關於我母親的事。如果這是真的，那表示奧黛麗不只是因為認為那些壞警察害死了她的丈夫而不信任警方。她還認為，那些好警察——那些曾向我父親承諾會給他一條出路的人——害死了他。我的背叛因此昭然若揭：我選擇站在法律的一邊，就像父親一樣，而法律卻沒能保護我們。

然而，這也聽起來像是個所有細節都太過巧合的故事。一個麥可花了三年時間特別為我編造的故事。

「這都是賀爾頓告訴你的？」我的語調無法不露出懷疑。這完全是認罪的自白。「對一個肺部中槍的人來說，這最後一口氣也太長了。」

「他中槍前一言不發，中槍後滔滔不絕，而且他並沒有把一切都告訴我。我對亞倫的瞭解大部分來自監獄裡的牢友。他們都認識他。他們全都認識他。有一半的人曾被他那家當鋪坑過——那家店很有名，專賣贓物。你想在雪梨銷燙手的貨，我保證貨一定會到亞倫手上。另一半人則是他的債主。他們跟我握手，阿恩。好像我幫了他們一個大忙。」他皺起臉，其他囚犯之間的團結顯然讓他困擾，可能甚於殺人本身。

我閉上眼睛，想像那片結著雪白蛛網的空地。我去看看他。麥可背對著我，他聳起肩膀，往前伸的手臂消失在蛛網裡。我們現在可以埋他了。

「亞倫在空地上醒過來，你過去看他，那時候你就下定決心了，對不對？」

麥可沉浸在回憶中，魂不守舍地說道：「你相信嗎，我花了很多時間怪罪他，因為我覺得在那一刻我覺醒了。要是他什麼也不說的話，我會把他搬上車。或許我會聽你的話。他嘴唇上有血。我記得。說話時血絲黏在他的嘴唇之間，像是紅色的小橋。我不知道賀爾頓為什麼在那個時候告訴我他射殺了老爸。或許他想在死前再侮辱我一次。或許他在測試我，看我會不會動手。或許他希望我動手。」然後他對我抽抽鼻子。「對不起。監獄裡的精神科醫生稱之為『轉移責任』。我不該這麼做。」

「所以他告訴你他開槍打死了老爸，你就崩潰，把他幹掉了？」

麥可嚴肅地點點頭。他看著自己的雙手，可能在想像勒住亞倫的脖子。「我不是到那裡去殺他的。我一直到最後才知道這一切。他本來要把老爸死的原因賣給我，出賣其他人。」我又想到那筆錢。我們為此而死。到頭來「我們」是康寧漢家人，我父親，羅伯特。「你一發現老爸是因為亞倫才死的，你覺得不管他手上有什麼，不管價值多少，都應該是你的。你的遺產。所以你殺了他，拿了遺產。拿了他欠你的。你拿回了你的錢。」

「事情不是這樣的。的確是因為錢，但不是這樣。我帶了我能給的，但那不是他想要的。我搞砸了。我以為他不會注意到。」他哀傷地搖搖頭，就像在醫院等候室的人一樣。往左是「要是」，往右是「那樣就好了」。「他拔槍對著我，我沒有槍——我怎麼會有。我們掙扎搶槍。槍走火了。槍在他手上，我不知道這是怎麼回事。我從來沒開過槍。然後他跌坐下去，開始流血。我……我讓他留在原地。但等我回到車上，平靜下來準備發動引擎時，他居然又勉強動了起來。我記不清我是故意撞他的，還是他自己突然跳到車前的，但他被撞進了引擎蓋下。然後，他就再也不動了。我這才打電話給你。」

我一直覺得二十六萬七千塊是一個很奇怪的數字。這說不通的事實突然說得通了。

「亞倫要三十萬？」

「我只能湊到這麼多；露西……」他尷尬地遲疑著。「我搞砸了，行嗎？我的錢不夠多。」

「露西怎麼會沒注意到？」我回想起那天晚上他說的話：露西會知道的。我以為他瞞著她酗酒，但或許他隱瞞了更嚴重的事情。

「露西不太……」他眼神閃爍，一方面很高興能說出當晚的實情，一方面又不想太深入自己的私生活。「露西不太會理財。她的，呃，我猜可以稱之為事業，總之出了問題。漏洞百出。凱瑟琳告訴我有時候你能做的最仁慈的事就是棄他們於不顧。我試過了，但那只讓事情更糟。我以為我能幫她。」

「露西現在知道了嗎？」

「我想應該不知道。那個袋子在你手上。但我猜她能知道，如果她知道，那她沒說。」

「到底是什麼值那麼多錢？」

「我說過了——情報。現在我有時間思考，那應該還值更多錢。」

「跟幾十年前害死老爸的同一個情報？所以你覺得你在這裡比在外面安全？如果這麼危險，那你要它幹嘛？」

「我告訴過你了，露西讓我們陷入困境。亞倫不能直接賣掉他手上的東西，所以他要找人替他做事，我介入了。」我記得當時心想，我家裡是不是根本沒人能清清白白地過日子。麥可開始變得焦躁不安，一邊翻著每個口袋，一邊嘟囔著。「說實話，我一開始沒覺得自己在做什麼危險的事。我只知道那些東西是賀爾頓從老爸那裡得到的。我不知道他參與了這一切。再說，我也不覺得他把我當成什麼風險，所以我們大家都有失誤。」

「你說的『那些』是什麼東西？你要賣給誰？」

「我直接讓你看比較容易明白。」他在口袋裡摸索，拍拍牛仔褲。他掏出一副隱形眼鏡盒（我不知道麥可需要眼鏡，但或許監獄裡的牆壁太近了，害他成了近視），幾團棉絮，一張巧克力包裝紙，一枝筆和一串鑰匙。沒有刀。不管他在找什麼都沒找到。「該死，那天殺的玩意在哪裡？」他掩飾不住失望。「我得晚點再讓你看了。」

「那天晚上，你喝酒了。」這個念頭一直在我腦中盤旋，現在冒了出來。我說得太快了。我的懷疑太過明顯。麥可猛地抬頭，他眼中的神色嚇到我了。我想知道賀爾頓最後看見的是不是這個。

「只喝了一點壯膽——我腦子清醒。」他輕笑起來，但遲緩而哀傷。「我知道你不會相信我。」

「相信你？」我試著讓聲音保持平穩。「我坐在那輛車裡是因為我相信你。我因為相信你成了幫凶。」

「聽著——」

「我不知道。這些關於老爸的事……你從亞倫那裡買或偷的什麼東西，而且你沒有任何證據——」

「——他說跟我談過是騙你的，他讓你以為——」

「——聽著——」

「聽我說！」麥可的聲音在這小房間裡大到幾乎把我從椅子上震下來。

我站起來。後退朝門口走去。麥可發現我怕他，他的視線從憤怒轉為悲慘，像是一隻挨罵的狗。他也站起來，伸出一隻手試圖阻止我。

「他一定知道我在他說了那些話之後會怎麼做。」他的聲音比較冷靜了，但我看得出他費力抑制自己。每個字都像在濕路上開車一樣小心謹慎，緊緊抓住方向盤。「死人不會說謊，阿恩，他們會吐露真心話。我希望我能讓你——」他止住自己，思索了一下，然後拿起他從口袋裡掏出的一串鑰匙。「我們一點進展都沒有。如果你不相信我的話，那自己去看吧。然後我再跟你說其他的事。」

他把鑰匙拋給我。我在胸前接住鑰匙。問他那該死的卡車裡到底裝了什麼。在我回想索菲雅的話時，她的聲音從門外傳來。她聽起來十分急切，雖然我聽不清她在說什麼。門抖動起來：以一扇不能從裡面鎖的門來說，這樣敲門也太戲劇化了。但或許她試圖表示禮貌。不管索菲雅要告訴我什麼都可以等——我跟麥可還沒結束：我無視敲門聲。

「告訴我。你知道外面發生的事嗎？你聽說過馬克和珍妮．威廉斯或是愛莉森．亨佛瑞嗎？」

「亨佛瑞……」他搖搖頭。「不知道，但是威廉斯……要看他們是不是布里斯班人。」我認真地傾身向前，幾乎從椅子上跌下來。麥可很喜歡我的注意力。「我剛開始服刑的時候，收到過一封信，寄信人是M&J威廉斯，回信地址是布里斯班的郵政信箱。那個時候我已經知道我手上的東西比我想像中更有價值。有很多人想要。不管是誰寫信給我，他們的內容都是最有創造力的。我猜他們是想威脅我。」

「怎麼個威脅法？」

「他們的署名明顯是假的。」他嗤笑道。「但是，正如我說的，他們只是想給我施壓，恐嚇我。我從不回信。你為什麼問？」

「我覺得殺害馬克和珍妮．威廉斯的人可能也是殺害我們凍僵屍體的凶手。手法很相似，但我得跟索菲雅確認一下。我們都聚在這裡的週末死了人，這太過巧合了。」

「——而且我還帶著我的東西上山來。我同意。這一定有所關連。你去看一下卡車就明白了。」

我站起來。「你昨晚在哪裡？」我走前非問不可。

「打開卡車——那裡有答案。」

「裡面最好有太空船。」我說。

門又被敲得搖搖晃晃。我瞥過去。麥可點點頭。我發現自己停下來等他允許我離開時，簡直痛恨自己。

「你掉了東西。」他望向我椅子旁邊的地板。有一張方形的小紙片從我口袋裡掉了出來。我尷尬地紅了臉。麥可撿起紙片，看了一下笑起來。

「索菲雅？」他問。

我點點頭。「你錯過一個了。」

麥可拿起筆，看了我一下，彷彿是要決定他要不要亂塗我的卡片。然後他把紙片放在長凳上，彎腰在上面劃了幾下。他的身體擋著，我看不到他在寫什麼。他要不是寫了很多，就是專注地想了什麼。我坐立不安，望著門口。現在外面有兩個聲音。

麥可寫完之後，直起身子對著紙片吹氣，用拇指摁了摁確定墨水乾了。我發現他為什麼搞了那麼久。他的隱形眼鏡盒打開放在長凳上，他一定戴上了隱形眼鏡才寫字的。然後他走過房間

（我羞愧地承認我的頸動脈瘋狂跳動）把賓果卡遞給我。我從他手中搶過，檢查了一下。我對我的賓果格子有奇特的佔有欲，他侵犯了我和索菲雅的私人遊戲，所以我得評估損失。他花了那麼久的時間，我覺得他一定做了些什麼，但上面只有一處改動。他劃掉了有人死去。

「別弄丟了。我相信你。我不會要求你相信我，我只是請你仔細看看。」我望著另一隻手上的鑰匙，想知道我會在卡車裡看到什麼。然後我發現他站得離我夠近，足以低聲私密地告白。我最想避免的就是這個情況。他吞嚥了一下，「聽著，艾琳的事……」

「別說——」我試著阻止他。

他踐踏了我的話。「我們沒有計畫要這樣的。」

我屈服在誘惑之下。畢竟我喜歡偷窺別人的旅館房間。「她告訴過你我們打算要孩子嗎？她告訴過你我們去了多少診所看醫生嗎？我們的感情是怎麼破裂的嗎？告訴我不只這樣。我可以給她她想要的一切。告訴我不只是那些。」

「阿恩——」

我清醒過來。「我改變主意了。我不想知道。而且你那筆錢我花了不少。」我其實沒花很多，而且我並不以此為傲。我只是想下個惡毒的結語。「我猜那也不是我計畫的。」

克勞福德和索菲雅並沒在門外用玻璃杯貼在門上偷聽，但他們焦急好奇地擠在門口。我很高興門邊貼了橡膠，這應該有助於隔音，他們可能沒聽到什麼。除了麥可吼叫的那一段。或許那就是他們敲門的原因。

索菲雅做了個總算出來了的鬼臉，拉住我的手臂朝旅館門口走去，一面說她會解釋。她逕自往前走，以為我會跟上去。克勞福德拴上門栓，在門口的椅子上坐下，顯然對索菲雅一無所知也毫不關心。

在我跟上她之前，花了一秒鐘呼吸乾淨的空氣。我頸背上在乾燥室出的汗讓皮膚感到一陣涼意。麥可說了很多，而我不知道該相信什麼，但我開始相信或許他不是危險的來源。當然，現在我懷疑是他把危險帶來的。但這一切還無法解釋。我的下一步很簡單。如果正如他所說，他卡車後車廂裡的東西能夠證明他昨晚的行蹤，那他就不用繼續待在烘乾室裡了。在裡面待了半小時，更加深了我要把他救出來的決心。然後我們就可以一起處理接下來的事情。

我跟上索菲雅，把賓果卡折起來放進外套口袋裡。我想要是我不小心把卡片掉在凱瑟琳面前，她應該不會太開心。我折卡片的時候，發現有另一道塗鴉，墨水還閃閃發光。麥可劃掉了另外一個格子裡的字，寫了別的。我的編輯會很高興他還加了標點符號。現在格子裡是：

恩尼救場失敗。

21

看著麥可修改我的賓果卡，我心中湧上一股兄弟情，我現在寫這段時也是。我處於這種心情中，希望你能允許我稍微偏離正題，描述一下我們母親的背景。我應該早點加上這部分的，但我想如果我再用一件軼事推延我去烘乾室和麥可重逢，你可能會把這本書扔到牆上。這也沒錯。

為了要正確地講述，我必須把我並未親眼所見的事跟我猜測的他人觀點和接下來的部分連結在一起。我會告訴你這些都是事實。雖然我得重建別人的外套顏色或是他們閒聊天氣（我記得天氣，不用虛構：那是個熱得要命的夏日），這樣妥協是值得的。我對事情的看法並沒那麼有用；因為我童年記憶本就零散，也因為那天我的地理位置有限制。我也擔心如果我只說一面之辭，你會太快對我母親下評斷。

所以；那一天。這是個重要的日子。那天有人死了。那天我母親對一個人開槍。那天她受的傷造成右眼上的疤痕。那天她贏得了康寧漢家的勳章，總之可以這麼說。

那是老爸死後的幾個月。但你不會知道。

我母親從來不接受任何無理取鬧。不管是來自她的孩子們，還是這個宇宙。我之前提到過我用父親留下的空白衡量他。現在他留下了最大的空白，但我們還沒有時間注意，我們的母親刻意讓我們忙不過來：課外活動增加了三倍，好像我們要申請哈佛大學一樣。行程中所有的空隙都被填滿。我有一次連著兩天去理髮。

我們得加入運動隊伍（以我們的年紀來說，參加的活動與其說是運動，不如說是拿著各種器材嬉鬧），好像我們是什麼天才一樣。我游泳，傑瑞米打網球。麥可決定彈鋼琴而不是運動（然而現在肌肉發達的是他）。我們三個都會去其他人的練習：坐在裁判的椅子上，在黑板上塗鴉，在泳池裡踢水。我們像章魚一樣緊緊湊在一起活動，這既能省下請保姆的錢，也能讓我們保持忙碌。母親努力讓我們感覺生活一切正常。我們不談爸爸，也從不停下來承認生活可能已經改變，我們只是硬撐著往前走。幾乎沒有人敢在第一次送來的燉菜或千層麵被餵給貓之後再上門。我班上有個男生納森，他爸爸死於癌症之後，他放了好幾星期的假。我提過一次，結果不得不加入喬伊童子軍。

強迫你的孩子壓抑創傷雖然是一種令人質疑的教育方式，但在某種程度上卻有效。但我猜我們的母親也從新的瘋狂日程中找到了慰藉。她會把我們用安全帶固定在車上，三個迪士尼頻道情境喜劇般的座位一個挨著一個，她會送我們去學校，自己去上班，然後下班來接我們，送我們去課外活動。我們從來不在家。我們逃離悲傷。

回想起來，成年之後再度經歷創傷（仍然在車上等待），我現在能看出我母親當時行為的另一面。現在我知道，在經歷過這麼慘痛的事件之後幾個月，一切都會像是夢遊。生活變成了麻木不仁的例行公事，連走去超市都覺得像是拖著四肢穿越像烘乾室那樣沉重的空氣。每一樁基本小事都開始覺得像是決定，令人精疲力盡到什麼也做不了。你走到廚房，然後不知道自己為什麼在這裡。我們星期二去了游泳學校，而不是去打網球。接連理髮兩次，不是因為你很忙，而是因為你忘了我們昨天去過。我們的行程本意是要讓我們忙碌，但重複抵銷了做決定的負擔。現在我知道我們的母親一直背負著這個重擔。

那天，一切也都是例行公事。早餐平淡無奇。奧黛麗把我們用安全帶扣在車上，沿途遇到的每個紅綠燈都是綠燈，甚至提前五分鐘到達了銀行，讓她有時間泡杯咖啡，還能和她的上司簡短聊幾句。我稍微渲染一下，這位上司穿著藍色外套和綠色領帶，話題圍繞著天氣展開。

我母親從那時開始一直在銀行界，她退休的時候已經是資深職位，但此時她還只是個出納員。這是在九〇年代，銀行裡有成群繫著領巾的年輕女性坐在透明塑膠窗口後面，而不像現在是一個手拿iPad，身穿西裝，膽敢叫你一切自己動手的大學畢業生。我後來得知銀行對媽媽非常好。他們對老爸的惡名十分寬容；通常這會讓她丟掉工作，但他死後行為公之於眾，她得以保留了工作。此外，在爸爸去世後的那幾個月裡，她因「夢遊般的狀態」而犯下一些代價高昂的錯誤，銀行也對此表示了理解和同情。他們甚至提議讓她休假，但我會讓你自己判斷她有沒有接受。老爸葬禮之後三天她就回去上班，而那只是因為葬禮在週五舉行。

九點十分，我的母親剛剛開始工作，有人告訴她去經理辦公室接電話，但她太忙了沒有接。

九點三十分，電話再度響起，但這次沒有人告訴我母親。電話的尖銳鈴聲不斷迴蕩，通常在安靜的銀行裡已經顯得很刺耳，而此時經理辦公室的門開著，前門被鎖住，出納員們靜靜地坐在地板上，雙腿交叉，雙手放在腦後，鈴聲聽起來更加刺耳。

那裡有兩個人。我不用創造他們的穿著，因為我知道他們穿風衣，戴著墨鏡和棒球帽。一個人在洗劫收銀機，另一個則沿著員工的隊伍，吼叫著要大家安靜。他拿著一把笨重的黑色玩意，看起來像是霰彈槍；他的手握著槍管而非槍把，隨著他的步伐在身側搖晃。這是你不打球時握著球棒的方式。

沒有警鈴。沒人來得及按警鈴。少棒選手決定把保險箱的密碼從經理嘴裡打出來。電話再度響起，收銀機終結者一面咒罵，一面走到辦公室裡把電話筒拿下來。

我母親從來不接受任何無理取鬧。不管是來自她的孩子們，還是這個宇宙，更不可能容忍這些小賊。我並沒有忽略接下來發生的事，可能是她對奪走她丈夫的罪行和愚蠢搶劫行動的反抗。或許也可能是對少棒選手存在本身的反叛；或許她扣下扳機時，在墨鏡之後看見了我爸，以及他留下的所有她得解決的爛攤子。或許她只是覺得少棒選手握著霰彈槍的手法不夠好，沒法開槍。我無法決定哪一種可能性比較大。

我只能說不管是哪種感情，都強烈到足以讓她站起來。我只能說三十秒後，她鼻梁斷裂。手裡有了一把霰彈槍。少棒選手躺在地上，掙扎往後退。我母親舉起槍。這對霰彈槍來說射程非常近，近到足以把人打成兩截。收銀機終結者舉起雙手，叫她冷靜。她把槍對準少棒選手——我不敢猜測她有沒有遲疑，但我想像她擺脫了昏沉，很久以來都沒有這麼清醒過——扣下扳機。

她擊中他胸膛正中央。

豆袋彈是霰彈槍使用的子彈，裡面裝的不是撕皮裂肉的彈丸，而是用布料層層包裹的小枕頭。通常由鎮暴警察使用，目的是讓目標失去行動能力，而非致命。從技術層面來說，這種子彈屬於「較不致命」而不是「非致命」；比方說它們可能會打斷肋骨讓骨頭刺入心臟，但最常見的致命原因都是誤裝了真正的彈藥。

別擔心，這不是那種我以每秒幾米速度描述每顆發射的子彈的那種書，也不會描寫槍的型號、製造商和工廠，或是可能影響彈道的相對濕度和風速風向等等。我會專注重點。

重點是，雖然少棒選手被人用槍指著可能很害怕，而我母親也讓他斷了四根肋骨，但她沒有殺害他。

我同時也發現我母親在決定扣下扳機時，不可能知道她手上的槍是「較不致命」的那種，但這改日再談。重點是，我母親右眼上方的疤痕，以及銀行搶匪只打斷了她的鼻梁。重點是，警方和救護人員清理完大樓，把棉籤塞進我母親鼻孔的時候，下午已經過了一半，電話筒才終於掛回原位。重點是，我記得那天的氣溫：熱得要命。重點是，電話是我們學校打的，通知我母親三個康寧漢家的男孩那天早上都沒去上學。重點是，我母親在通常非常緊密的行程中，早了五分鐘上班。

重點是，我母親開槍打了人，但他們沒死。

重點是，有人死了。

魂不守舍。夢遊。心不在焉的錯誤。

三個男孩沒被送去學校，在熱死人的天氣下被遺忘在屋頂停車場，身上還繫著安全帶。我不記得車窗破裂，奧黛麗的前額被玻璃劃傷，血流滿面，傷口深到留下疤痕。我確定的第一件事是在醫院；其他都是聽別人說的。時至今日我還會從惡夢中驚醒，喘不過氣來。但老實說，我並不真的記得那天。全是巨大的黑影。

我只知道傑瑞米死的時候，我坐在他旁邊。

寄件者：〈編修〉

收件者：E康寧漢Writes221@gmail.com

主旨：《我家都是殺人犯》的照片部分

嗨，恩斯特：

很高興接到你的來信。我得說若是要在書裡加照片，需要插入光面紙，全彩印刷，印製過程會完全不同，更別提價格高昂，不符合本書的預算。我確信你用恰當的描述也能得到同樣的效果。我很抱歉，但我們沒法辦到。

對了，你的進度如何？你有設法簡潔一些了嗎？我的意思是，我知道這是你處理的手法，但死了很多人，讀者可能覺得你沒有同情心。你會很高興知道我們拿掉了封面上的彈孔——我知道你覺得那有點過分了。如果你想看其他部分的話，隨時跟我說。

祝好

編修

P.S. 至於你的另外一個問題，我們可以把你部分稿費匯到露西．山德森的產業。把詳細資料給我，我跟會計安排。

我繼父

22

我在前廳趕上索菲雅，她站在門口。

「有人在維修小屋附近鬼鬼祟祟。」她說。她推開雙扇門，暴風雪衝進門檻，碎冰打在我靴子上。我遲疑著，但她把我推出去。門廊上杳無人跡。連那些丈夫們都放棄了取物任務，寧願溫暖地挨罵也不願英勇地凍僵。風在我耳邊呼嘯；聽起來像是有人在我旁邊揉捏玻璃紙一樣。索菲雅得吼叫我才聽得見。「我在酒吧，」她遲疑了一下。「看見一個黑影。」

「所以呢？」我吼回去。風猛灌入我嘴中，讓人難以出聲。在這種狂風裡你得斷續著呼吸。

「壞人不總是喜歡回到犯罪現場嗎？」

她說得對，但能讓我懦弱的溫度門檻很低。我正要建議我們等一下，或許最好去找克勞福德，但我還沒吐出一個字，她就用一條手臂遮住眉頭，衝進暴風雪裡。

我追上去，擔心她走得太遠，連影子都會消失。我幾乎立刻無法分辨天南地北。我們很可能走錯方向，正在朝下坡而去，走在結冰的湖面上，正要踩碎薄冰淹死。我讀過你掉進冰水的時候，肺部會抽緊。如果溫度夠低，還會影響你的血流。你可能會立刻昏迷。每個人都知道掉進冰封的湖裡很危險，因為你一掉進洞裡，就沒辦法從水下找到出口了。人在水下用拳頭敲打冰面的陳腔濫調不是真的。在那麼冷的水裡一切都停止了。沒法用拳頭敲打，真讓人失望。我希望我走的時候，有機會對自己的死大聲抗議。

我發現我跟丟索菲雅了。我試著四下張望。但眼前只有無盡迴旋的灰色。我耳邊的咆哮猛烈異常，跟尖叫無異。風聽起來像是一把電鋸。我眼睛痛，所以我用臂彎進一步擋著，盡量在必要時才抬眼。我蹣跚往前幾步，迴旋的灰色中出現巨大的陰影。熊。這是我第一個念頭，但這太荒謬了，因為這裡是澳大利亞。我很快發現那是車子的陰影。我在停車場裡。很好；我的方向正確。

風雪猛烈到車子都在懸吊系統上搖晃。凱瑟琳的富豪車窗破了，雪堆積在後座上。幸好不是馬塞洛的車，我心想，要不然雪會毀了皮革座椅，讓精密的電子系統短路。我突然有了一個主意，先記下，留待稍後再處理。

從我站的地方，剛好可以看到山坡上的維修小屋。距離太遠，不可能是一輛車，太過真實，不可能是一頭熊，而且也沒有小木屋的三角屋頂。用來判斷方位倒是可以的。我邁出一步，我看見麥可的卡車在我右邊。雖然能見度低，但大小是絕對不會錯的。車子兩邊的側翼在強風中簡直就像帆一樣，整輛車在小輪子上劇烈晃動，好像隨時都可能翻車。我感覺到口袋裡的鑰匙磨著我的大腿。我不管維修小屋，邁步走向卡車。

有人抓住我的手臂。是索菲雅。她的嘴唇貼在我耳邊，口水噴到我脖子上。「走錯路了，阿恩。」

她拉我上坡，離開了停車場。積雪已經明顯更深了（再見，犯罪現場的腳印），我每走一步雪都深及小腿。我們接近那平頂的陰影時，我看見屋頂上積著大量的雪。雖然正門比較能擋風，但我們還是從屋側接近，奮力走完最後幾步，然後貼著波紋鐵皮站著。風勢被小屋破開，然後在我們前面聚合，就像我們躲在激流中的石頭後面一樣。我深深吸了幾口不會被嗆到的空氣，甩掉手臂和肩膀上的一吋積雪。我沒戴手套，所以把手插在口袋裡，反覆握拳又鬆開暖手。我頭頂上的遮陽篷掛著手指般長長的冰柱。我看過一部恐怖電影，有人被斷落的冰柱刺穿，我知道那不可能的，但我還是盡量貼著牆站著。

索菲雅在轉角處探出頭，然後很快縮回來，用手肘頂我的肚子，對我使眼色。快看。小屋的門是打開的。克勞福德用來鎖門的掛鎖正躺在雪地裡。但掛鎖並沒有被剪開，而是連同它穿過的門把一起被整個扯下來，連螺絲都掉了。「我們應該去叫克勞福德。」我說。

「那你去。」她要繞過轉角。

我伸出手臂擋住她，把她壓在牆上。「等一下！」

「我要仔細看一下屍體，OK？沒有比現在更好的機會了。克勞福德不會再讓我們任何人接近的。而且他能破案才有鬼了。他簡直就像是玩換裝遊戲一樣。如果這一切——」她在手中捏爆一個想像出來的氣球。「更為嚴重，那天沒亮我們可能就都死光了。我們得蒐集資訊。現在我們已經在這裡，而且門是開著的。凶手可能來過又走了。」

「要是他們還沒走呢？」

「所以我才拉著你來啊。保鏢。」

「這選擇不太行。」

「那這樣如何？我們在門口看一眼，就一小眼。如果裡面有人，我們就把門堵死，把他們關在裡面。只有一個出入口。然後我們就去找人幫忙。了？」

我有很多疑問。怎麼堵死已經鎖不上的門？怎麼一面堵門一面去找人幫忙？如果他們有武器呢？還有妳怎麼拼出「了」的？

但我知道我別無選擇。如果我回旅館去找人幫忙，索菲雅不會等我帶著幫手回來的。待在一起比較安全。此外，雖然我希望卡車裡的東西能洗清麥可的嫌疑（恩斯特救場了），但仔細檢查屍體可能也有幫助。而且，聽著，我知道人們因此做出愚蠢的決定時很煩人——這就是冰柱烤肉串沒活過那部恐怖電影的原因——但我還是（只有一點）好奇。

我們繞過角落，保持隱匿並且避開冰柱，緊貼著牆前進，最後來到了開著的門縫。索菲雅把頭靠近門縫，然後好像被蛇咬到一樣立刻縮回來，她的雙眼大睜。她無聲地說：「裡面有人。」我指向門，作勢關上。她搖頭，指著我的眼睛，然後指向門縫。她蹭過我身邊，讓我靠近門縫。她推了我一下。顯然她的意思是：你得自己看看。我盡量做出遭人背叛的表情瞪著她：我們的計畫不是這樣的。她又推了我一下。

我深吸一口氣，抗拒再度瞪向索菲雅的衝動，把頭湊近門縫。

綠靴子仍舊躺在太小的木板堆上，四肢攤開，胸部挺起，好像反過來的跳傘姿勢。跟我們離開時不同的是，有個人正俯身向他。雖然只是背影，我還是立刻認了出來。裡面的人專注在屍體上，所以還沒注意到我們。在理想狀況下此時我應該慢慢後退，把他們鎖起來，然後去找真正的警察，像之前說好的那樣。但我沒有。屋裡好像有一條無形的線把我拉進去。我幾乎感覺不到索菲雅瘋狂地猛拍我的手臂，她嘶聲的警告消失在風中。

沒人發現我進來。被風吹襲的鐵牆和積雪屋頂的嘎吱聲掩蓋了我的腳步。小屋裡也冷得要命，寒氣從金屬牆壁和水泥地板上散發。我的呼吸都是白霧。我清清嗓子。那個人猛地直起身子，往後退兩步，把手舉起來。逮個正著。

「挺好的。」我說。這是我們私下的笑話。

23

我之所以這麼常對艾琳說：「挺好的」是因為正如我們結婚時我告訴她的一樣，她生我的氣的時候要是有人問她，「恩斯特怎麼樣啊？」她就能誠實地回答：「他總是說『挺好的』。」

她垂頭喪氣，雙手放在身側。「喔，感謝上帝。」她重重地吐出一口氣，然後露出我許久未見的燦爛笑容。她要朝我走來，但我冷硬的聲音讓她停住了腳步。

「艾琳，妳在這裡做什麼？」

「你跟麥可談過了嗎？」她的語氣出乎意料，帶著困惑和驚訝，好像我跟我哥哥打啞謎般的針鋒相對之後，一切都該直接了當似地。「他跟你說了亞倫的事了嗎？」

「他跟我說了亞倫的事。」

「好吧。所以……」她又頓了一下，好像她已經填補了足夠的空白，然後才發現自己還是得直說。她用溫柔的教師聲音說：「你覺得如何？」

「我不知道我相信什麼。」跟艾琳撒謊沒有用；這點她比我高明多了。我知道，我知道——這在一本她無權回答的書裡聽起來別有深意，但這是真的。此外，出軌的是她。

「我們旁邊有個死人。」她直白地說。

「妳知道我注意到了。」

「雖然旅館老闆希望我們這麼覺得，但這不是意外，阿恩。這只是讓大家不要驚慌而已。但是你和我，我們知道這是個康寧漢家人的問題。由康寧漢家人帶來的……」她沒有明說，但沒說出口的話在空中徘徊：是康寧漢家成員幹的。

我稍微退讓了一下。「如果我相信麥可說的話，殺害我父親的人，亞倫，已經死了。故事結束。還有什麼別的？」

「如果？」

「我相信麥可相信自己說的話——目前為止就這樣。」

回想起那片結滿蛛網的空地，我不寒而慄。或許這是我拒絕接受麥可告訴我的話的部分原因：亞倫在紀錄上或許很凶惡，但那天早上只有我在場，而我不希望他的死，他的謀殺，有合理藉口——不管他是什麼人或做了什麼事。

「事情很簡單。亞倫為了保命殺了你父親，沒錯，但他是為了某個東西才動手的。」艾琳順著思路，咋了咋舌。「然後他試著把那個東西賣給麥可，所以我們今天才會在這裡。」

「這麥可已經跟我說過了。但為什麼等這麼久？」

「或許是因為亞倫沒生意做了。或許他無路可走，我只知道如果半輩子之前那個東西值得殺人，那現在也值得。」她用拇指比向綠靴子。「我需要再提剛才說過的屍體嗎？」

「好吧。那麥可到底要從亞倫那裡買什麼消息？」

「我不知道。」她遲疑著。「他不肯告訴我。說那不安全。」

第九誡規定我必須說出心中所想。而現在我想她說的是真話，但她還有所隱瞞。

「但是？」我試探道。

「我們挖出了某個東西。」

我想到大家站在旅館門口時我們握了他髒污的雙手。他指甲縫裡的塵土。他身上其他地方都很乾淨：刮了鬍子、染了頭髮。他為什麼沒洗手？「東西在卡車上嗎？」

她點點頭。

「OK，所以到底是什麼？」我這麼說出來聽起來很簡單，這讓我覺得或許真的很簡單。「錢嗎？那麼多錢？劍齒幫的東西？搶來的？珠寶？毒品？」

「我想是吧。我沒看過。」

我笑起來。聲音很難聽，我的聲帶還沒完全解凍。「這一切只是為了一張藏寶圖？」

「你不應該笑。」她將雙臂交抱在胸前。「我信任他。」

「信任」這個詞帶著雙重含意。好像可以從句子裡切割出來替換成別的。

「這是因為——」

「別這樣，阿恩。跟那個無關。」

無關，又有關。我以前從來沒有直接問過她，連在婚姻諮商時也沒有。我的憤怒總是被羞愧和悲傷阻止。但如果我質問過她，我們可能就能克服；我們可能坐下來好好談談，聊一下組織家庭對我們來說意味著什麼，以及我在早餐桌上打開的那封生育能力報告對我們有什麼影響，對我們試圖建造的家庭有什麼影響。

我們等那份報告等了很久。這種改變命運的消息用郵寄很奇怪，但我猜他們覺得這沒什麼大不了的，不需要打電話告知。報告本身來得很慢。艾琳扭絞著雙手，告訴我每一個壞消息：第一份報告地址寫錯了，她得打電話到診所去更正，第二份報告幾個星期之後才寄到，被雨淋成難以辨識的紙漿。艾琳大受打擊。她每天都一大早就去檢查郵箱，一面沿著車道走來一面在披薩折價券和房地產廣告中翻找，同時搖頭：又是沒有結果的一天。

其實我還留著那份報告。那天早上它被我捏皺了，我難以置信地看著我的結果，試圖解讀出另外一種意思。艾琳走進廚房，將髮絲攏到耳後時，我已經把報告放在奶油旁邊撫平了。我的手臂滿是污漬，手腕上沾著骯髒的液體。我讓她坐下，她看著我的時候臉上的表情，她看報告時的表情……我想我們倆都知道這可能表示我們完了。我們掙扎了一會兒，但是打火的燧石已經不在了。要是我還有的話，可能會用來把那該死的報告燒了。

我們又在彼此的軌道裡停留了十八個月，因為我們不想離開，也不想留下。婚姻就是這樣，其中一人想要孩子，而其中一人無法辦到。

是的，那就是我生命中第三次，也是最後一次重要的早餐。跟精子有關的那次。

「所以是真的？」我問。我們倆都知道我是什麼意思。她跟麥可。

她嘆了一口氣。「是真的。但就算不是，我仍然相信他。不是每個人都能用全新的角度看待我們的父親。那是一種特權。」

那時我明白了，透過幫助麥可更加瞭解羅伯特，她將自己代入，設法跟家暴的父親和解。

「別這樣，」我哀求。「拜託，妳應該比這更理智。」

「你的嘴總是這麼甜。」她冷冷地一笑。「你打開卡車了嗎？」

我搖頭。「他把鑰匙給我了。但我們跟著妳到了這裡。」

「他跟我說裡面的東西能說服你。」

我希望大家不要再跟我說卡車裡的東西會改變我的一生。事實證明無論是我相信什麼，或是我右臂的功能都是如此，但我還是希望大家不要一直這樣跟我說。

「我們毫無進展，」我決定要平息事態。「我們試著找到共同點吧。」

「你聽起來好像金醫生。」

「我們花了那麼多錢諮詢——誰想到有一天真能派上用場呢。」我強迫自己露出微笑。

「所以共同點是什麼？」她用我們前任諮商師那種慵懶單調的語氣說。「是什麼讓我們聯手？」

「我們都不相信麥可是……」我朝屍體示意。在屍體旁邊閒聊似乎很奇怪。「我猜如果妳願意破門進來察看，那妳也不相信自然死亡的說法。在你們挖出那個東西之後，妳覺得有人在追麥可；而我只是想讓麥可洗清嫌疑，試著救一次場。這就是我們的共同點。我們都想解決這件謀殺案。」我再度想起我並不是因為把這一切寫下來才是主角。事實上，我記得當時我對自己說很多人似乎有解決這件謀殺案的動機，而不是犯案的動機。「我們就從這裡開始。如果我們能找到犯人，就能知道麥可說的是不是實話。」

「一個證明了另一個。」她同意。然後她將兩根食指抵在一起，放在下巴上，皺起眉頭。「我覺得今天我們在這裡有進步，你覺得呢？」

我不由得笑起來。這就是我們墜入愛河的原因，無論後來發生了什麼事，這些事情都難以忘懷。

「我來之前妳看了一會兒，」我說，「有什麼發現嗎？」

「我不是專家，但這一切都太不自然了。」她再度轉向屍體，我走近了些。

我還沒有仔細看過綠靴子。之前抬他的腳的時候我一直犯噁心，只瞥了一眼克勞福德拍的大頭照。他閉著眼睛。小屋裡冷得要命，他的頭髮上都有冰碴。他臉上都是黑色的灰燼，我一開始誤認為凍傷。黑灰在他嘴邊凝結，閃閃發光。他的脖子上有一道憤怒的紅色傷痕。索菲雅跟我提過；傷口的血蹭在克勞福德袖子上，但近看更嚇人。不管繞在他脖子上的是什麼東西，都緊得割裂了皮膚。傷口的血在寒冷中也凍成了冰晶。

艾琳打斷了我的推理。「看起來他是被人勒死的。我不知道那些黑色的玩意是什麼。毒藥？」

「灰。」我重複索菲雅跟我說的話。「很明顯。」

「像是被火燒過的灰？在外面嗎？」

我點點頭。「但是沒有融化的雪。而且要是他著火了，難道不會在地上滾動嗎？難道不會有燒傷嗎？索菲雅覺得是連環殺人犯幹的。媒體稱之為黑舌頭。但如果妳覺得麥可跟老爸一樣捲入了幫派紛爭，那可能是某個打手幹的？」

「或許吧。看起來很暴力，我猜他們是想要傷害別人或是殺雞儆猴才會這麼幹。但是等一下……你剛才說這是灰，但雪地沒有融化。所以這個凶手燒死人但是沒放火？」

「事實上這是波斯國王曾經用過的古老酷刑。」索菲雅在門口說。「怎麼？我快凍死了。」

「酷刑？」我對艾琳挑起眉毛。「以殺雞儆猴來說很符合。」

「她知道多少？」艾琳雙手交抱在胸前。「麥可跟我說只能相信你。」

「她沒問題。她知道錢的事。」

「可惜阿恩已經花了——」索菲雅意味深長地瞥了我一眼。「一大筆了。至少五萬，對吧？」

艾琳用一種我無法解讀的眼神盯著我。可能是因為我花了麥可的錢而不高興，或是因為我跟索菲雅親近到能告訴她我的秘密。我選了第二種。以昨夜跟我哥哥共度良宵的人來說，實在有點太超過。「妳好像對這個連續殺人犯很瞭解啊。」艾琳警戒地說。

如果索菲雅自己受到了指控，她也沒表現出來。「其中一個受害者被送到我們醫院。那個姓亨佛瑞的女人。有人發現了她，大家都覺得剛好救了她的命。但她的肺被打穿了——我們不得不關掉呼吸器。我聽了幾個播客節目，覺得很有意思。在此之前我都不覺得自己需要這種資訊，直到現在。」

「如果妳聽播客節目破案，還是算了吧……」

「艾琳，給她一個機會。她知道的比我們多。」

「所以我們要找的是歷史迷？喜歡中古世紀的酷刑？」

「差不多吧。」索菲雅面露尷尬之色。「這不是我瞎編的，好嗎？這叫做灰燼窒息。恩尼，我跟你說過死於家中火災的人大部分都不是燒死的，他們窒息了。部分原因是因為火焰消耗了氧氣，所以不能呼吸，但就算火熄滅了，如果你吸入太多的煙霧，肺部也會被灰燼包住，就算空氣裡有氧氣，你也吸不進去。」

「所以古波斯以在家放火出名？」我問。

「很好笑。酷刑是他們發明的——他們為此特別建造了一座塔。超過二十公尺高的巨塔。裡面都是輪子跟齒輪之類的機關，底部是一堆灰燼。他們把褻瀆神明的人推進去——當時那就是被判死刑的原因。被關在一間滿是灰燼的房間本身並不會把你怎樣，所以他們就轉動輪子跟機關把灰燼攪動到空中，然後犯人就會窒息死亡。」

「露西跟我說第一批被害者是布里斯班的一對老夫婦？她調查了他們。妳是說他們是這樣死的？」

「她說得對。好吧，不完全對。顯然並沒有一座三層樓高的酷刑塔藏在某處，而且綠靴子似乎是被勒死的。」

索菲雅從旁邊的長凳上拿起一把螺絲起子，用它拉下綠靴子的領口，好看清楚一點。「從他臉頰上的灰燼濃度和頸部傷口的深度來看，我會說他被一個裝滿了灰的袋子套住頭，然後緊緊綁住，等他死了才拿下來。」

「雪地上的腳印看起來像是有人在小範圍內來回奔跑。」我說。

「正是。缺乏氧氣會讓你很快喪失方向感——他可能試圖把袋子拿下來，很可能陷入驚慌狀態。我可以想像他瘋狂地繞圈子亂跑。」

「這不怎麼中世紀啊，」艾琳說出口發現這話太尖銳了，她抱歉地舉起手。「我不是要諷刺妳，抱歉——我很感興趣。我只是覺得既然要把一個袋子套在被害者頭上勒死他，幹嘛還要裝灰燼？」

「我同意。我猜凶手是在緊要關頭倉促行事。或許天快要亮了。或許度假的客人打斷了他們。布里斯班的那對夫婦，凶手不慌不忙。我說了那不是酷刑塔，但實際上算是一個現代版本。他們被鎖在車子裡，就在自家車庫，他們的手被用尼龍繩綁在方向盤上。車頂上有凹陷，好像有人曾經站在上面，地板上有一座吹葉機。凶手應該是把灰燼從車頂上的天窗倒進去，然後把吹葉機倒扣在天窗上吹動灰燼。那位被送到我們急診室的女士也是一樣。被尼龍繩綁住，被鎖在廁所裡，窗戶跟換氣扇都被膠帶封死，只有被換氣機放進去的東西。他們喜歡這樣做。慢慢來。當然啦，這些都是猜測。」

「播客節目上說的。」艾琳肯定地說。

「播客節目上說的。」

「感覺起來一定像是淹死在空氣裡。」我說。我不會希望任何人經歷那種窒息的夢境，而在我小時候待在母親的車裡時，大部分時間我都是無意識的。我讀過一些潛水員的故事，他們在離水面只有幾英寸的地方溺水，感覺只要能突破水面就能得救，但那卻總是離他們「那麼一點點」。我無法想像，試圖呼吸就在你面前的空氣，卻什麼也吸不到的感覺。「如果妳覺得是同一個凶手，同樣的作案手法，對吧？不只是灰燼。妳覺得他脖子上的勒痕可能是尼龍繩？」

「是的。傷口很乾淨，很可能是塑膠，纖維的繩索可能磨傷皮膚，如果是釣魚線的話，傷口會更深。但是看這裡……」她指向屍體微微張開的嘴巴，拿出手機（電量：85％）打開手電筒。媒體稱凶手為黑舌頭的理由很明顯，死人的嘴裡都是黑色的煤炭，讓他的舌頭在染黑的牙齒後像是一條黑色的蛞蝓。「這比較像是裝飾，而非真正的死因。光是袋子就可以讓人窒息了，這除了留下印記之外沒有其他用處。」

「他為什麼要這麼做？」艾琳問。

「我在急診室看過各種奇怪的案例，所以可以猜出幾個原因。我打賭阿恩知道我在想什麼。你寫這種東西。變態殺手的基本手法是什麼？」

「這個嘛，」我說。「我猜最常見的假設是變態殺手需要依照某種特定的方式行事。這是他們流程的一部分——這對他們有意義。但如果這流程如此重要，我不認為他們會在沒完全準備好的情況下就匆忙行凶，除非他們被打斷了。那樣不值得。而且這裡不像是有人生過火的樣子。那也太明顯了。所以我不知道這有什麼幫助。」

「事實上你不怎麼需要生火——只要讓灰燼在空中飄蕩就好。而且隨便哪家園藝或五金店都可以買到大袋的灰。我的意思是，他們八成是自備而來的。所以我覺得我的第二種理論比較可能。」

我猜到她要說什麼，以及這如何吻合艾琳和麥可的理論，我的心沉了下去。然而金屬的鏗鏘聲分散我們的注意力；克勞福德猛地推開門。他滿臉通紅，滿頭大汗，非常激動。他一手拿著斷裂的門把，掛鎖還在上面，另一隻手則緊緊握著一支強力的警用手電筒。他輪流看著我們三個人。他張嘴試圖說話，但好像不知該怎麼表達自己的憤怒，最後只吼出一個字：「滾！」

我們像小朋友一樣排成一排往外走，低著頭喃喃說：「對不起，警員。」暴風雪稍微緩和了一些，現在我可以看見旅館了，看起來更像薑餅屋：剛剛灑了糖霜。

克勞福德粗魯地跟著我們走下山坡。我的編輯告訴我人不可能粗魯地走路，但他們顯然沒體驗過克勞福德氣喘吁吁地跟在他們身後兩步，所以我還是要用這個副詞。我們走向停車場時，我讓艾琳看卡車鑰匙，她同意地點點頭。她轉向索菲雅，低聲說話不讓克勞福德聽見。

「妳的第二個理論是什麼？」

「黑舌頭已經宣告了自己的存在。他們要我們知道他們來了。」

24

卡車的後方是那種波浪型的捲門，往上收進車頂。防撞條上放著一個空的咖啡杯。鑰匙輕鬆地轉動。我將把手轉動九十度，感覺這像是個重要時刻，所以我停頓了一下，轉頭望向三個圍繞在我身邊的人。艾琳焦慮地扭絞雙手，急切地想知道裡面的東西能不能說服我，或許還能讓我告訴她麥可沒說的話。索菲雅志得意滿地噘著嘴，期待麥可的秘密公諸於世。克勞福德顯得很不耐煩，他已經利用最具權威的聲音要求我們直接回旅館，但我猜到他不會盡力阻止我們。我猜得很對；在我們拒絕聽話之後，他跟上來確保我們不會做更多的蠢事。我呢？我已經準備好大失所望。正如我跟麥可說的一樣，除非裡面藏了一艘太空船，否則我很難有多震驚。

我把捲門拉起幾英吋。第一眼印象：沒有爆炸。（我知道這聽起來很瘋狂，但我腦中構想過許多情節，而我很羞愧地承認，這輛車上裝了炸彈是最不荒唐的橋段之一。）我緩慢地開門不是為了增加懸疑感，而是因為捲門被冰封住，要拉開一條縫好看見黑暗的車內都要花很大的力氣。我沒戴手套，覺得手好像要被冰冷的金屬弄傷了。我想再拉一下，有人搭上我的手臂阻止了我。

「或許他只想讓你看，」艾琳說，「第一個看。」

艾琳顯然對裡面的東西略知一二。畢竟是她幫麥可挖出來的。她以為是錢，或至少是值錢的東西，而基於必須用卡車搬運，那表示數量龐大。麥可告訴我只能相信你。麥可也跟我說過同樣的話，他只能相信我，因為我是唯一作證指控他的人。他讓自己被關在惡臭的襪子抽屜裡，只為了能把鑰匙私下交給我。索菲雅和克勞福德不應該在場的。艾琳說得對。

「我得先自己看一下，」我在呼嘯的風聲中大聲說道。「嗯——可能不太安全。」

我知道這個藉口很牽強。索菲雅翻了翻白眼。我想知道她是因為被排除在外感到不滿，還是因為每次我站在艾琳或麥可那一邊，會讓她覺得她離一大筆錢更遠了。我想到這可能是她在維修小屋打斷我們的原因：就在我跟艾琳剛剛找到共通點開始合作的時候，就被她打斷了。我以為克勞福德會因為各種理由而抗議（證據鏈、目擊證人、任何正經警察會說的話），但他似乎已經放棄試著執行警察職責了。艾琳把他們倆簇擁到卡車旁邊，我再用力拉了兩下，把捲門打開。

裡面的空氣沉悶寒冷，天色仍舊灰暗，就算打開了車門，也看不清車廂裡面有什麼。牆壁上有搬運家具時使用的繩索和綁帶。但我看見更深處有一個非常特殊的形狀。看起來像是……

我不能確定。我得近看一下。我爬進車廂裡。卡車在我走過去時嘎吱搖晃。空氣沉悶而且聞起來像是新鮮的土壤。我們挖出了某個東西。

我的眼睛適應黑暗。在我猜想過卡車裡可能證明麥可清白和他昨晚行蹤的東西裡，我作夢也沒想到過這個玩意。我震驚地呆滯了幾秒。直到有人敲了車廂一下。索菲雅低沉但清晰的聲音說：「所以到底是什麼？」

我走到車廂入口把捲門拉下來，把自己關在黑暗裡。艾琳說得對。這是給我看的，只給我一個人看。

棺材上仍有流淌凝固的泥土。這就是新鮮土壤氣味的來源。我用手機的手電筒檢視棺材（電池電量：37％）。棺材看起來很昂貴，用料是堅實的木材，可能是橡木，好好地上過漆，所以並沒怎麼腐敗，兩邊還有華美的鍍鉻把手。看起來並不新，但也沒有百年那麼舊，很難判斷。露西會很高興：以完美的不在場證明來說，盜墓是一個很好的理由。

我的第一個念頭是，這可能是賀爾頓的棺材，因為我想不出我哥哥有什麼理由去挖別人的棺材，這還有種循環的諷刺，因為我哥哥一開始就想埋了他。但這是一口設計來炫耀的棺材，給受人敬愛的死者用的，適合開棺瞻仰。既然麥可告訴過我半個監獄裡的人都是亞倫的債主，我不覺得會有任何人掏錢讓賀爾頓如此風光的下葬。

我沿著棺材走，用指尖撫過木頭。我的體重在薄薄的金屬地板上移動，卡車的軸發出嘎吱聲。我看到棺材周圍的一圈釘子都被拔了出來，好打開棺蓋。我發現這可能不是棺材，而是一個保險箱，而麥可可能已經從裡面得到他想要的東西了。大家會把東西藏在棺材裡，不是嗎？但如果是這樣，他把裡面的東西清空了，那幹嘛還要我來看？如果裡面是屍體，那我要怎麼認出已經入土那麼久的人？一堆白骨對我沒有任何意義，不管是誰都無法辨認。我正這麼思索的時候，指尖擦過光滑木頭上的一處粗糙的凹槽。是個標記。我用手電筒（電池電量：36％）照亮。

無限的符號，刻在木頭上。

我突然想起來了。一場國葬，需要華貴的棺材。一把瑞士小刀，在橡木上刻下無限的符號。

放在胸前的帽子，白色的手套和金色的鈕釦。我可能認不出裡面的白骨，但我認得這具棺材。

麥可和艾琳挖出了亞倫．賀爾頓的搭檔：我父親射殺的那個警察。

25

我知道我得打開棺材。潘朵拉去死吧。

棺材的蓋子真是重得要命：那些豪華款通常都有鉛襯，用來防止屍體液化時滲透過木頭。即便沒有鉛的重量，接縫也會因潮濕和六英尺深泥土的壓力而變形——就像無生命物體的僵直狀態。如果麥可之前沒設法把它撬開，我根本無法一個人搞定。要把棺材弄進卡車裡，他跟艾琳一定用車壁上的綁帶做了某種滑輪系統。

既然我自己一個人在車上，我發現我可以站在鉸鏈的那一側，俯身傾向棺材，用手指勾住棺蓋邊緣，用全身力氣往後拉。在寒冷的環境中這很費力：卡車在山裡，四面是金屬車壁，這等於是個冷凍車廂。我的呼吸在冰凍的空氣中困難地吐氣，最初的幾公分開口嘎吱作響，痛苦地緩慢，直到慣性克服了重量，棺蓋直接往上掀起。幸好我不用跟一堆人骨糾纏：棺材稍微朝我的方向晃動了一下，但保持了平衡。卡車再度發出呻吟，好像在哀求我不要動作這麼大。

我用手機的手電筒（電池電量：31%）照進棺材裡。

棺材不是空的，這我八成也料到了，所以看見屍體我鬆了一口氣而沒有被嚇到，棺材裡面至少本來就應該有屍體。

科學速成班。根據棺材的材質和封閉的程度，三十五年足以讓屍體半木乃伊化。這段時間不足以讓所有組織液化，而骨頭要接近百年才會化為齏粉，所以結果就是一具掛著灰色條狀肉片的骷髏。當時我不知道這些科學知識——我在寫下這一切的時候查了資料——所以我不確定麥可希望我看見半腐爛的屍體時能瞭解什麼。我搖搖頭，這一切毫無意義。

然而我想裡面可能還藏著什麼。任何有價值的東西一定都已經被麥可拿走了，我想起來他要給我看什麼東西，然後摸索半天找不到還咒罵出聲。但是如果那玩意小到可以藏在身上，那為什麼要放進棺材裡呢？麥可既然已經拿到了他想要的東西，那為什麼還要把整具棺材運上來？

我得再看仔細一點。我的手電筒（電池電量：31%）先照亮了一隻人腳的殘骸，單看像一隻小鳥：細長的骨頭幾乎形成一個籠子。我查看了腐敗成蠟狀的雙腿，試圖回想高中生物學，以判斷是不是少了什麼。這比我見過的任何人體骨骼模型都雜亂，肋骨部分坍塌，看起來好像多了好幾根肋骨。衣物已經全沒了，只剩下幾顆金色鈕釦掛在肋骨上，還有一條皮帶圈著空洞的骨盆。

我得承認，雖然我正看著一個死人，一個被我父親射中脖子而死的人，但我卻毫無感覺。沒有半點愧疚、沒有一點厭惡。就像是看著山上的那具屍體：純學術性質。現在麥可告訴我這具屍體是個惡棍，試圖殺害我的父親，讓我更冷漠了。棺材裡的屍體對我毫無意義。我努力試圖用盲目的無知保護自己，我對那個死去已久的警察一無所知。我甚至不確定自己知道他的名字。

話雖如此，我上次看到他的時候，他並沒有兩個腦袋。

我在開棺葬禮上看過棺材內部，裡面絕對只有一個人。我不僅想知道還有誰在這口棺材裡，更想知道是怎麼進去的。

第二個頭骨比較小，但腐敗程度相同。頭骨上緊繃著一層皮膚。頭部往下，下頷對著曾經是白色的絲墊，我可以看見頭骨後方一個凹凸不平的洞，裂痕一直延伸到耳部。我不確定是槍傷還是打擊傷害，但顯然嚴重到殺死了這位無名氏。我仔細觀察，注意到纖細的骨頭——脊椎骨——彎向較大的骨架。隨著肌肉消失，兩具屍體的肋骨交錯在一起，我原本以為是腐化——事實上是另外一具屍體的骨頭。

我更加仔細地沿著脊梁骨往下看到骨盆，彎曲的膝蓋、腳（小小的白骨鳥）隱藏在較大骨架的髖骨後方，彷彿在躲避一樣。攀附著。這看起來像小野洋子和約翰·藍儂那張有名的滾石雜誌封面。不管你的生物是不是只拿了個C，這幅景象都有一個無可否認的狀況。纖細的骨骼，是個小個子，年紀很輕的人。

麥可大老遠把這具棺材運到這裡就是要我看這個：一個孩子的屍體蜷縮在警察的屍骨旁邊。現在我得問他原因了。我舉步朝後門走去。

就在此時卡車開始移動。

第一次顛簸讓我輕微搖晃，往後仰了一下。我的胃彈跳一下，其他器官試圖在靜止的雙腳上適應突來的動力。在一片昏暗中，我的大腦花了幾秒鐘才愉快地發現自己仍舊保持平衡。我在晃動中慢慢前進，但我希望你知道接下來的一切都發生在幾秒鐘之內。卡車側面有一連串急促的撞擊聲。

「恩尼，快從這天殺的車裡出來！」女人的聲音。我分辨不出是艾琳還是索菲雅。

我試著加快速度，同時保持平衡。我強烈地感覺自己在爬坡，這表示卡車正往前移動，而往後門走跟動力的方向相反。車壁上掛著的帆布帶子往前面駕駛座傾斜。車外的敲打聲持續著，但現在加快速度轉動的車輪聲已經壓過叫聲。但我知道她們在說什麼：快點。我已經猜到了。卡車正朝下坡前進。而下坡的盡頭是凍結的湖面……

後門震顫著往上打開半公尺，出現了一道光線。艾琳探頭進來，喘著氣跟上車速。「快點，恩尼，快點！山坡越來越陡了。」

「發生什麼事了？」我大叫，跌跌撞撞地逆著傾斜的地板走向她。

「手剎車鬆了。一定是你晃動了車身，車子開始移動。克勞福德正打算打破駕駛座的窗子進去人工剎車。地上有些棕色的玩意，可能是剎車油——所以你就節省時間快點出來，以免我們沒辦法阻止車子滑行。」她試著抓住捲門的底部，但無法一邊握住門一邊小跑步。短短幾秒鐘的時間，她就從快步走變成了在深及小腿的積雪中，急速地闊腿慢跑。卡車的速度不算快，但在雪泥中很難跟上。我知道我們距離馬路大約有一百公尺左右，然後再幾百公尺就到了湖邊。過了馬路坡道才真正開始傾斜，但是卡車太重了，如果速度夠快的話，根本停不下來。我知道我得在車子真正開始加速之前出去。

「你得壓低身子，」她說，伸出一隻手。「雪地很軟，你可以滾下來。」

我蹲下來，單膝跪地，卡車再度往前，這次比之前傾斜得更猛烈。我跌倒在地，從艾琳手裡滑出來，我伸手去抓一條帶子，卻沒抓到，重重地屁股著地，直往後滑，一直到背撞到駕駛座上才驚呼一聲停下。卡車現在一定已經前進到了斜坡上，因為一切都在移動：懸掛的帶子猛烈地撞擊著車壁和我的臉，一個工具箱從某處落下來，螺絲和扳手從地板上反彈，砸在後壁上。我剛好抬起頭，躲過了一把尖端直衝我視線的螺絲起子，然後撞在我耳旁的金屬車壁上。

接著我聽到一聲漫長緩慢的尖聲。地板上的摩擦聲。棺材正向我滑過來。好幾百公斤的鉛、木材和兩具骷髏。我試著移動，但重力和混亂是致命的友人。我已經說過我一直用一隻手打字：這就是原因。

我的右手腕一陣劇痛，接著幾乎立刻就麻木了，像是我坐在手上一樣。我想把自己從牆上撐起來，但我覺得肩膀被拉扯。我的手臂不聽使喚。這聽起來很蠢，但我得親眼看到才發現：棺材猛地撞到了我的前臂中間，把手釘在牆上。我剛剛才看到骷髏的手，所以我想到了一幅噁心的畫面，我可能已經斷了幾十塊小骨頭。但這個問題現在是最不重要的。之前卡車一直在斜坡上緩慢行駛，我慢慢試圖從卡車上下來，現在隨著車持續加速，我被困住了。

我用沒受傷的手臂去拉動彈不得的手肘，但手肘紋風不動。然後我試著用手指插進棺材和牆壁之間，試圖減輕半點壓力也好，但它太重了。我的手指離開時又濕又滑。血。我感覺不到它，一切都因震驚而麻木。但當我拉的時候，手上的皮膚隨之撕裂。後來，一位急救人員告訴我（是在我下了山之後，經歷了另外三起死亡和一個殺手身分的揭露時），一邊用一根彎曲的金屬針穿過我皮膚掛下來的邊緣，一邊解釋說，醫學上這叫做「脫套傷」。我很高興我當時不知道；我會暈倒的。

我回頭看了看車後門，評估自己獲救的機會，結論一點都不讓人安心。儘管雪很深，艾琳仍舊努力跟上，但她表情暴露出情況緊急。我看見她把手伸進卡車裡，腦袋微微上抬，試圖抓緊爬上來，但最後還是沒能抓住，往後滑開，然後又回來再度嘗試。

「我卡住了。」我叫道，不確定她是不是能看見棺材夾住了我的手。螺絲和帽栓匡噹滾過地板。「到湖邊還有多遠？」

「這個問題——」現在她喘著大氣，積雪比車行的速度更讓她疲累，也讓她更難跳上高及髖部的卡車。「你不會想知道答案的。」

這就算沒回答也等於回答了。時間不僅得借，還要付利息。我把腳抵在棺材上，試圖將它推到一邊，同時盡量把手拉回來，拉到我覺得手臂都要脫臼了。然而它紋絲不動。

「大路在哪裡？」我叫道，「路邊的積雪……」我喘不過氣來。「或許能讓我們停下來。」

「剛才我們已經直接衝過去了，」艾琳喊道。該死。剛才顛了我一下，讓我跌倒的應該就是路邊的雪堆。這算哪門子救星。

我重整了一下腦內地圖。如果我們已經過了大路，這表示山坡非常快就會更加陡峭。

「阿恩，」一個新的聲音出現，是索菲雅。在微弱的一線光亮和卡車的加速下，我很難看清楚，但她的腦袋一瞬間進入了我的視野。「發生了什麼事？在我們完全沒辦法阻止之前你大概還有三十秒鐘。快點下車！」

「我受傷了。我沒辦法動彈。」

「等一下，那是棺材？」

「幫我上車！」艾琳打斷她。

「這樣安全嗎？」

「當然不安全。托我一把。」

一切都開始變得模糊。腎上腺素一定已經消退，因為疼痛開始蔓延到我的手腕，並向上輻射到手臂，這讓我的視野邊緣模糊且無法聚焦。我盡量把注意力集中在艾琳和索菲雅身上。她們在光線裡。她們是實體。她們似乎距離我無限遙遠。然後第三個影子來了。

「沒辦法，」一個男性的聲音，是克勞福德。「我把車窗打破了，但是太高了。沒有時間……等一下……」他接下來的話聲很模糊，但我聽了個大概。「妳們沒讓他下車嗎？」

「他卡住了，」索菲雅說。

「卡住了？」

「他受傷了。」

「嚴重嗎？」

「不知道。」

「嚴重到沒辦法下來跟我們在一起，」艾琳怒道。

「噢。小心我的腳趾。」當艾琳踩到克勞福德時他說。他們三個人一定把捲門又往上抬了一點，因為光線湧了進來。克勞福德再度開口：「我的老天爺，那是……」

就在那時，一切突然從輕微的緊張變成了徹底的恐慌。那三個人現在都在奔跑。我們一定已經到陡坡。我想額外的光線也讓他們看清了我的傷勢，讓情勢更加混亂。艾琳開始對克勞福德吼叫著要他幫她上車。我聽見克勞福德反駁：這太冒險了；太危險了。還有些她聽不得的話，在英雄主義的幌子下抬頭的性別歧視。

我等著克勞福德的靴子踩進車廂的聲音。但一條綁帶打在我臉上。我用空著的那隻手抓住它，使盡吃奶的力氣猛拽。不管是誰把它掛在車廂上的，都沒有綁好，帶子鬆脫時，上面的環扣掉在地上。這就像一條巨大的安全帶。我把帶子捲起來，用一隻手在腰間摸索著打一個簡單的結。鬆鬆的一圈，但或許夠用了。

「快點！該死，恩尼，快點想辦法！」這一次是索菲雅驚慌失措尖叫，而且距離稍微遠了一點。我意識到我沒有聽到克勞福德上車的聲音。我發現他阻止艾琳不是因為他要展現騎士精神親自上陣救我，而只是單純阻止她。我抬起頭看著我綁的帶子，發現三條都在變小。然後我意識到所有的帶子都正常地垂直懸掛著。重力正常了。我胃裡的翻攪減弱，這表示卡車已經停下。

這應該是好消息。只不過我知道卡車並不是拋下了索菲雅、艾琳和克勞福德。他們不再追車是因為再往前太危險了。他們已經沒時間救我了。

這表示我被困在四噸的金屬裡，在冰凍的湖中央。

我不會製造虛假的懸疑，描述冰塊輕輕碎裂，湖面上出現蜘蛛網般的裂痕什麼的：卡車停下來不到五秒，就猛地下沉了幾公尺，然後呈三十度傾斜。我背後的駕駛座最先往下。又震動了一下，這次車子成四十五度角。我知道我得快點想出辦法。

我隱約有了一個計畫。我用盡全力甩動沉重的環扣，但我太過用力，環扣砸在半開的捲門上，然後滑回我身邊。我試了第二次，這次把環扣滑過地板；歪歪扭扭地滑出縫隙。我並沒期待那會扣住什麼能支撐我重量的東西——湖上一無所有——但我希望湖面上有點東西。如果我沉下去，那我的首要任務就是再次找到冰上的洞。如果帶子沒法固定好讓我把自己拉上去，那至少我能順著它浮上表面。車廂在外部水壓下發出呻吟。我聽到滴水聲，還能聞到寒冷的氣息。我不確定，但現在我很可能已經在水下了。我用沒受傷的那隻手握住棺材的鉻把手，準備面對接下來的情況。我只有一次機會。

事情發生得很快。冰面再度開裂，突然我就仰躺著，透過半開的捲門望向天空。卡車呈九十度角。這就是我所需要的。我並沒有像我之前那樣試圖違抗重力，將棺材從我身上推開，而是將鉻把手朝卡車頂部拉。在我們傾斜之前，這就像試圖臥推這個東西，但現在棺材基本上是豎立的。我只需要把它拉倒。我忽略它正在研磨我的前臂，竭盡全力。最後，總算有個環節生效了。

棺材倒了。

抱歉我沒有正確地表達我的興奮。它倒了！

棺材撞到車頂（現在是牆壁）上，斜靠在我上方，棺蓋打開，灰塵和骨頭散落在後壁（現在是地板）上，在這個過程中我的手（現在是扁的）終於自由了。我滾到一邊，以防它又倒下來，我抓著受傷的手，觸感濕軟，但我還沒有意志力來查看傷情。要不是太冷，就是我處於震驚狀態，無法正確地感受疼痛。

我站起來，抬頭望向天空。我扔出去的綁帶仍在我頭上蜿蜒地向上延伸。我想我聽到了叫喊——可能是我的名字。我不確定。我環視我的監獄。我不可能帶著一條報廢的手臂爬上變成牆壁的地板。綁帶沒有勾住任何東西，所以我無法攀爬。當然，整輛卡車仍在下沉。水從車壁的縫隙滲進來，拍打著我的腳踝。愛斯基摩人可能有一千個字來形容雪，但沒有任何字可以形容水那種令人麻木的冰冷。幾年前，當我等待生育診所的結果時——在我發現陰囊溫度顯然是影響精子數量的因素之後，我開始把內褲換成平角內褲，把一袋子冰塊扛到我們的浴缸裡——我可能會對冰水的潛力感到興奮。但現在不是。這是麻醉劑。這會讓人心梗。我想起他們就是這樣製作魚子醬的，用冰水把鱘魚凍暈，然後再切開。

要不了多久水就開始從門邊湧進來。一開始是從一個角落穩定地傾瀉而下，然後就在邊緣形成了幾個小瀑布。冰冷的泡沫上漲到我的膝蓋。我一直往上看，希望綁帶能留在冰面上，不會滑落進車裡。我用沒受傷的那隻手檢查了腰間打的結。我的計畫很簡單：讓水使我盡可能浮起靠近卡車出口，車裡快要被水淹沒的時候，我只要筆直往上游，因為卡車會從我身下沉下去。我必須記住利用地板引導自己穿過捲門的縫隙，以免被困住。並且還不能被冰水凍暈。也不能拉扯帶子。但就算我這樣做了：只要往上就好、往上、往上。夠簡單的。當然。我感覺到帶子向上勒住我的腰。感覺像是有人在拉我。

水到達了我的胸口。現在我只能聽到水流的咆哮。上方的一小片天空布滿了水花和泡沫，而且越來越窄。我脖子以下的一切都因寒冷而收縮。我想到了鱘魚。令人欣慰的是，如果我的心臟休克停止跳動，至少我不必知道自己要淹死了。

往上、往上、往上。我在心裡默念。然後天空消失了。我深吸一口氣。往上、往上、往上。

26

我醒來時光著身子。

我的大腦試圖拼湊出是否有人把我拖過冰面回到陸地上，但隨著更多的感官恢復，我意識到這裡不夠冷，不是戶外。我躺在床上。被子裹在頸間，好像我是一個容易作惡夢的孩子，緊得像在瘋人院裡一樣。我眨眨眼，清清視野。

我的位置不高，所以並非在小木屋閣樓的床上。我想我在旅館房間裡。沒有什麼可供識別的特徵；房間裡光線昏暗，拉著窗簾。這很討厭，因為我不知道時間，而且我不想落入醒來後的第一個問題就是「現在幾點了？」或「我昏迷了多久？」的那種陳詞濫調。兩束陰影在房間另一邊低聲議論，沒有發現我已經醒了。我的右手持續抽痛。我把被子推下去檢查傷勢，發現我戴著一隻花卉隔熱手套。我用力拉扯，但手套不肯脫落，我皺起眉頭。我把一根手指伸進開口處，感覺到一層黏稠的薄膜；我的皮膚好像已經在棉布上結痂了。我和這該死的手套融為一體。

有人把手放在我肩膀上，阻止我繼續拉扯。「要是我就不會這樣，」我抬頭看見旅館主人茱莉葉正在搖頭。凱瑟琳站在她身後。「你不會想看的。」

凱瑟琳從一個橘色的小瓶子裡倒出一顆藥丸給我，我接過打量。「奧施康定，止痛藥。強力的那種。」她解釋道。這就夠了。我把藥扔進嘴裡。她想了一秒鐘，我猜大概是在衡量持有這種藥物對她的戒酒狀態有什麼影響，然後她辯護地加上一句：「是因為我的腿傷。」

我自暴自棄地問出了口：「我昏迷了多久？」

凱瑟琳走到窗邊，拉開窗簾，外面昏暗的天色跟我昨天晚上睡著時一樣黑。外面的雪好像停了，但風一定還很大，窗戶喀嗒作響。

「幾個小時。」茱莉葉說。我撐著上身坐起來，這引發了一陣嗆咳，我急忙拉著滑落的被子維持尊嚴。凱瑟琳遞給我一件旅館的白色浴袍，一面用手掌擋住眼睛。我發現馬塞洛也在房裡，他坐在一張小沙發上看著我們。這讓我吃了一驚；雖然沒有人能指責他不聞不問，但他也不是那種守在床邊的繼父。

我繼續咳個不停，眼冒金星。這一切太多太快了。茱莉葉把我推倒，要我休息。她對凱瑟琳伸出一隻手，後者搖頭，捨不得她的藥丸。茱莉葉大聲地清清喉嚨，我聽到凱瑟琳認命地嘆氣。接下來我感覺到小藥丸在我雙唇之間蠕動。然後一切都模糊了，我再度沉入水下。

山中的夜晚帶來一種特殊的漆黑。尤其是在山峰的背陽面，太陽早早落下，黑暗迅速籠罩。沒有城市的光污染干擾，很容易把下午晚些時候錯認為那種午夜到黎明之間的深沉黑暗。我就在這樣的黑暗中醒來。至少這次我穿著一件睡袍。

凱瑟琳和茱莉葉離開了，但馬塞洛還坐在窗邊，沐浴在一盞孤燈的光線下，閱讀從圖書館拿來的書。他聽到我動彈，放下書把椅子拉近。我再度撐起身子，忍住咳嗽的衝動。我覺得輕鬆了一些，有點飄飄然，而且比之前不痛了。一定是止痛藥的作用。我很感謝茱莉葉從凱瑟琳的魔掌中多搞了一顆給我。

「你沒事真是太好了。」馬塞洛半哼了一聲，用的是年長男人常用來表達情感的方式——快速將任何可能被解讀為關心的話語一股腦兒說出來，就像打噴嚏一樣。

「我死不了，」我說，沒有望向我的手，我怕那會改變我的答案。「其他人呢？」

「你在第一次醒來之後，又昏過去了——我不確定你記不記得——這才沒過多久。凱瑟琳和旅館的老闆剛剛才出去，替你找吃的。」

「麥可呢？」

馬塞洛聳聳肩。「我還希望你能告訴我呢。克勞福德還是不讓我進去。」

「你竟然沒有趁他去外面救我的時候衝進去，我很驚訝。那時候烘乾室應該沒人管——外面只有一根插栓而已。」

「要是我當時想到就好了。」馬塞洛舔舐了一下嘴角。很難確定那是心虛還是只是嘴唇太乾。這裡的空氣很乾燥。我突然發現自己很渴，我的喉嚨乾痛。我沙啞地咳嗽，馬塞洛起身走進浴室，一面說道：「此外，我們都忙著看你在湖面的表演。旁觀者應該要收錢的——我覺得這裡每一雙眼睛都盯在你身上了。」他回來坐下，遞給我一杯水。「事實上你說得對。那應該是溜進去看麥可的絕佳時機。」

我一口氣把水喝完，但還是覺得很渴。溺水就是這麼奇怪。至少現在我能說話了。「所以現在你是我的床邊陪護，還是只想當我醒來時第一個跟我說話的人？」

「我想確定你沒事就那麼可怕嗎？」他不安地動彈了一下，然後試圖一笑置之。「當然這不表示我不想問你問題。」

「如果你不介意的話，我先來。」我們倆都知道這不是客氣話。對法庭和律法的壓力無動於衷的馬塞洛·嘉西亞很少落下風。他想知道我知道什麼，這表示雖然我不能動彈，但主動權在我手上。這點小小的得意有助於掩蓋我手上的疼痛。隨著我醒來，我的手再度抽痛。

馬塞洛吐出一口大氣，從齒間發出嘶嘶聲。「麥可跟你說了什麼？」

「亞倫的事。」

馬塞洛閉上眼睛，一動也不動，然後睜開眼睛。我知道他慢慢眨眼的意思。這是在大家希望自己能回溯幾秒時間時的表現。不想看見他們的伴侶跟別人在床上。不想聽到他們知道是謊言的話。不想聽到他們知道是事實的真話。只要閉上眼睛，他們就可以重建一個沒有改變的世界，跟以前一樣的世界。這是早餐桌上，希望沒有看過那些信時眨的眼。

「所以你知道劍齒幫的事。」

「知道一點，我猜比你少。我很想補充一點。」

「與其說是一個，不如說是烏合之眾。你父親甚至不喜歡那個名字，但是他們需要一個自稱，他們主要是搶劫，足以讓司法單位注意到的程度，但還不至於引來全力追捕。你爸只是個混混而不是罪犯——他做的事情只是剛好夠格而已。那是在事情，呃，急轉直下之前。」

我看得出他在揣摩我，試圖弄清楚麥可已經告訴了我多少，想看看他可以在哪裡偷工減料，稍微修飾一下事實。我玩撲克的技術很糟，但我想，我那副緊繃的嚴肅表情（我慘遭蹂躪的手讓我無法忽視，我只能咬緊牙關，盡量把注意力放在馬塞洛身上）只能用便秘或驚恐來解釋。

他繼續說道：「我是無意間認識你父親跟他的朋友們的。那是在我轉攻企業法之前——任何客戶我都接。我很便宜，又很頑固，我讓幾樁搶劫罪名減輕成非法入侵之類的。然後我開始接到更多的電話。我猜我夠謹慎，幫了有人脈的人，累積了口碑。我不算是劍齒幫的律師，我也沒有犯過法，但我確實是某些人覺得很容易叫來處理某些事的人。我沒有蠢到對真正發生的事完全不知情，但我需要錢。為了索菲雅。」

「為了索菲雅。」我心不在焉地重複。

我正在想麥可在烘乾室跟我說的話：爸爸犯罪以養活我們。馬塞洛的意思是一樣的，只不過我不相信他。因為麥可的重點是老爸的犯罪行為並不是用來奢侈度日，但這對馬塞洛不適用，對吧？

「是真的，」馬塞洛聽起來有辯解的味道。我一面回想麥可說的話，一面瞥向他的勞力士，被他看見了。他舉起手，用手指敲敲錶面。「這不是奢侈品。事實上，是你父親留給傑瑞米的。在他的遺囑裡。我們不能交到他手裡，真是遺憾。」

這完全出乎我的意料。我正把麥可說的話拼湊在一起的時候，幾句小謊言就又推翻了整個故事。麥可堅持老爸是罪犯裡的羅賓漢，是光榮的盜賊，但如果他把不義之財花在華麗的珠寶上，那或許他本來就是因為貪婪才下海的。如果他有一只高級手錶作為遺產，那可能也有其他有價值的東西藏在他處。艾琳一直覺得是這樣。或許那就是麥可認為亞倫要賣給他的東西。或許那就是某人殺人的原因。

「你知道他們怎麼營銷勞力士的嗎？」馬塞洛問。

這個問題有點奇怪，我沒時間聽馬塞洛炫耀自己的成功，但我想起之前看過的廣告，於是我回答：「他們把產品當傳家之寶宣傳，要留給後代的。」

「正是，我們入手的時候，傑瑞米已經——」他不安地清清喉嚨。「所以這是你和麥可的，我只是負責保管。」

「你可保管了很長的時間啊。」

「你母親和我決定等她死的時候把這傳給你們之中的一個人——這跟我沒關係，是寫在她遺囑裡的。但是如果你想要的話，我現在就可以給你。」他要解開錶帶，那可能只是唬人的，像是問朋友要不要吃最後一片披薩，心裡希望他們會拒絕。

我舉起戴著廚房隔熱手套的手。「我並不真的適合戴錶。」

「這是你跟麥可的，想要隨時可以拿去。但首先這是一只設計來傳家的錶。我隨身戴著以提醒自己——」他停頓了一下，帶著一種感傷的神情望著這只錶，我真的無法相信我父親會對這種裝飾品有這樣的情感。「要照顧你們兄弟倆，和你母親。」

我用另一聲乾咳掩飾自己的鄙視。我只看到一個有錢人崇敬自己的財產，並且以此作為追求故友妻的正當理由。戳破馬塞洛的虛榮本來會是純粹的樂趣，更勝於凱瑟琳的藥丸（說實話，我迫切需要更多），但我們已經離題太遠了，我希望把他拉回正題。「所以如果你在幫劍齒幫做事，意思就是你替老爸辯護了？你是他的律師？」

「我們是這樣認識的，然後就變熟了。我盡力了，但你父親走上了那條路，有時候要改變很困難。他一直觸犯底線，最後我也無法讓他避免那『四十五天的食宿全包』，你明白我的意思吧。我想那時候你好像三歲，還是四歲。」我並不清楚地記得老爸不在的六個星期，但這很符合一個以缺席來衡量的人。馬塞洛繼續說道：「那對我們倆都是一道警鐘。他出來之後準備重新做人，那時我已經不再收不知從何而來的鈔票信封了。但這一切……我不知道該怎麼說，但你父親又被捲了進去。感覺起來像是有了什麼改變。很快劍齒幫就變得更加暴力，法律這邊的寬容則減少了。」

「麥可跟我說綁架比搶劫有賺頭。」我說。

「正是。一個房地產經紀人不肯打開保險櫃，就吃了子彈。他沒死，但劍齒幫本來不是以這種方式出名的。他們不再滿足於抽屜裡搜刮到的珠寶首飾，他們想要人家的保險箱，甚至這樣還不夠，他們要銀行帳戶。當時是八〇年代後期——綁架正流行。劍齒幫試了一下，覺得很適合。這立刻讓警方提高警覺。到那時候，每個參與的人都算某種程度的幫凶。羅伯特知道他如果再被逮到一次，那下一次他看到你的時候，你都能刮鬍子了。」

「所以你幫他談了一筆交易，」我得咬牙說出這幾個字。我的手又熱又痛地悸動，我覺得要是我出去躺在雪地上，能把雪都化成蒸氣。「他用內部消息換豁免權？」

馬塞洛在手腕上轉動手錶。又一次緩慢的眨眼；抹去他不想面對的歷史。「是我幫忙交涉的。交易內容是，他指出主要的參與者是誰。但羅伯特每次回答警探一個問題，她就又問了兩個。她希望他繼續留在劍齒幫內部，這就是問題所在，因為他為了滿足她的要求，提供更多內幕消息，只會加重自己的罪行。她要他找出誰是內奸，哪個警察拿了劍齒幫的好處。她不找到確切證據不肯放他走。」

「你的意思是證明賀爾頓跟他搭檔是內奸的確切證據？麥可跟我說爸死的那天晚上搶案是陷阱，所以你是說麥可必須證明這兩個人有罪，好完成他的交易？或許他終於找到了證據。」

馬塞洛聳聳肩。「我是這麼猜想的。羅伯特從沒給我看過任何證據——那是他跟他對接者之間的事。他常常嘲笑他們要他做的事，說那是真的間諜玩意。他覺得自己能當臥底很酷。至少一開始是這樣。」馬塞洛靠向椅背，雙手在膝蓋上下摩擦，沉默了一會兒。他在回憶。他想念他的朋友。

想到有人這樣懷念我的父親，感覺很奇怪。這是不是讓他的傳承洗白了惡名？馬塞洛的故事稍微補充了一些我對他僅有的瞭解。一個會拿間諜工作開玩笑的人。一個有朋友的人。我趁著馬塞洛沉思的機會把頭靠在牆上，閉上眼睛試著把思緒從抽痛手上轉開。

臥底。對接。間諜。我在腦裡反覆思索這幾個詞。我寫過如何寫間諜小說的指南，所以我從勒德倫和勒卡雷那裡學到了一些技巧，但書賣得不太好。

「我只知道這麼多。」馬塞洛的聲音鑽進我的思緒中。

「是嗎？」我仍舊閉著眼睛，希望我半死不活的樣子夠低調，能讓他進一步吐露點什麼。馬塞洛沒有上鉤，於是我進一步施壓。畢竟現在從技術上來說，我是個律師了；我可以無情無義了。「在麥可受審的時候你就知道這一切，你利用亞倫的黑歷史操控檢方，知道他們會壓下這一切，不會在法庭上公開。所以沒有任何人調查麥可的大筆提款或是試圖找到那筆錢，也沒有人進一步調查怪異的槍聲。」

「什麼錢？」

這讓我小小震驚了一下。馬塞洛應該查過麥可的銀行帳戶吧？調查一樁謀殺案怎麼會沒人注意到這麼一大筆錢？就算麥可是分批提領的，應該還是很明顯。我不知道調查發現這一切的法律程序，我在心裡決定要多讀一些法律懸疑小說。

「我不知道你在暗示什麼，但我盡力讓麥可獲得了最好的條件，這是我的工作。」

「你願意為麥可改變規則，但卻不肯幫索菲雅。」我想起他選擇不幫他女兒打醫療過失的官司。

「那是……」他生氣了。他坐直身子，衣服窸窣作響。「不是這樣的。不管你相不相信，我是為她好。」

「那真相到底是什麼，馬塞洛？」我抬高腔調，睜開眼睛盯著他。我知道我的眼睛很可能充滿血絲，眼神熾熱，剛剛逃出生天。馬塞洛瞥向走廊。我看見了，我認為那表示他仍舊需要跟我獨處。情緒激動讓我的手更痛了，但這給了馬塞洛壓力，所以我繼續。「在我今天早上研究過被害者，然後跟麥可談過之後，卡車就開始滑下坡，這絕對不是巧合。卡車的手剎車鬆了，艾琳覺得地上有剎車油。那一定是人為的。有人試著掩蓋他們希望三十五年前就埋葬的東西，亞倫跟麥可挖掘出來重見天日的東西。老爸在死前正在找內奸，而我們都知道亞倫賣了某些訊息給麥可——」

「好了，好了，」馬塞洛咬牙制止我。他再度瞥向門口。「我只知道那天晚上他應該跟他的對接者見面，給她重要的東西。我想羅伯特目睹了一件謀殺案。」

就是這個。

「一個小孩。」我實事求是地說。

他臉色慘白，像是被凍僵的鱒魚。「你怎麼知道？」

「預感。」

「我也只有這些。預感跟理論。」他說這話的方式我並不完全相信，好像他還沒決定該說什麼，該隱瞞什麼。「在羅伯特死後，我花了一些時間試圖弄清楚是什麼嚴重到足以害死他。更別說讓他害怕到開始帶槍。相信我——這不正常。我跟你說過劍齒幫變了。受傷的不僅是人們……你自己也說過，贖金比較賺。這是你父親不會容忍的，尤其是他有自己的孩子。但大約在他死前一週……這是老生常談了，你知道是怎麼樣的。一個富家子弟被綁架勒索贖金。這家人在付贖金的時候搞鬼，儘管他們付得起，但他們卻在箱子裡塞了傳單而不是鈔票。那個女孩就此失蹤。沒有任何證據，但一切都指向劍齒幫。麥可有沒有提到——」

「那個女孩姓什麼？」我結巴道

「麥考利。」

「名字呢？」我希望她有個真正的名字。一份傳承。

「瑞貝卡。」

「贖金是多少錢？」

「三十萬。」

我的思路不太清晰，但我回想起麥可說過的話。我帶了我能給的，但那不是他想要的。

亞倫把瑞貝卡·麥考利的資訊賣給麥可，她是幾十年前失蹤的綁架案受害者。可能說了殺害她的凶手，並絕對說了她的屍體在哪裡：永遠埋在一個警察的棺材裡。完美的藏屍地點，埋在六呎黃土之下，別人的棺材裡。有了如今高速、非山區的網路連接作為優勢，在我把這些事情寫下來的時候，我發現這其實是芝加哥黑手黨常用的一個手段，用來「讓人消失」。所以，警察當然早就知道這招了。它和「水泥鞋沉屍法」簡直是絕配！

亞倫知道藏屍處並不奇怪——藏屍者就是他。

我記得在葬禮上他們和那家人發生了一點爭執：警方，現在我知道是亞倫，想火化屍體，堅持這是他搭檔的遺願，他們在值班時聊過的。但那家人遵從了遺囑，堅持要土葬。亞倫很沮喪，這是理所當然的，因為土葬瑞貝卡的屍體可不如化為灰燼那麼乾淨俐落。

那麼代價呢？這很容易。亞倫想讓麥可替家族償還他認為應該得到的「欠款」——一筆三十五年前的贖金。而麥可願意付這筆錢，為的是查出究竟是誰對我們父親的死負有責任。

我試著想像亞倫瘋狂地試圖掩蓋他的罪行：一個女孩的屍體和一筆未付的贖金。如果他知道我父親有證據，那就有理由殺了他。當亞倫的搭檔死時，機會來了，他得以埋葬自己的秘密。

「麥可找到了瑞貝卡的屍體。」我決定大膽嘗試一下，跟馬塞洛分享這個訊息，同時假設卡車上的第二具骷髏是瑞貝卡的（但是，講真的，那還會是誰的呢？）馬塞洛睜大了眼睛；我繼續說：「就在他的卡車車廂裡。這是他出獄後做的第一件事，所以如果我們假設他等了三年才把它挖出來，我們也可以假設埋屍地點是亞倫告訴他的。但問題是：就算我父親有瑞貝卡被謀殺的證據，那也不可能是她的埋屍地點。」

「因為她是在他死後才下葬的，」馬塞洛同意。「所以你父親那天晚上要給對接人別的東西。其他的證據。你認為這就是亞倫在出售的——羅伯特留給他對接人的最後訊息嗎？」

「或許吧。但我想不通亞倫為什麼要把自己殺人的證據賣給麥可。」如果這個謎題沒有答案，那這一切就沒有意義。我還不確定我掌握了解答。

「除非亞倫沒有謀殺任何人，只是在保護凶手。記住，亞倫是個警察——如果他欠某人人情，我敢打賭絕對是危險的那一種。」

這符合麥可早先在烘乾室告訴我的，他認為亞倫在出賣別人。這也讓麥可的刑期有了解釋，只有短短三年；因為用他自己的話來說，有些人不希望亞倫的黑歷史在法庭上公開。一切都有了關連。讀者，你可能也發現了，這場戲正是典型的「這牽扯到了最高層」的場景。

馬塞洛看著我消化這一切，試圖搞清楚我是否相信他。「快轉到三年前。亞倫的日子每況愈下，他進出監獄，勉強過活。或許他覺得瑞貝卡．麥考利是一切問題的開端，他決定要拖某人下水。於是他回到了一切開始的地方，答應麥可要告訴他父親的事來引誘他。」

「我明白他為什麼不選我，」我搖搖頭。「我對家族歷史沒興趣。所以麥可才只相信我。我願意在法庭上指證他，這表示我無知所以無畏，我本來應該知道的。這讓我獲得了他的信任。」

馬塞洛咬緊了牙關，顯然他想抗議，覺得自己替麥可減了刑，理應獲得他的信任，然後他決定還是不要這麼說。

我沒有明講，但馬塞洛的年紀也讓他穩穩屬於嫌犯的範疇。現在我正在找一個三十年前犯下謀殺案並且在今天早上殺人的凶手。這就剩下奧黛麗、馬塞洛、安迪，或許還有凱瑟琳。當時凱瑟琳還很年輕，但她年輕時很狂野；很難說她可能捲進什麼事情。那時候我還在尿床，很難算是嫌犯。話又說回來，我假設兩名受害者是同一個凶手殺的——如果動機只是單純的報復呢？憤怒就像勞力士一樣是傳家寶。除去年齡因素，每個人都是嫌犯。該死，或許瑞貝卡自己也大到能殺人。

「我們忘記了明顯的事實。過去十二個小時裡，說我父親是好人的人，加起來比我這輩子聽到的都多。如果他不是呢？如果老爸綁架了瑞貝卡，然後撕票了呢？」

馬塞洛傾身向前，抓住我的肩膀。「我很抱歉你沒有機會多瞭解他一點。我知道這不算什麼辯護，但如果你能，就不會相信他會做那種事。老實說，我很驚訝亞倫做到了。」

「所以我們還是要找關連。亞倫的搭檔叫什麼名字？」

「克拉克。布萊恩·克拉克。耳熟嗎？」

如果你在期待一個能把一切串在一起的名字——克勞福德、韓德森或者米洛（安迪的姓，凱瑟琳結婚之後冠了夫姓，實際上是米爾頓；我告訴過你我為了好玩改動了幾個名字，這就是其中之一）——我很抱歉讓你失望了。

「那個名字沒跟任何我知道的人有關。他，或者賀爾頓有小孩嗎？想到有人會為了捍衛自己家族的犯罪歷史而針對我們全家，也未免太牽強了……」

「你說得對。而且他們並沒有小孩。」

說完馬塞洛陷入沉默；感覺起來像是失望。亞倫的搭檔是條死巷。我現在正努力維持所有的線索和理論：我腦袋和我的手有節奏地一起悸動，疼痛一陣又一陣湧上。我不知道我和馬塞洛聊了多久，但我已經精疲力盡了。我一定閉眼了一秒鐘，而這一秒鐘在現實世界中變長了，因為有人輕拍我的臉頰讓我回過神來，馬塞洛正傾身向我。

「對不起。等凱瑟琳回來，我會再給你一顆止痛藥。但請聽我說完，我害怕了，好嗎？我擔心那些知道內情的人，現在很不幸的是——」他帶著遺憾的腔調在「不幸」二字上徘徊。「包括你，可能會受到傷害。索菲雅在早餐時提到黑舌頭之前，我從來沒聽說過他。你要我去調查受害者，那讓我下定決心。這麼多年來我都在思索我告訴你的一切——原本以為那只是一個不成熟的想法，我從來沒打算告訴任何人。但今天早上，那個黑舌頭，我沒辦法視而不見。那是你的規則之一，對嗎？沒有巧合？」

我輕笑了一下。那並不是諾克斯規則中的一條，但確實是他在偵探俱樂部誓言中的一部分，所以我還是給了馬塞洛一點認可，覺得他已經挺接近了。

「你讀過我的書。」

「我是真的在意你的，」他說，語氣像打噴嚏一樣迅速而含蓄，讓人幾乎錯過，聽起來就像小孩在道歉似的。「我很確定，有人正在掩蓋什麼。因為那場導致你父親死亡的交易中，涉及三個人，不只是我和他。」

這比輕拍更讓我回神。我想起我要馬塞洛調查黑舌頭的受害人時他的遲疑；他讓我重複了其中一個名字。

「那個警探——我父親的對接人。她叫什麼名字？」

「你不會喜歡的。」

「我想也是。」

「愛莉森・亨佛瑞。」

27

「他醒了！」凱瑟琳用肩膀頂開門，面露喜色。她拿著一個卡其綠的塑膠大盒子，側面上用噴漆隨意噴上一個紅十字，我很確定以前裡面裝的是釣具。她打斷了我跟馬塞洛的談話，這並不要緊，我很高興見到她。我非常高興見到她。

「我的手好痛。」我說。我並不怎麼委婉。

「你不能再吃了……」凱瑟琳把急救箱放在咖啡桌上，然後彎腰看了一下馬塞洛的手錶。「事實上，你保持狀況外比較好。」

「拜託。」

她打開盒子，翻裡面的東西，然後她滿意地咂了一下舌頭，扔了一個東西給我。一個綠色的小包落在我的被子上。「你現在只能吃普拿疼。」她一定看見了我眼裡的委屈，因為她的態度軟了下來。「我知道很痛，阿恩。但在發生了這麼多的事之後，我不能讓你服藥過量。她都替你做了人工呼吸了。」她用拇指比向茱莉葉。

這不應該算是驚喜：之前你就讀到過我們會在這章四唇相接。就像我跟你說過這章會有人死。

「抱歉，我不得不脫掉你的衣服。」茱莉葉不好意思地說。「我相信你知道，體溫過低是透過衣服發散的。」她說得好像我可能不知道一樣。（如果你看過這本書的草稿，你就會知道我不知道：我的編輯劃掉了我第一次寫的這句話，並在頁邊空白處用編輯那種與生俱來，樂於助人但志得意滿的腔調寫「Hypo＝冷、Hyper＝熱」。他們希望在糾正你的同時還跟你強調他們是對的。）茱莉葉繼續說道：「雖然我並沒有做什麼。如果你沒有把帶子綁在腰上，我不知道艾琳會不會——」

「艾琳？」我回想起來。冰面上的聲音。在我昏迷之前有人拉動帶子。「妳是什麼意思？」

「她看見你從後車廂把繩子扔出來。索菲雅說克勞福德拉不住她。」凱瑟琳平鋪直敘地說，比我腦中想的要直截了當多了。「她救了你一命。」

「她做了什麼？她沒事吧？」我站起來。血液湧向我的腦袋，我站立不穩。四隻手把我撐起來。凱瑟琳試圖把我推回床上，但我繞過她走向門口。「她在哪裡？」

「她跑到湖面上。」凱瑟琳說。

「艾琳！」我打開門，踉蹌進入走廊。「艾琳！」

然後我就跟她撞個正著。

「老天，恩尼，」艾琳向後退了一步，穩住了手上的托盤，托盤上有一罐軟性飲料和兩碗薯片。她皺著眉頭說：「你不應該起來。」然後她望向我肩後說：「他不應該起來。」

我不記得我是否失去平衡，或者我真的撲向了她，因為我不是一個會撲向別人的人，但我記得的下一件事就是緊緊抱著艾琳，以我因強力止痛藥而無力的肢體盡力擁抱。艾琳回應我的溫情，我們站了一會兒，好像我們根本不在山上一樣。好像我們從未改變。就好像她自己接下來沒有屬於她的一章似的。

「我已經很久沒有洗過冰水澡了。」我在她耳邊低聲說。她緊緊抓住我的肩膀。她斷續的笑聲夾雜著抽泣，然後我們在彼此的懷抱裡顫抖。我感到脖子上有潮濕的淚水。

我想還是坦白說吧。那封我在早餐時從生育診所拆開的信，本該是個好消息。我的精子活力堪比奧運代表隊。冰浴、寬鬆內褲、戒酒、生蠔——所有為了提升生育能力而進行的瘋狂實驗，全都白費了。

我一直很困惑，試圖弄清楚為什麼，直到我打電話給診所。他們告訴我，我妻子聽到這消息時非常高興，他們已經通知了她，因為我一直沒接他們的電話。我告訴他們我根本沒有錯過任何電話，當他們檢查時，我才發現，他們的通話紀錄裡有的是艾琳的號碼，而不是我的。她告訴他們，我更願意用郵寄的方式收到結果，他們的備註上也有紀錄。而他們一直有我的正確地址，所以他們無法理解為什麼我還要不斷發郵件要求再寄一次。在那次談話的時候，我想起艾琳總是要第一個去開信箱。告訴我第一封寄丟了。第二封被雨淋壞了。

所有這些念頭在那天早上我讀著信時，如颶風般在我腦海中翻滾。那天，我能比艾琳先到郵箱，純屬僥倖。也許她做這事做得太多次，以至於有些大意了。當我讀到信時，一個陰暗而不信任的念頭悄然浮現：去查查垃圾桶。那些垃圾桶就擺在前院的路邊。我回來時，一隻手腕上流淌著一週前炒菜的腐臭湯汁，另一隻手緊緊抓著一個小鋁製包裝袋。你知道的，那種袋子上印著一週的日期。

再見了，那曾經的火花。

但現在，這一切都已經不重要了。她救了我的命，她仍然在這裡。

我隱約感覺到身後的三個人正在接近。他們在觀察我，以防我再次暈倒，但這很有壓迫感。我明確地知道有人試圖將棺材沉進湖底。或許他們想殺我，或許我只是礙事了。麥可叫我去車上，這很可疑，但如果他只是要處理掉棺材的話，把棺材運上山也太費事了。如果他想引誘我落入陷阱殺死我，他會用更好的誘餌引誘我。要不然就在烘乾室襲擊我。無論我是不是完全相信他，他都讓我知道了一個致命的秘密。現在我必須問他這一切是如何連繫在一起的。

艾琳扶著我一跛一跛地走下樓梯，其他人抗議，堅持要我必須休息。但我腦子很清醒，止痛藥和腎上腺素在燃燒。門廳裡吹來一陣冷風，燈光明亮。我不確定是什麼透過磨砂的前窗閃閃發光。乾燥室的門發出熟悉的啵的一聲。橡膠密閉。不透風。所以直到打開門，我都沒有聞到裡面的空氣不對勁。充滿了灰燼。

我姑媽

27.5

這不是劇透。

觀察力敏銳的讀者可能已經從段落標題推斷出殺了麥可的一定是我繼父，馬塞洛。我剛剛在烘乾室發現他的屍體。這很有道理；我讓大家期待每一個段落裡都有人死，相信我，我沒有食言。

我一直相信推理小說裡的線索不只是書頁上的內容。一本書畢竟是一個實體，可能會洩露一些作者不打算透露的秘密：分段落的位置；空白頁；章節標題。即使是封面上的宣傳都會暗示劇情會有巨大轉折，在揭露轉折的存在時，也可能毀掉一部原本寫得很好的作品。在這樣的推理故事裡，每個詞語裡都有線索——甚至每個標點符號裡也是。如果你不知道我在說什麼，想想你手中的這本書。如果凶手被揭露時，右手拇指下還剩下超過一小疊的頁數，那麼他們就不可能是真正的凶手；因為還有太多故事尚未展開。這也會毀掉一部電影：知名度最高而台詞最少的演員總是反派，而角色過馬路時突然切成廣角鏡頭，表示他們就要被車撞上了。一位好作家不僅要在敘事中讓讀者手忙腳亂，還必須以小說本身的形式來達成。物件本身就蘊含線索。

我要強調的是，我必須清楚你知道我正在把這一切寫下來。

在你開始自鳴得意之前，我要說你沒逮到我。雖然這本書的內部邏輯確實能教會你一些東西，但這可不是重點。不如我就直接點明吧，劇透也無所謂。馬塞洛沒有殺害麥可。他不是黑舌頭。

我沒有撒謊，這也不是劇情漏洞，雖然我保證過會有。事實上那是在前一段。如果你還記得的話，我說過有一個可以讓卡車開過的巨大劇情漏洞。就是字面上的意思。

28

灰燼在空中飛舞。我的鼻子抽動，小小的塵埃在鼻尖周圍飄浮。烘乾室不像我上次來時那麼陰暗：橙色的加熱燈現在被一道從剛被打破的後窗傾瀉進來的自然月光取代，窗後的雪堆被一個圓柱捅穿。麥可癱倒在窗子下方，即使在相對明亮的情況下，他也是個黑影，從頭到腳都被一層黑色的污垢覆蓋。他的手腕被綁在離他最近的衣帽架上。

尖叫的人一定是我，因為艾琳不能（她用手摀住了嘴），茱莉葉聞聲趕來，面露擔憂，但我不記得了。我只記得我在麥可面前跪下，扯掉隔熱手套（順帶扯下了不少皮肉，但我感覺不到），然後用力扯住塑膠束帶。我受傷的手毫無用處。我記得艾琳在我身後對著茱莉葉大喊，要她找剪刀或刀子，如果她去酒吧的話，就順便把索菲雅帶回來。

我放棄了拉扯，開始用我完好的手撫過麥可的臉，把結塊的灰燼抹開，抽絲剝繭一樣。下面的皮膚很冷。他的頭髮因炭灰而灰白。我得讓他躺平才能嘗試人工呼吸，但茱莉葉仍然沒有回來剪斷束帶。我站起來用腳踢門框，把木柱踢裂成鋸齒狀的矛，麥可倒向一邊。我把他翻過來，跨坐在他身上，單手敲打他的胸口。我擦掉他嘴裡更多的黑色黏稠物，試圖把空氣吹進他嘴裡。但除了惡臭的氣味和黏稠污穢的嘴唇之外，什麼都沒有。我坐起來。再次舉起拳頭。每一個動作都會讓我受傷的手疼痛異常。我再度覆上他的嘴，但忍不住扭過頭吐在他旁邊的地板上。這很難看，但卻是事實。我知道他已經死了很久了。儘管如此，我還是擦了擦嘴，再次嘗試。一次又一次。然後一隻手搭在我的肩膀上，把我拉開。

我最後瞥向他時，他髒污的臉頰上有乾淨皮膚的白色斑點。我發現那是我眼淚落下的地方。

我們一家人聚集在酒吧裡，在室內各處自成小集團。馬塞洛坐在奧黛麗身邊，緊緊握住她的手。露西和他們在一起，躲在奧黛麗的庇護下。像所有的姻親一樣，他們的相處從來都不是完美的，但她們有共同的悲傷。她們都愛過麥可。兩人都從未懷疑過他。現在，兩人都覺得被剝奪了什麼。凱瑟琳在踱步。安迪仰躺在地板上。

我在那裡只是因為沒有人讓我回到烘乾室。有人告訴我，我顯然陷入歇斯底里。艾琳和我一起觀望著，但她也被孤立了。她也失去了麥可，但露西和奧黛麗不歡迎她一起哀悼。麥可死後，她一定想知道自己在家裡的地位是什麼。她始終保持沉著地抿著嘴，無論是堅強的態度還是在字面上的意思，因為她沒能逃脫的幾滴頑固眼淚，在她的上唇凝固了。

茱莉葉在吧檯後面忙著，我想她是找事做來分心。她剛剛把一條毯子披在我肩上，還給我一杯熱巧克力，事實證明這兩者對讓我平靜下來非常有效。她的手也是如此，她把杯子遞給我時，溫暖、溫柔地撫摸著我未受傷的那隻手。有人把我的隔熱手套還給我了。我看到凱瑟琳也走過來向茱莉葉要一杯熱飲，茱莉葉回答：「妳的房間號碼是多少？」凱瑟琳被冒犯了，大步走開。

唯一不在場的是索菲雅和克勞福德，我們在等他們帶著驗屍結果回來。我想撒謊說我在烘乾室裡四處調查，天才地做出推論，但我正處於震驚狀態。我沒有腦子分析犯罪現場。

要是我知道這個謎題的答案，我會認為現在正適合做個總結，因為所有人都聚集在一起。但這個房間跟偵探通常發表總結的客廳或圖書館感覺截然不同，在客廳或圖書館裡，偵探通常昂首闊步，一隻手插在口袋裡，展現自己的聰明才智。第一個區別是我仍然穿著浴袍，這意味著我冒著暴露不只是聰明才智的風險。但房裡的氣氛也不對勁。這個房間裡的人不是嫌犯，而是倖存者。

一切都變了。之前我們發現了一具身分不明的男屍，他被殘忍地謀殺，但手法又近乎滑稽。他死在火中，雪地卻沒有融化，對於這個奇特的矛盾，我們所有人都帶著知性的好奇——或者，不同意索菲雅的連續殺人犯理論的人會完全忽略。綠靴子是一個未解之謎：一種不便，一個稀奇玩意。我大搖大擺地裝成文學偵探時，有沒有真的關心過？但這一次，受害者有名字了。這天殺的太遺憾了。死者是麥可．瑞恩．康寧漢。

而我呢？我一直在試圖搞清楚綠靴子發生了什麼事，這樣我就可以把我哥哥從臨時監獄裡救出來，他被關在那裡我有部分責任，對此感到內疚。現在看來，我得帶著把他送進墳墓的罪惡感活一輩子了。滿腦子都是麥可被綁在衣帽架上，看著灰燼在空氣中瀰漫。我想像綠靴子抓著自己的脖子，指甲都碎裂了。我開始發抖——奧施康定的效用已經過了——所以我顫抖著啜了一口熱巧克力。

客人在外面排著長隊，拉著行李抱著小孩。我走下樓梯時看到的燈光是兩輛裝著巨大雪地輪胎的巴士車頭燈，停在樓梯底部的轉角處。當人們魚貫而出時刺骨的寒風從敞開前門吹進來。茱莉葉厭倦了處理投訴，於是趁著暴風雨稍歇，從金德拜恩租了巴士來接那些想下山的客人。這是限時優惠；天氣只是出去抽根菸，很快就會復活歸來。我的直覺告訴我，單憑天氣不足以讓茱莉葉策劃組織大規模撤離，更不用說她得退款。當我們在她的辦公室談話時，她似乎覺得不該驚動客人，但在我出了意外和發現麥可的屍體之間，她下定了決心並叫了巴士。事實證明這是明智的決定。

一開始並沒多少人樂意上車。天氣確實很惡劣，但有壁爐、棋盤遊戲和酒吧來彌補，老實說，大多數人來這裡就是要窩著的。當然，必須考慮出現了一具屍體。但請記住沒有人知道他是誰。只有我們康寧漢家人真的關心。官方的說法仍然是綠靴子是在戶外凍死的。這的確是場悲劇，但不值得縮短假期。在開回雪梨的八小時車程中向孩子們解釋為什麼他們不能去玩雪橇，那才是真正的悲劇。但是現在出現了第二個死人，而且死因明顯更為暴力。「你聽說了嗎？」這種低聲八卦迅速演變為「你不知道嗎？」的恐慌謠言。那些開著四輪傳動車的人把車子從雪堆裡挖出來，迅速離開。其他人則爭先恐後地在巴士上搶座位，許多人得把他們的車子拋下好幾天，等暴風雪過去再來取。

克勞福德帶著索菲雅走進房裡。她扭絞著雙手；她的手看起來像是在墨水裡泡過，或至少那是我對自己的解釋。每個人都傾身向前。連安迪都專注地坐起來，像個孩子似地盤著腿。

「麥可死了，」索菲雅說，雖然其實大可不必。她的診斷刻在臉上。那天早上她在搬運綠靴子之後吐了，臉色看起來很蒼白，喝茶的時候手都在抖，茶杯喀喳作響。但現在她看起來非常憔悴。或許是因為寒冷、壓力和悲傷，但我很清楚她的身體只能再應付一具屍體了。從好的方面來說，她痛苦的表情如此真實，就連凱瑟琳也沒有反對她的醫學意見。「毫無疑問，他是被謀殺的。被綁起來窒息致死。」

「老天爺。」那是馬塞洛。克勞福德在我發現屍體之後，盡力阻止任何人離開房間，只讓索菲雅進出。雖然麥可的消息很快就傳了開來，沒有人對索菲雅的第一句話表示驚訝，只有艾琳和我已經知道他是怎麼死的。我看見馬塞洛臉上的驚恐和悲傷。他跟我一樣，正在回想我們上次談話。

有人正在掩蓋什麼。

「去他媽的，索菲雅，」艾琳叫道，直接跳過了不願面對現實的哀痛階段，直接進入憤怒期。「算妳說對了，好嗎？省省妳這些表演吧。」

索菲雅環視房中，也許是想知道她要說的話會有多挑釁，以及如果現在去第二輛巴士上搶位子會不會太晚。她嘆了口氣，知道自己不能說謊。她的任務是解釋這些嚇人的事實，她不能像我們其他人一樣崩潰，這是不公平的，但她深吸了一口氣，盡可能地表現出醫護者的態度。任何醫生都會告訴你，他們的特殊技能就是宣告噩耗。「是的，艾琳。我認為麥可的死法跟今天早上那個人一樣。」

「我們不能確定。」露西很快反駁。我想起她根本沒見過綠靴子的屍體，所以無從懷疑官方的說法。「這太荒謬了！妳只是在嚇唬大家。第一個傢伙可能只是在外面凍死的。」

「妳得面對現實，露西。他也是被謀殺的。」索菲雅等著看房間的人誰要唱反調。我看得出露西亟欲再度開口，但還在思索要說什麼。「有人在綠靴子頭上套了一個裝滿灰燼的袋子。不管有沒有這個把戲他都可能會死，因為他本來就會被塑膠束帶勒死，但這種手法算是凶手的名片。他們以同樣的方式對付麥可，雖然這次灰燼是致命的因素。我們找到——」她朝克勞福德示意，好像要他證實她的發現；他只點點頭。「破掉的窗戶上殘留著膠帶的黏性。窗戶後面的雪堆裡有一條狹窄的通道。請記得烘乾室是密閉空間，門被橡膠密封，這也有助於隔音。更不用說我們都在湖邊了。如果凶手將他們的風扇推進雪堆裡的通道，然後用塑膠和膠帶，也許再堆一些雪把窗戶堵住，房間就還是密閉的。灰燼很容易混入空氣裡。」

凱瑟琳試圖問問題，但被淚水嗆住了。她用手腕擦拭眼睛，繼續踱步。

「對不起。」安迪舉起手。他是情緒最穩定，但最擔心的人。他不停掃視窗外，望向排隊上巴士的隊伍。即便他只是想自保，我也很高興有人提問，因為我沒有辦法開口。「什麼風扇？」

「要這樣使用灰燼，你必須讓空氣流動。雪堆挖出了一個圓柱甬道，所以我會說有人把吹葉機塞了進去。」

我彷彿記得索菲雅和我跌跌撞撞地走向維修小屋時，我覺得刺耳的風聲聽起來像是電鋸的聲音。我說彷彿是因為那段記憶模糊不清，同時也因為我覺得自己很愚蠢：當時我就應該覺得這個聲音不自然的。但耳朵裡聽到的風聲像是各種各樣的東西——電鋸、火車、尖叫——所以我沒有故意混淆訊息，這會違反第八誡。如果我聽到的聲音確實是吹葉機的嗡嗡聲，那表示麥可在我出去玩偵探遊戲的時候被謀殺了。如果你有紀錄的話，兩起謀殺案當時和我在一起的索菲雅都有不在場證明。

「妳怎麼知道那是吹葉機？」露西終於找到了反駁點。我覺得她試圖在麥可的死訊中找漏洞很奇怪，但我想她堅決拒絕接受事實，大概是她整體上難以接受這件事的表現。

「嗯，」索菲雅承認，「這部分我是根據黑舌頭的媒體報導推測的。但雪堆裡確實有一條圓柱形的甬道。」

「不。我不相信妳。那個該死的傻瓜是被天氣害死的，然後你——」露西指著克勞福德。「把我的麥可鎖了起來，某個人……」她的聲音開始嘶啞，但她盡力繼續。「有人利用了你製造的恐慌……覺得這是一個機會……」她穩住自己。「要在媒體報導找到這些火災謀殺案或其他任何內容並不難——然後依樣畫葫蘆。我自己查過。」她的腦袋在房間裡轉來轉去。顯然她是在找別的怪罪對象。她開始分別攻擊每個人，每一次指控都讓她變得更加憤怒和瘋狂。克勞福德：你讓他成了待宰的羔羊。索菲雅：妳引發了這一切恐慌。凱瑟琳：是妳把我們都帶來這裡的。

然後她轉向艾琳。要說她臉上有陰影未免誇張了，但她的眼神裡仍然出現了某種凶猛的變化。她突然明白了什麼，有了別的倚仗。「我剛說了，有正確動機的人就可能抓住出現的機會。他只是在牢裡黏著妳而已。妳是一種消遣、一個玩物。因為他知道我會在外面等他。一旦他出來，就不再需要妳了。我知道他一看到我就會清醒過來。如果他不愛我，那他為什麼要修……」

她臉上露出殘酷的笑容。「他可能告訴妳了？對吧？你們一到這裡——他意識到自己犯了錯？我想知道妳是怎麼反應的？」

然後她把目光轉向我。「還有你。」這個字在她嘴裡潰爛生瘡。我的心劇烈地跳動，有一瞬間，我以為她要說她知道那筆錢的事。這會讓我有嚴重的動機。然而露西只冷笑。「也許是你們聯手的。恩斯特為什麼一醒來就急著下樓去看麥可，嗯？」她對所有人說。「因為還沒人發現他，而他想成為第一個。我只是想說這些。」

我注意到人們說「我只想說這些」的時候，其實都在滔滔不絕。我聽見艾琳在我旁邊咬牙，她的腿在桌下抖動。

我決定要為自己辯護。「我為什麼要傷害麥可？」

「他在上你老婆，這就夠了。」

「露西！」奧黛麗嘶聲說，和她拉開距離。我不知道我母親替我說話讓誰比較震驚，露西還是我。「妳要怪誰都可以，但只有一個人堅持讓麥可被鎖在一個只能從外面打開的房間裡。」

房中一片死寂。奧黛麗說得對。雖然她在此之前都保持沉默，但她的怒火一直在悶燒。她跟其他所有人一樣，找到了怪罪的對象。她不是在幫我說話，她只是要刺露西一刀。提議烘乾室的人是露西。唯一一個他無法逃脫的房間。我可能覺得他被關在那裡是因為我，但把他關進去的確實是露西。所以她才指責這裡所有人：她也有罪惡感。

索菲雅跟克勞福德低聲說了幾句話，後者拿出自己的手機解鎖遞給她。她走過去在露西面前蹲下，讓她看手機螢幕。

「我想妳還沒有看過這個。」索菲雅說，她的聲音溫柔平靜。「我知道我說的話聽起來很瘋狂。但如果妳看了……」她讓手機上的照片替她說明。「這裡有個殺人犯。這個人不是在戶外凍死的。」

露西臉上的血色頓時褪盡。仇恨又縮回角落，就像整櫃的蟑螂突然暴露在陽光下一樣。她抬起頭來時，似乎很困惑，好像她不記得自己一直就跟我們在同一個房間裡。艾琳和我以前將之稱為憤怒的宿醉：當你為雞毛蒜皮的小事爭論，然後在清晨的寒冷陽光下意識到自己很愚蠢的時候的感覺。露西就是這個樣子。困惑和丟臉。

「這是你們在外面發現的人？」露西低聲說。她現在看到了我們在他漆黑的臉上看到的東西：綠靴子的死法奇特又殘暴。這進一步強調了露西在建議那間無法脫身的烘乾室時，就已經讓麥可任人宰割了。

索菲雅點點頭。我知道她試著展示事實以安慰露西，而不是起訴她。但這沒有奏效。露西只看得到指責。

「我不能待在這裡。」露西站起來。「恩斯特，艾琳，很抱歉我說了那些話——各位，對不起。我非常抱歉。」她走了出去。

沒有人真的試圖阻止她離開。克勞福德不怎麼認真地追到前廳，叫她回來，但她只聳聳肩，說了幾句尖酸刻薄的話就走了，我只聽了一半，但聽起來像是「你是老闆」，這句話的潛台詞就是他不是。我們其他人都在門邊張望，以確保她離開不是要去烘乾室，以防萬一。麥可還躺在那裡。她艱難地走上樓梯，可能是去圖書館。可能要去屋頂試試訊號。不是抽菸。你和我都知道她已經抽過最後一根了。

29

「索菲雅。」露西離開之後奧黛麗輕聲說。這是她整個週末說的最平靜的話，所以我們都側耳傾聽。「我的兒子死了，我想知道原因。我們都很沮喪，我們都有想要怪罪的人——」我不確定她的目光是否瞥向我，還是這只是我的想像。「但我們掌握的資訊越多越好。因為我想找到做這件事的人。如果他們還在這裡，我想傷害他們。」她深吸一口氣，找回自制。我誤以為她的語氣是平靜，但事實上卻是冰冷的。「妳介意為我們某些人解釋一下，吹葉機和一袋煤怎麼殺人嗎？」

「其實是灰燼，不是煤炭。是很薄的灰燼，」索菲雅掩飾不住聲音裡的一絲興奮，很高興終於有人要她解釋她的理論。「因為有很多細微的顆粒，當你吸入灰燼的時後，它會在你的肺部凝固。你基本上是從體內窒息的。」

我母親思索了一會兒，然後轉動一隻手，就像有人搖晃酒杯那樣，模仿攪動灰燼的氣流循環。「所以，你必須吸入很多這樣的東西，對吧？然後才能造成傷害？」

「是的，」索菲雅回答。「要吸入很多。在一個沒有新鮮空氣的房間裡，需要的量會比較少。」

「她是在問要花多久時間。」我加上一句。我也想知道。雖然幾乎難以察覺，但我注意到奧黛麗同意地微微頷首。

「喔，好幾個小時。」

「好幾個小時？」奧黛麗驚駭地問，她的武裝破防了。

「很難受嗎？」凱瑟琳抽咽地說。

索菲雅沒有回答，這很有效地說明了答案。那非常痛苦。

「好幾個小時？」奧黛麗再度問道，我發現這次她的對象是克勞福德。她不是要他澄清，而是要他解釋。「醫生已經解釋了科學方面的事實。條子，現在你可以告訴我我兒子怎麼會在你看守的房間裡花了幾個小時慢慢死掉。」

克勞福德清清喉嚨。「女士，恕我直言──」這是一個糟糕的開始；我母親從來不接受任何形式或藉口。「門上的橡膠密封條讓房間幾乎完全隔音。」

我想補充外面的暴風雪也非常嘈雜，但上次我站在警察那一邊後已經學到了教訓，於是我保持沉默。

「但是，老實說我什麼也聽不到，因為……」克勞福德沒有說下去。

「有話直說。」

「因為我不在場。」

房中突然變得非常安靜，但卻充滿強烈的張力，搖搖欲墜，瀕臨爆炸。事情可能朝兩種方向發展：長時間的沉默，或是奧黛麗站起來把克勞福德的腦袋扭下。最終兩者皆非，但奧黛麗率先開口。她只能勉強輕聲低語。

「你把我兒子關進一個上鎖的房間，然後把他一個人留在那裡？」

馬塞洛輕拍她的肩胛中間，堅定但輕柔。

「女——」克勞福德要再度叫她「女士」，這次帶了美國腔向上的尾調「麻」音，但他連忙打住。他看起來侷促不安。他再度開口，這次叫她康寧漢太太，省略了連接號。「那個房間根本沒有上鎖。」

我們之中注意力逐漸渙散的人，也就是安迪；或是快要昏睡過去的人，就是我和累得快站不住的索菲雅，都齊齊望向克勞福德。

「茱莉葉查了天氣預報，跟我說她正在考慮趁天氣變得更糟之前帶一些人下山。所以我們決定既然麥可到目前為止都很配合，我們可以讓他搬到其中一間客房。當我們去通知他的時候——就是恩斯特你和他談過，但在我跟著你去維修小屋之前——他已經睡著了。他蜷在長凳上，背對著門。他有枕頭之類的東西——看起來很舒服，所以我們不想吵醒他。茱莉葉也在。她可以證明我的說法，對吧？」

「他說得沒錯，我也在場。」

「然後我得去把這兩個人——」他對艾琳和我點點頭，略過索菲雅不提。「從維修小屋裡趕出來，然後這個傢伙就上演了一齣鐵達尼號沉船記，等我們把他救回到這裡的時候，巴士已經到了，我被拉去幫忙引導乘客上車。其他客人的車子也需要剷雪。真是一刻不得閒。但是我發誓，我不希望麥可在我不在的時候被鎖在房間裡，免得他醒來後出不去。萬一發生了……」他在提到「火」這個字前就停了下來，也許是意識到了其中的諷刺意味。「我在離開前把門栓打開了。我確定。」

我迫切地試著回憶我開門之前是不是拉過門栓，我覺得沒有。克勞福德說得對，門沒有上鎖。

「你最後一次看見他的時候，窗戶是破的嗎？」我問。

克勞福德轉向茱莉葉，後者聳聳肩。他搖頭。「我不知道。」

「你確定他是睡著了？」

「我的意思是，我沒有問他。」

「他有呼吸嗎？」這次我問茱莉葉。

「我沒有……聽著，我沒有查看。沒有任何可疑的跡象。」

「恩尼，你在想什麼？」索菲雅問。

「綠靴子的脖子上有一條塑膠束帶造成的鋸齒狀傷口，」我說。「如果麥可反抗他們，束帶會割破他的手腕。我發現他的時候，他的手上沒傷痕。妳看到了嗎，索菲雅？」

她想了一下。「沒有。但他身上也沒有任何血跡或瘀傷，如果他掙扎反抗的話，應該會有傷痕的。話又說回來，灰燼很多，或許我漏看了。」我看得出來她這句話不是真心的。「或許是乾淨俐落的一擊打昏，但無論是誰，他都信任那個動手的人，才會轉身背對著他。」

我大聲說出思緒。「所以窗戶可能破了，也可能沒破。當我發現他的時候很明顯是破的；地板上有玻璃碎片，光線格外明亮，而且你一定會注意到風，因為外面還颳著暴風雪，所以讓我們假設——」艾琳用手肘用力拐戳了一下我的肋骨，但我沒有理她。每個人都看著我拼湊時間線。儘管只是分析，但探索真相的能量正在幫助我擺脫震驚。我相信其他人都更想趕緊回到自己的房間，在私底下崩潰，但我們都知道這很重要。這可能會引導我們找到殺人犯。「假設你看到他時窗戶還沒有被打破。儘管他可能睡著了也可能沒有睡。」艾琳又拐戳了我一下。「怎樣？」我嘶聲對她說。

「這一切都非常有用，但只是強調了你是這裡最後一個見到他清醒的人，」艾琳低聲說。大家都聽到了。

我轉向大家。喔。所以每個人才都盯著我。

「當我離開的時候他還活著。」我說。但是，面對每個人嚴峻的神情，我感覺自己像是在對陪審團解釋。我知道我不應該這樣做——如果你看過任何審訊，你會發現只有有罪的人才會一直重複自己的話——但我無法控制自己。說出口的話聽起來像是哀求。「我離開的時候他還活著。」

我們沒有人搭上巴士。房間裡有一種默契，想最快下山的人就是逃亡的殺手，所以我們都沉默地互相牽制留下。這個時候我們大部分人都認為凶手可能是我們其中的一員。我們中的一些人，包括我和索菲雅，想留下來看看是誰。其餘的人則在恐懼和反抗間搖擺。奧黛麗不會在沒有麥可屍體的情況下離開，因為她不可能把麥可塞進巴士的行李箱裡。凱瑟琳留下來是因為擔心露西。安迪留下來是因為凱瑟琳留下來。馬塞洛留下來可能是因為賓館終於答應給他一間客房。克勞福德從未說過我們可以或不可以離開，但他知道他不能讓我們為所欲為，否則當他的上司終於出現的時候，他可能不得不解釋大屠殺是怎麼發生的。茱莉葉開玩笑說她不能放著我們不管，要不然我們會把這個地方燒掉。我們反正都會這麼幹，但她當時並不知道。

我們待在酒吧裡，我們的悲傷、憤怒、怪罪和指責慢慢淡化成用粗啞的聲音靜靜地交換回憶。安迪跟我提起麥可在我婚禮時的伴郎演說。他覺得模仿我的書是個好點子，準備了完美伴郎演說的十誡，但後來他灌了太多壯膽酒，忘記了其中的七條。在眼下狀況提起這件事似乎很愚蠢，但尷尬很快就變成了酒嗝和嗤鼻的笑聲。我無法輕率地將麥可的行為簡化為幾個簡單的錯誤，但他的人生不僅僅是這過去的三年所能概括的。

我們都明白自己不會離開的時候，有人建議我們應該睡一會兒，大家都疲憊不堪地低聲同意。克勞福德鎖上烘乾室，不想移動麥可的屍體，並警告我們所有人都不要接近。茱莉葉分發了現在空蕩蕩的賓館房間鑰匙。我拒絕了，因為我更喜歡我的小屋。如果有人想謀殺我，至少我會看到他們爬上閣樓的梯子。再說了，我得回自己的房間：從那天早上起我就沒有檢查過那袋鈔票。我把錢放在身邊。現在我得知馬塞洛並不知道這筆錢的存在，我很慶幸除了索菲雅和艾琳之外沒有人知道這件事，因為這賦予了我動機。再加上我是最後一個跟麥可交談的人，這群人多半以謹慎的懷疑態度暫時放過我，如果他們知道我有二十幾萬現金，絕對會把我撕成碎片。家裡的錢。

大家打著哈欠踱步離開。凱瑟琳經過我身邊時，我拍了拍她的手肘，問她今晚能不能把止痛藥給我。

「抱歉，阿恩，那種藥太強力了。我得自己保管。」她對我微微皺起臉以示歉意，然後往我的隔熱手套裡塞了一顆藥丸。

她第一次在樓上給我藥丸的時候我就覺得很奇怪，但她這麼在意這些止痛藥的態度更奇怪。毫無疑問她的腿很痛，有時一定難以忍受，傳統上只能經由某些藥物來控制。但自從意外發生後，她選擇了自然療法。用她的話來說是「另類療法」。用醫生的話來說，就是「扯淡」。但這對凱瑟琳並不重要；她已經改過自新，滴酒不沾，不碰任何成癮的東西。沒有什麼能夠讓她破例。頭痛不吃普拿疼，工作不順利也不喝一杯。當她生艾蜜的時候，甚至拒絕任何止痛劑。她已經戒了，絕不破例。

隨著我年歲漸長，我開始瞭解這對她而言有多重要。害她瘸腿的車禍發生時她喝醉了，所以任何會影響她的東西她都嗤之以鼻，就算是為了她好也一樣。對她來說行為能力比痛苦更重要：她再也不想失去理智了。這就是我為什麼建議索菲雅在有需要的時候問她戒酒協會的相關事宜，因為凱瑟琳是堅定不可動搖的。她是（我永遠不會大聲對她說這句話）吾輩楷模。

更有甚者，我覺得她腿上的疼痛，她的跛行，像是一種懺悔。提醒她那天晚上的乘客，她最好的朋友。她不想讓自己遲鈍。她覺得這是她應得的。如果你想知道乘客是否倖存，請查閱章節編號。

或許是我想多了。或許隨著年齡的增長，傷勢變得更嚴重，凱瑟琳終於屈服在醫生的建議下。或許這麼寒冷的天氣讓凱瑟琳的疼痛難以忍受，但這個度假村是她自己選擇的。如果她這麼難受的話，選擇這裡就很奇怪。或許她已經屈服於可能來自安迪的壓力，我突然想起我醒來時茱莉葉清了清喉嚨，又從她手上擠出了一顆藥丸，知道這些藥對我的傷勢至關重要，但她仍然只能讓自己拿出最保守的劑量。如果都聽她的，那她可能會讓我做呼吸練習而不是吃藥。露西甚至可以賣她一些精油，我覺得那是她繼廚具和化妝品之後的下一樁生意。

因此我決定對自己得到的劑量懷著感激的心情，用一口已經不熱的巧克力吞下藥丸，然後在出去時將杯子放在吧檯上。我驚訝地發現艾琳在前廳等我。前門開著，冰屑在磁磚上滑過。

「我不知道該怎麼跟你說……」她開口，但她找不到接下來的話語。她看著自己的鞋子。風吹亂了她的頭髮。然後她回頭看著我。空氣中的原子發生了變化。「今晚我不想自己一個人過。」

我妻子

30

艾琳低聲喚我名字的聲音從上面傳來。暴風雪再度颳起，我的小屋在風雪衝擊下發出呻吟：感覺起來像是我們在潛水艇裡。我睡在沙發上，把閣樓讓給艾琳，我終於脫下浴袍，換上一條平角短褲和一件我不再聽的樂隊的T恤。艾琳想留在我身邊是出於孤獨和恐懼，而不是調情，所以我從來沒有期望過我會和她一起登上階梯。這本書裡沒有性愛場面。

「我還醒著。」我說。

閣樓上傳來一陣沙沙聲，應該是她翻身了。當她下次說話時，聲音似乎更近了。「所以你怎麼想？」

「我不知道，」我老實說。「我沒辦法不去想黑舌頭，這種酷刑。實在太特殊了。寫進推理小說會很棒。」

「幾乎打破了第四誡，」她心不在焉地說。「需要科學解釋。但我不確定雪堆裡的甬道算不算秘密通道。」

我寫指南書已經很久了，所以艾琳跟我一樣清楚羅納德·諾克斯的十誡。我想知道她現在說這些話是不是試圖想讓我們像是同一陣營。對一個曾那麼大膽地撒謊、只為避免和我生孩子的女人來說，這似乎是一種奇怪的佔有欲。她還搶了我的閣樓。

「這正是問題所在，」我說。「那些謀殺案太引人注目了。它們是為頭版量身打造的——幾個月後還會變成串流平台的紀錄片。它們是種宣示。而這也意味著，也就是說很容易被模仿。」

「你是說或許有人想讓我們覺得黑舌頭在這裡？」

「一個惡名昭彰的連環殺手跟我們上山，或是有人試著讓事情看起來像是這樣，哪種可信度較高？」

「索菲雅解釋了一大堆，非常努力想讓大家相信。」艾琳說，「簡直像是她想嚇唬我們。」

「她是醫生，她治療過其中一個受害者。她也沒說什麼新聞報導上沒有的消息。」

「你聽起來像是在替她辯護。」

「總得相信某個人吧。」我決定這話有點難聽，就改變了話題。「告訴我：麥可怎麼說服妳去跟他盜墓的？」

這讓她猝不及防。「我一開始不知道是盜墓啊。是他突然提起的。」

「妳是怎麼牽扯進來的？」這句話的雙重含意膨脹起來，籠罩了整個房間。

「麥可和露西的經濟出了問題。你和我——而我們從那時起就一直在掙扎……嗯，他們說，能分享問題就能讓問題減半了。我只是找尋安慰，阿恩。只是安慰。」我不是那個意思，但我沒辦法開口阻止她繼續。「我只能說就像這座山上的雪，很多小小的薄片，然後你就深陷其中。或像是肺部的灰燼吧。這樣的比喻是不是太黑暗了？事情好像只是一點一點地進展，但當你回頭看時，已經發生了很大的變化。那是在我們分房睡之後，但是露西不知道。」

得知在麥可出現在我車道上之前他們就在一起，這應該會讓我崩潰。但那天我在各方面都已經崩潰過了，這個消息反而顯得無關緊要。

我想起麥可那天晚上說過的話。露西會知道的。因為在謀殺案的審判中，每一個動作都會被審視，他的婚外情幾乎一定會暴露。露西一定不知道，要不然她發現他們一起共度一夜的時候不會有那種反應。想像一下要是她知道了全部真相會怎樣？露西會知道的。麥可在跟艾琳交往的時候就這麼說了。我想知道艾琳是否知道那時候他還想挽救他的婚姻，他是很久以後才下定決心的。露西對麥可的死比艾琳更為悲痛，這意味深長。我懷疑她知道的是否比我以為的更多。

我解釋了一下。「我的意思是牽扯進這次的事件。」

「麥可和我，雖然那不重要，但我們從來不打算——」

「我不需要知道那部分。告訴我麥可跟妳說了什麼。更重要的是，妳為什麼相信他。」

「一開始我並不相信。他得說服我。但是，然後我發現你藏的那筆錢，麥可叫我去找的。我本來不相信會有什麼結果，但我想不出他說謊有什麼好處，所以我就找了一下。你藏得不怎麼好，阿恩。」她說得像這是我的錯。好像在以前我們還幸福快樂的時候，她說她並不想吃巧克力，都是我把它放在她看得到的地方。「然後我開始想他說的話哪些部分有道理。或許我希望他說的是真的。我們分手的方式讓我很受打擊——好吧，這很瘋狂，但這是種救贖。我相信他，因為我覺得這樣可以補償你。我讓麥可保證你會有一份。那本來應該是我們的錢，阿恩——我們三個的。」

那是家裡的錢。

又來了。只不過這一次，我終於明白了。

「妳說的不是那袋子現金。妳以為你們挖的是……」這一切都是為了一張藏寶圖？「等一下，妳以為妳們挖的是什麼？」

「在他出獄之前，他要我告訴所有人錯誤的出獄日期。他要我租一輛卡車，因為他說我們必須去拿東西，而且必須在晚上。他說他知道自己要去哪裡，出獄後他只需要一天就能完成一切。所以我同意了，然後我們到了墓園，我跟他說我不想做這種事，他告訴我那只是泥土和木頭，他需要我幫忙。所以我們使用皮帶、滑輪和卡車引擎將棺材從地裡拖出來。麥可打開看了一眼，就說我們必須把它帶到這裡來。所以我們把它裝上卡車，開到這裡。我覺得他很滿意。我不認為他以為自己會死。你父親犯了搶劫罪，所以我自然推斷棺材裡藏著更有價值的東西。我不知道——鑽石？我根本沒想過我們是在挖屍體。要不然我會跑得遠遠的。」

「妳之前跟我說麥可不肯告訴你亞倫在出售什麼。如果你們大費周章地把棺材挖出來，為什麼不問裡面是什麼？」

「我問了。他說我不知道比較安全。」

「妳也沒有問過我。」

「每個知道裡面有什麼的人好像都死了，要不就是瀕臨死亡。」她推測道，目光刻意瞄了一眼我的手：「我覺得他應該是抓住了什麼線索。」

「或許這也是其中的一部分。假設綠靴子是個無名小卒好了。他被殺是為了讓人知道黑舌頭，或是任何冒充黑舌頭的人，正在這裡。或許他是因為礙事而被殺的。如果真正的目標一直都是麥可呢？」

「這表示任何知道棺材裡裝著什麼的人都有危險。」她說。

馬塞洛也曾暗示過同樣的想法。馬塞洛不知道卡車裡有一口棺材，艾琳不知道棺材裡裝的是什麼。照他們的邏輯，我這個知道得最多的人，應該是黑舌頭名單上下一個目標。

「如果是這樣的話，妳就得告訴我一件事。我們已經過了互相欺瞞的階段。我們結婚四年，妳還是抗拒在公共場合接吻。但是妳和麥可……這說不通。」我停頓了一下，希望她能自己領悟，不用我說出來。那就等於承認我一直在盯著他們。

「我不確定你是什麼意思。現在是討論我們親密問題的好時機嗎？」

「在克勞福德把他帶走之前，妳在台階上從麥可的褲子後口袋裡拿了什麼？」

艾琳在所有人面前擁抱麥可，我一開始覺得很彆扭，但我以為那是因為我的嫉妒和她的炫耀。我的腦海中再度浮現那一幕，艾琳的手伸進麥可牛仔褲的後褲袋裡。我在茱莉葉的天氣觀測影片上看到時，再度覺得不對勁。麥可在烘乾室裡給我卡車鑰匙之前，曾經想讓我看某個東西，但他沒找到。我的嫉妒讓我看不清違和感的真正原因。我瞭解我的妻子。她不會那樣公開表露情感。

艾琳在我上方發出一些窸窸窣窣的聲音，然後有個東西輕輕落在我頭旁邊的墊子上。我在黑暗中摸索，摸到一個小小的塑膠物體。它的形狀跟瓶蓋相似，但比較大也比較厚。更像是小酒杯。我把它拿起來；雲層後面透進的月光剛好能照出它的形狀。表面閃了一下。會反光。透明塑膠，甚至可能是玻璃。

「你真是個聰明的傢伙，」她說。

我記得當麥可從我的車道上倒車時，一個小酒杯從儀表板上滾了下來。當時後座上的東西讓我分心，但現在我發現到這是同一個東西。而且這不是小酒杯，而是珠寶商用的放大鏡。把這種圓錐體的開口端放在眼睛上，頂部就是一個放大鏡，可以用來細看觀察。（我的編輯留下了一個有用的註釋，說專業術語叫做寸鏡，所以從現在開始我會假裝受過教育，使用正確的術語。）

這顯然無關緊要到沒有被當成證據沒收，但對麥可卻重要到他在被捕之前在座椅下摸索，並且放進裝隨身物品的小信封裡，在出獄時領回來。

「妳為什麼拿了這個？」我問。

「動動腦子，阿恩。我以為我們挖出了什麼寶藏。我不知道，可能是鑽石？金磚？你會偷什麼藏在棺材裡？如果不是要檢查寶藏，怎麼會有人帶著這種東西？亞倫是個二手珠寶商，不是嗎？我覺得他們說得很明顯。我把它拿走是因為，這個嘛——」她不好意思地清清喉嚨。「因為麥可不肯告訴我棺材的事情，所以我可能想自己看看。如果這個週末過得跟我想像中不一樣的話。我是指露西。」

「妳覺得妳不能完全信任他？騙了一次就能再騙？」我知道這很卑鄙，但我這樣諷刺只是滿足自己的報復心理。凱瑟琳的藥丸一定讓我鬆懈下來，我清醒的時候絕不會說這種話。

「或許這是部分原因，」她用人們坦白時那種低沉羞愧的聲音承認。「他花了很長時間才把我們的事告訴露西，而且他知道在他同意告訴她之前我不能告訴你。我求他幫她把債還清，這樣就可以乾淨地一刀兩斷。他終於把離婚協議書寄給她的時候，我覺得這只是因為他還在生你的氣。那是我第一次想到也許他只是想要你的東西。這個週末又把這一切翻了出來。我覺得自己像個小丑。」

「所以妳從他那裡拿了這個，因為妳知道如果他在下山之前沒辦法檢查棺材裡的東西，就沒辦法甩掉妳。」

「你這麼說聽起來像個偏執狂，」她說。「但他把鑰匙給了你，而不是我。我知道如果你不自己進去，那克勞福德和索菲雅也會看到，然後每個人都會知道。至少我知道你想保守那袋錢的秘密，所以我想你也可以保守這個秘密，不管是什麼。所以我才堅持讓你一個人上車去看。」我聽見她在咂嘴，她心裡有事睡不著的時候就會這樣。我常常撫摸她的肩膀，讓她知道我陪著她，一切都會沒事的。我驚訝地看見自己的手臂朝著沙發上旁邊空曠的地方做了同樣的動作。肌肉記憶。「顯然我猜錯了棺材裡的東西。」她滿懷期待地停頓了一下，但我沒有上鉤。「所以我有一個新理論。我覺得他想檢查你的鈔票。」

我想了一會兒。這說得通。我對偽鈔一竅不通，但我假設鈔票上會有某種微小的印記，序號或是什麼的。後來我查過資料，果然如此。

「這玩意不稀奇也不值錢，」我一面說著一面在指尖轉動它。我的眼睛適應黑暗之後，看得更清楚了。「這看起來跟我十二年級的科學實驗室裡的設備一樣。隨便哪裡都可以入手。但亞倫的工作正如妳所說，所以很可能是他的，麥可從他身上拿來的。」

「所以亞倫可能帶這個來檢查麥可的鈔票，然後沒有過關？所以他們才打起來？」

「我一直很想知道麥可怎麼瞞著露西弄到二十六萬七千塊的。」我承認。「那可是一大筆錢。連馬塞洛都不知道。妳也不知道。如果要妳查看一下錢是不是還在，我也不驚訝。」

「但是如果他早就知道那是偽鈔，為什麼還需要檢查？」

「我不知道。」

「如果是反過來呢？」她提議。「亞倫帶這筆錢來，而麥可不滿意。」

我讓這個想法生根發芽。麥可很清楚地表示他要跟亞倫買東西。這是事實嗎？麥可可能賣什麼？「如果這些錢沒用，無用到足以殺人，那為什麼還要留著？」

「你花了一些吧。」她說。這不是問句。

「一點點。沒有任何問題。」

「就算是偽鈔也不表示沒有價值。要不然就是鈔票上面有記號——你知道啦，警察會在鈔票上做記號什麼的？」

「或許吧。」我錯過了一些東西，但我不確定是什麼。我的直覺告訴我，艾琳的某個理論，她說過的話，正在接近真相。但我知道還不足以解謎。麥可告訴我問題是他準備得不夠，所以我覺得錢不太可能是假的。

我們想不出其他理論，陷入沉默。我們的潛水艇小屋感覺起來像是又呻吟著下沉了幾百米。艾琳可能睡著了一會兒。然後她靠在閣樓上，蒼白的面孔在我上方出現。

「我說我很抱歉有意義嗎？」她問。

「哪個部分？」

「我想是全部吧。」

我仰躺著對著星空說話。她的聲音帶著某種隱喻從上飄下，但我不知道是什麼。

「好吧。」

「只有好吧？」

「唔。」我盡量裝出睏倦又不置可否的咕噥，但我確定她能聽見我的心在狂跳。我的枕頭彷彿都隨之震動。

「你不想知道為什麼？」

「妳說話是因為有話要說，還是因為睡不著？」我無意聽起來很不耐——婚姻裡殘酷與情愛是有某種界限的——但現在我們不在一起了，即使是溫和的調侃聽起來也顯得刺耳。

「能兩者兼具嗎？」她聲音中的懇求很明顯。

「當然可以，」我軟化下來。「但如果明天我因為睡眠不足而被連續殺人犯害死，就都怪妳。」

黑暗中她的白牙一閃。她笑了。「還是原來的你。」

「妳不必向我道歉，艾琳。我不該給妳那種壓力。我以為妳很幸福，我以為我們已經決定要孩子了，但我一定沒有意識到自己是在逼妳。我生氣了很久，可是我有什麼權利干涉妳的選擇呢？妳不應該撒謊，我希望妳的對象是除了麥可以外的任何人——我永遠沒辦法克服這一點——但我對妳的要求已經夠多了。我不需要妳道歉。」

這話只有一半是真的。真正的事實是我不想躺在那裡聽她滔滔不絕的藉口。以前我都聽過了——在諮商的時候、在家裡、低語和咆哮，發簡訊和電子郵件、淚流滿面、充滿恨意。我覺得我已經聽過所有形式的藉口了。

然後她說了一句讓我吃驚的話。「我殺了我母親。」

31

這句話就像炸彈一樣在小屋裡炸開。我不知道該如何回應她的坦白。我知道她是父親養大的——這也是我們開始約會時有共鳴的原因之一——但艾琳跟我說她母親是在她小時病死的。

「她在生我的時候死了。」她的聲音幾乎是耳語。「你會跟我說這不是我的錯，但這並不重要。我父親說我殺了她，我也相信了。現在仍然相信。我殺了她。我知道這種事情總會發生。我知道這不是我的錯。所以我開始跟別人說她死於癌症，因為這樣人們只是說：『哦，請妳節哀。』而不是其他的話。但我父親在我成長過程中每天都這麼告訴我，說這是我的錯，直到他去世。我一直都知道他寧願棄我保我母親。」

我知道她父親家暴她，但我不知道針對性如此強烈，充滿這麼多的怪罪和仇恨。「對一個孩子說這種話實在太可怕了，」我說，「我不知道。」

「請相信我，我不是故意要傷害你的。我只是，好吧……在我們討論要有孩子之後……」她抽泣起來，過了一會兒才止住自己。「阿恩，你那麼興奮，我簡直不敢相信光是提這件事就讓你那麼開心。我們還沒開始嘗試，你就已經愛上了這個主意。我想成為你希望我成為的人。當我同意的時候你那麼高興。但接著……我並不是說這是你的錯——我只是想解釋。我很害怕。我需要多一點時間。」

「我只本來只是要再吃幾星期避孕藥的，」她繼續說道，「到我習慣了懷孕的想法為止。老天，我很喜歡最初的那幾星期。我覺得那是我們最幸福的時光。你眼裡閃爍著我無法熄滅的光芒。但後來幾星期變成了幾個月，又變成了一年，突然你想弄清楚發生了什麼事，我們開車去診所，去看醫生，你拿到了那個小塑膠杯，我發現我讓自己陷入了永遠無法告訴你的困境，所以我只能繼續順著你，因為我知道唯一的解決辦法就是停止服用避孕藥，並在別人告訴你之前展現懷孕的奇蹟。但我就是無法讓自己這麼做。這就像是把五塊錢硬幣塞進老虎機一樣。我一直拖延不去診所。我一直想我只需要再攔截一封信，再無視一通電話，然後我就準備好了。每一張處方都是我的最後一張，然後我發現自己在藥局等下一張。」

現在我也哭了。「我只想要妳──原原本本的妳。我不想要一個容器。我很興奮只是因為這是我們要一起做的事。我本來會聽妳解釋的。」

「但如果我告訴了你，你一定會追問下去。你甚至不知道自己在追問什麼，但你會用你那種又有趣又迷人的方式逼問，也許你會暫時放下，一兩年不提，但最終你還是會追問。我不能告訴你關於媽媽的事。從我十幾歲以後，我就沒對任何人提起過，因為我發現，說她病了會更容易被接受。我無法面對別人的評判。我以為只要有足夠的時間，我就能給你你想要的。我真的嘗試過。

「我並不是要你可憐我。我想告訴你我為什麼害怕。害怕身體受傷害，沒錯──害怕跟她一樣死掉。但我最害怕的是如果我真的發生了什麼事，你會用我父親看我的眼神看著那個孩子，那個你非常想要的孩子。」

「我非常想要一個家庭——」

「喔，阿恩，我知道。」

「——或許我忘記我已經有一個了。」我嘆了口氣。「對不起。」

「是我在跟你道歉，你個混蛋。」她哽咽地笑了一聲。「很抱歉我對你撒了謊。我不想成為那個不能給你想要的東西的人。」

「即便如此我仍然會愛妳。」現在也是，但我沒有這麼說。即使吃了奧施康定，告白也太痛苦了。或許我該說點什麼。或許這就是我寫下一切的部分原因。請記住，一本書是一個實體。它是寫來閱讀的。

過了一會兒，她的聲音又飄了下來。「你想爬上來嗎？」

我知道她只是為了麥可的死需索安慰。我知道這是虛假和空洞的，到了明天，一切傷痛只會捲土重來。這我都知道，但我仍然躺在那裡，不知道該如何回答她。

「我非常想，」最後我說。「但是我想我不會。」

32

我夢見了我的婚禮，但這更像是一段回憶而不是夢。麥可靠在講台上，好像不這樣他就站不直身子。當他試圖講出伴郎演說的第三誡時，含糊不清得讓賓客們隨著他的掙扎大笑。就連奧黛麗也在微笑。他喝了一大口啤酒，舉起一根手指——等一下，我能搞定——打了嗝，用袖子擦了擦嘴，再次試圖運用舌頭說出「幸福老婆，幸福生活」這幾個字。房間裡爆發出陣陣笑聲，他咧嘴一笑，相信他是因為才華而不是搞笑才贏得這些笑聲。他又打了嗝。但這聽起來不一樣，更像是……又打了個嗝，但這絕對更像哽咽，然後他摀著喉嚨，眼睛瞪得大大的，打嗝變成了徹底的窒息。房中繼續放聲大笑，冒泡的黑色焦油從他的嘴裡溢出。

早晨天色一片灰濛，光線昏暗，暴風雪帶著新的狂怒捲土重來。雪下得大到門需要用肩膀抵住才能衝開一個出口。出門不到三十秒，我們就全身濕透，瑟瑟發抖。旋轉的冰屑像沙蠅一樣咬著我的皮膚。剩下的車頂上都堆積著厚厚的白雪，雪流像懸浮的波浪一樣凝固在旅館的牆上。

艾琳和我穿好衣服，幾乎沒說話就離開了山間小屋。我們之間的氣氛帶著一種老朋友睡過之後的尷尬。經過昨晚的坦白和她的邀請，我們都不確定該說些什麼。我睡覺時戴著隔熱手套，現在它已經是半個有機體了，就算我想脫下來也沒辦法。我必須扯著縫線用力穿進保暖衣。艾琳看到我單手掙扎，幫我把一頂無邊小帽拉下來遮住耳朵。昨天我在外面吹風受凍的次數已經超過比我的劈啪作響的壁爐衣櫃允許的次數，所以我決定要做好準備。我用牙齒扯下沒受傷那隻手的手套，滑過我的手指。當我們離開時，我抓起一個熨斗，這是從小屋後方櫃子裡翻出來的。當我拿起它時，艾琳揚起一邊眉毛，我看到她心中浮現疑問，然後半途而廢，毫無疑問她決定不想知道。

我把寸鏡放在口袋裡。早上我比艾琳早醒，在清晨的陽光下檢視它。它側邊刻著50x，我猜是放大的倍率。我從那袋現金裡拿出一張五十塊錢的鈔票，舉起來用放大鏡看有沒有什麼異常。

我對五十澳幣的鈔票略有所知。這要歸功於一個對作家有用的古老派對花招。二〇一八年，黃色的五十元鈔票經過重新設計，在伊迪斯・科文的肖像下方印了她在國會就職演說的迷你版。不幸的是，上面「責任」這個字拼錯了，接下來六個月沒人發現，而數百萬的現鈔已經流通了。這是一個很簡單的晚宴故事：我會到處打聽要五十元鈔票，一旦發現其中一張有錯字，就開始講這個故事，最後在互碰酒杯的驚嘆聲中達到高潮，我會說：「這證明我們作家錢賺得不夠多——要是我們多看到幾張鈔票，就能更快發現錯誤！」接下來就是哄堂大笑。但我對鈔票的瞭解就僅限於此了。檢查之後，我發現上面的確有錯字，這表明這筆錢更有可能是真的而不是假的。

正如預料，鈔票上有序號，還有交錯的彩色線條和左下角小小的全像投影。但這所有特徵，包括印刷錯誤，都肉眼可見，並不需要寸鏡。五十倍的放大率足以讓我看到塑膠的接縫，和不同顏色墨水的滲色。放大鏡是為了看別的東西。我放棄了。如果我不知道自己在找什麼，那麼尋找就沒有意義。

當我們經過車子時，我輕輕拍了艾琳的手肘，吸引她的注意。在呼嘯的暴風雪中說話也沒有用，所以我只是舉起熨斗，朝馬塞洛的賓士點了點頭。我們衝過去。我把熨斗——那是我在小屋裡能找到的最沉重的可攜帶物體——砸向玻璃，玻璃裂了但沒有破掉，而是在中間凹了一個洞。有色車窗上出現長長的白色條紋。

這個主意從昨天開始醞釀，當我看見凱瑟琳車上的玻璃時開始，但當時我忙著半死不活，沒有時間嘗試。我想既然凱瑟琳的富豪在暴風雪中遭受了類似的損害，那麼再破一扇車窗也不會引起注意。但我沒有把警報算進來，我一撞到車窗，警報就開始在風中尖叫。風雪很大，但我不確定是不是足以掩蓋警報聲，而且風向對我不利，聲音會傳向旅館。警告燈也像燈塔一樣閃爍。艾琳一直在把風，以防有人決定調查，但這完全沒用；她的能見度只有幾公尺。我得快點。

我再次敲擊車窗，它進一步凹陷，像蛋殼一樣破裂，但玻璃仍然還在。我只好再敲一次，這才整隻手直接砸穿了車窗。我用隔熱手套（現在派上用場了）把車窗周圍剩下的碎玻璃撥開，然後探身進去。艾琳輕輕跳動，急著想離開，但我知道我要什麼。我用力一扯，把一堆線從插座上扯下來，然後直起身子轉頭對艾琳大喊我們可以走了，就有一記拳頭猛地打在我的下巴上。

早晨的積雪沒辦法當我落地的緩衝，但我沒有落地。艾琳像拳擊教練一樣兩隻手抱住我。

「老天爺，恩斯特。」馬塞洛甩著手，驚訝地看著我。

我小心翼翼地站起來，檢查我的下巴。他打我是用右手，所以我很慶幸他重建的肩膀讓拳頭沒那大力，因為那是他戴著勞力士的手腕。本來應該像是被啞鈴砸中一樣。我很驚訝我牙齒還在。

「我很抱歉，」馬塞洛說。「我是出來看露西的車子，然後聽到了警報。發生了這麼多事，我以為有人……等等……你在這裡做什麼？」

他望向自己的車，顯然在想打破的車窗。我發現我把熨斗掉在車門下面，現在已經被雪掩埋了一半，但還是看得到。我用腳把它踹到車底。馬塞洛走近車窗。如果他探頭進去，就會看到儀表板上的線路，知道事情不對勁。

「我看見車窗被風雪損壞了，」我說得太大聲了些，但這句話見了效，他轉回來面向我。「昂貴的皮椅什麼的。要是毀了就太可惜了。我是想找點什麼遮蓋一下。」

「好小子，」他說，將一條手臂搭上我的肩膀，引我走離車子。「別管皮椅了，我們還是進去吧。等一下……」他停下來，單膝跪在雪地上。我的胃已經有太多的機會屈服於地心引力，現在又多了一個理由。馬塞洛呻吟著站起來，伸手讓我看一個東西。但並不是熨斗。「你的手機掉了。」他把手機遞給我。

聽著，這幾乎違反了第六誡——一次幸運的意外——但每個偵探都需要一點運氣。敘事的懸疑感是靠對警察不利的可能來建構的，但時不時地，就像在現實生活中一樣，骨牌會朝對他們有利的方向倒塌。而且老實說，我不知道為什麼馬塞洛沒看見。也許他心不在焉，正在計算換車窗要多少錢，或者寒冷讓他視線模糊。又或者他的手因為打我的下巴而作痛。當然，那個熨斗跟手機類似——小而方的電子設備，有液晶顯示器——但他確實應該注意到。但我並不打算質疑。我想經過昨天的事情，我總該走點好運了吧。

於是我在他能看得更清楚之前，拿過那個剛剛從擋風玻璃支架上扯下來的全球衛星定位裝置，塞進口袋裡。

旅館門外停著一輛碩大無朋的車子。一個明亮有窗的黃色立方體坐落在高及髖部的鮮豔機械絞鏈上，看起來像軍用坦克和校車的雜交種。蒸氣從下面嘶嘶地冒出來，引擎正運轉著。

車子周圍聚集了幾個人：索菲雅、安迪、克勞福德、茱莉葉和一個我不認識的男人，我暫時讓他燃起我的希望——或許他是警探。但我走向他們時，看見他穿著一件光滑的塑膠雨衣，胸前繡著超極限度假村的標誌。他身上的每件衣物都有商標——從藍金色的全像投影奧克利、下巴上打結的骷髏糖頭巾（骷髏和交叉的骨頭覆在他嘴上）、一直到整條腿上都印了閃銀標誌的蓬鬆塑膠褲。他看起來像個貼滿標籤的啤酒冰箱。我判定他是個單板滑雪客：他臉上唯一露出的部分只有鼻子，而且看起來常常斷。我走近的時候，看見超極限度假村的標誌也印在坦克巴士的車身上。他一定是從山脊另一邊谷地裡的度假村來的。

我擠到安迪和索菲雅中間。索菲雅抖得厲害，臉色雪白。我看得出來她的注意力並不在眼前，而是數著秒看自己什麼時候可以回屋裡。我和艾琳一起回來，本以為起碼會有人抬起一條眉毛，特別是艾琳還穿著昨天的衣服，但似乎沒有人有力搞這種校園八卦。每個人都太專心盯著馬塞洛，沒人理會我們。

「我們要走了嗎？」我問。這輛車絕對是設計來在大雪中行駛，而且不是搭著玩的。

「怎麼樣？」茱莉葉越過我問馬塞洛。

「小屋沒人，她的車也還在那裡。」

「該死。」

「我可以載你們翻過山脊，」行走廣告看板跟他的打扮毫無二致，他的口音由魔爪能量飲料贊助。如果他不是在講一個失蹤的女人，我確定他會用「狗子」和「兄弟」當標點。

他有一點輕微的加拿大腔調，我覺得這表示他是那種在北半球待六個月，然後來南半球待六個月追逐雪地的人。「但我們搭著這個找不到人的，除非撞倒他們。」

「發生了什麼事？」我又試了一次。

「露西不見了。」馬塞洛終於對我說，雖然帶著那種好像在看電影時被人問「我錯過了什麼？」的輕忽氛圍。「從昨晚開始就沒人見過她。」

這說得通。馬塞洛逮到我破壞他的車子，因為他已經在停車場看露西是否昨晚開車走了。我猜那是為什麼凱瑟琳和奧黛麗不在這裡的原因：他們分頭在旅館裡找人。

行走廣告看板扭頭看著我們。「不好意思我問一下，你們他媽的發生了什麼事？老天爺，我應該現在就把你們都帶回金德拜恩。」

「這是蓋文，」茱莉葉把手放在他手臂上。他們好像很熟；我想季節性工作者之間很快就能建立起友誼。但顯然還沒好到告訴他麥可遇害的事，要不然他也不會這麼問。「天氣越來越壞了，這輛越雪車——」她拍了拍坦克巴士的車身，發出空洞的咚咚聲。「是我們下山的唯一方法。蓋文願意載我們。」

「但我們必須現在出發。」蓋文加上一句，緊張地望著天色。

「不管露西了嗎？」艾琳問。

「現在是個空檔，」他聳聳肩。「你們有警察，我只有自己，這表示我得擔心我的員工。」

「我們只有一個警察，」馬塞洛糾正他。「而且還幾乎算不上。聽著，我們一起走，要不然都不走。我們是一家人。」

我覺得他這麼說很奇怪，露西是他前繼兒媳，但我知道嘉西亞家對姻親複姓的態度和我不太一樣。再說了，如果與法律對著幹算是康寧漢家的一種特徵，那露西在上山的路上被開了超速罰單，或許她也算我們家的人了。

「我很感激你過來，」茱莉葉說。「但我們不能拋下她。帶我們繞一圈。我欠你的。」

「來幾杯？」

「當然。就像在加拿大惠斯勒那樣。」

那個狂野夜晚的回憶讓他精神為之一振，連太陽眼鏡都變了顏色。「好。那誰跟我來？」

「我。」我猜安迪自願是因為休學旅遊年沒消耗完的費洛蒙跟他的中年遺憾交織在一起，他覺得行動有用，或許他只是想搭上這輛叮叮噹噹的大車。

我感覺到艾琳在我旁邊躁動。我們之中該有一個人去。「我也去。」我說。

蓋文似乎第一次注意到我，他伸出一支North Face手套要握手。我舉起我的隔熱手套，禮貌性地拒絕。

「很棒的手套，老兄。」他說。

克勞福德也要加入，但茱莉葉擋在他前面。「你應該留在這裡掌控局面。艾琳和馬塞洛幫凱瑟琳跟奧黛麗一起在這裡找。索菲雅——」她上下打量。「老實說，妳看起來需要躺一躺。」索菲雅感激地點點頭。「老蓋，我也去，順便看看這些文件。我知道。」她一定看見他眼睛一亮。「別得寸進尺。只是看一下。恩斯特和安德魯，上來。」

她知道我們所有人的名字讓我很佩服，我也這麼跟她說了。她聳聳肩，說如果客人名單繼續減少，要記住全部絕對沒有問題。這雖然不是什麼好話，卻讓我露齒一笑。我發現我很高興她要跟我們一起來。

蓋文繞到這台怪獸機器後面，拉開了門。他走向駕駛座，我們爬上三階梯子。這幾乎算不上是交通工具；車後沒有座位，只有兩側長長的鋼凳。裡面就像冰櫃裡的冰箱一樣冷，寒冷攫住我，幾乎把我的肋骨勒斷。一切都充滿了汽油味。蓋文操縱一根樹枝大小的變速桿時，地板發出引擎嘶啞的轟鳴聲。

我們開始在建築物之間緩慢前進，但隨後蓋文猛踩油門上坡，讓我們三個在車裡東倒西歪。我抓住一扇車窗上方的鋼條，試著透過結霜的玻璃往外看。蓋文說得對——我們會在見到露西之前先撞到她。考慮到巨大的坦克鏈輪，我懷疑我們是否能感覺到。雪下得太大了，掩蓋了之前的痕跡。

當我們前進時，我從口袋裡拿出馬塞洛的全球衛星定位器。它是太陽能供電的，但電量還剩下一點，所以我一打開就開始運作。我在目錄上搜了最近的旅行路線。螢幕上出現基本地圖。蒼穹山居甚至沒有標記；只是空白區域中一個小箭頭圖示。我縮小了範圍，直到我能看到最近的道路。從「啤酒！」那個標誌開始的綠線感覺上有一千公里之遙，然後繼續朝金德拜恩前進，然後——我困惑地抓抓下巴——又回到了山谷的另一邊。這次旅行是一個完美的U字形，單程估計五十分鐘。我從茱莉葉的雪地攝影機知道他離開了六個小時。問題來了：他在超極限度假村待了四個小時做什麼？

「這根本沒有意義，」十五分鐘後安迪喊道。我們可能已經爬上半山坡了。我可以看到一個小光環，我知道那是纜車頂部的泛光燈，但除此之外什麼都沒有。到了這裡已經沒有樹木和岩石了。沒有人回答，他拍了拍茱莉葉的肩膀，重複了一遍。「我說，『這根本沒有意義』。雪這麼大，看不到她的痕跡。她一定是瘋了才會在這種天氣外出。」

「我們總得試試，」茱莉葉喊回去。這像是在飛機的貨艙裡說話一樣。「纜車從谷地裡看顯得比較近，山坡也沒那麼陡，或許她沒辦法開車，覺得自己可以走上來。她要半路上才會發現自己有麻煩了。」

「要不然她就是走出去到大路上試著搭順風車。」我補充說道。

「沒錯。」

「但她為什麼要……」一次特別顛簸的震動打斷了安迪的話，他頓了一下才繼續。「在暴風雪的時候出門啊？」

「或許她害怕。」我提出意見。

安迪點點頭。「索菲雅給她看照片的時候她確實好像嚇到了。」

我以為她只是面對死亡受到了驚嚇，但安迪是對的。她非常沮喪，直接離開了房間。萬一是索菲雅威脅她呢？在我們所有人面前，那也太過自信了，但我已經知道黑舌頭並不缺乏自信。但威脅什麼？是我知道妳幹的好事，還是接下來輪到妳了？

安迪在想同一件事。「就算她被什麼嚇到了，為什麼要跑出來呢？」

「她以為自己可以離開。」茱莉葉的聲音帶著一點陰沉的意味；她很明顯不相信自己說的話。既然如此，那我們在這裡做什麼？

「在這種天氣出門？」安迪搖頭。「那等於自殺啊！」

隨著話聲茱莉葉的視線非常輕微地和我接觸了一下，然後她望向地板。我明白她在想什麼，為什麼她覺得露西會在致命的暴風雪中出門。我想到露西在酒吧表達愧疚的方式，在索菲雅給她看綠靴子的照片之前，然後她就匆匆離開。或許索菲雅嚇到她了。畢竟目前將所有死亡案件連繫在一起的就是作案手法，而艾琳正確地指出黑舌頭的手法很容易模仿。我知道露西用Google查過了；是她跟我說第一批受害者的。而且她比我們其他人更有理由怨懟麥可。或許看見他跟艾琳一起出現是最後一根稻草。

我瞥向茱莉葉，她的視線陰鬱地望向結霜的車窗。

我們不是出來找露西，我們是在追她。

我嫂子（前任）

33

蓋文帶我們爬上纜車頂端，這裡位於山脊的高處。一根巨大的柱子高高撐起粗大的黑色纜線，下面懸掛著三人座的長凳，從我車窗的視野陷入翻騰的雲層中。在安迪坐的那一側，纜線向上延伸到一個波紋金屬棚。蓋文停下來，讓茱莉葉跳下車查看裡面，心想露西可能躲在那裡，但她很快就回來，搖了搖頭。

蓋文再度前進，沿著纜線下坡。我認為這是個好主意；纜車的柱子在風雪中投下陰影，要是我被困在風雪裡，我也會沿著柱子走。當然這是假設露西有個目的地。我們上方的纜車座椅在風中搖擺，幾乎轉成九十度。我很高興自己不坐在那些椅子上。蓋文繞開柱子前進，用力地掰著變速桿，老是這樣可能會得網球肘。我們在後面把眉毛凍在窗玻璃上，隨著陡峭的山坡向前傾斜，瞇著眼睛望向風雪中。但沒有露西。

當地面變得平坦時，我們又經過了一個下降的纜線通過的錫棚。茱莉葉又跑了出去，但很快就回來了。我們微弱的希望正在消失。走得越遠，她就越不可能到這裡。

過了幾分鐘，我們看到幾棟建築；已經到度假村了。

「該死，」安迪喃喃道，一面戳著手機。「真是垃圾。」

「這裡訊號有比較好嗎？」我問。

「不是，沒電了。你的呢？」

「手機跟我一起到湖裡潛水了。記得嗎？」

超極限度假村看起來更像個軍事基地，而不是度假勝地。這裡都是巨大的方形屋舍，我猜那是宿舍般的房間，價格只有蒼穹山居小屋的十分之一，因此入住率也是十倍。四下杳無人煙，充滿了廢棄遊樂園令人毛骨悚然的氣氛。（我猜人們都在室內；天氣很壞，但還不到世界末日的地步，所以除非他們這裡也有屍體要處理，否則沒有理由離開。）我幾乎可以感覺到導遊的三角小旗揮動，路上人來人往，即使下了大雪，也會被踩平。在一片空曠中，「招人」或「美食」的標誌顯得很寂寥，這個地方不應該是這樣的。我們搭著轟隆作響的龐然大物穿越，就像潛入沉船一樣。四周安靜詭異：既生又死。

這裡跟蒼穹山居完全相反，設計來提供刺激，而不是休養生息。這裡把客房少賺的錢用纜車車票和出租設備賺回來。公用浴室和廁是套裝的一部分，我相信如果客人不是在凌晨三點酒吧關門到早上六點纜車營運的期間需要地方躺下的話，他們會連床鋪都撤走。

蓋文帶我們在一張巨大的地圖旁邊停下，我在結冰下面看到不同顏色的蜿蜒下山線條沿著山的方向延伸。地圖的右側全都結冰了，除了纜車站名稱旁邊的一系列紅燈。這表示所有纜車都停運了。

「抱歉，各位，」他跟公車司機一樣坐在駕駛座上轉過來。「我可以帶你們回去，但你們要不要先喝杯熱的？我和小茱有點事情要談。」他打開門。

「真的嗎，老蓋？」茱莉葉一動也不動。

「如果她在這裡的話，一定在裡面，」蓋文說。「妳的朋友可以看一下住宿名單，雖然這裡大家都在。」

「這或許有用，」我大聲說出思緒。「我或許能認出你漏掉的名字。」

「如果進去的話，我要一杯愛爾蘭咖啡，還要手機充電器。」安迪從鋼凳上起身，弓著背站在後面，用手揉屁股。「不休息一下我就要長痔瘡。」他注意到茱莉葉不耐煩的皺眉。「怎麼了？她可以走到這裡的。」

他推開後車門，喀喳一聲跳進雪地。我跟上去，覺得他說得有道理：即使露西不可能在這裡，我們還是可以問幾個問題。有人可能知道綠靴子是誰。更不用說在這一切開始的前一天晚上，馬塞洛就來過這裡。既然我們決定要去，茱莉葉也就認命地跳下車，跟著蓋文走進最大的棚屋，那裡看起來像停機棚。

山這邊的暴風雪並沒有比較小。我聽到纜車的纜線在狂風中嘎吱作響。汽車變成了道路兩旁的巨大白蟻丘。雪屐和滑雪板插在雪堆裡，我猜以前曾經很整齊，但現在像壞牙一樣東倒西歪。滑雪桿頂上插著手套，顯然許多躲在室內的人都希望能盡快回來滑雪，但現在它們已經被凍住了。這就像雪崩版的車諾比。

「這也太他媽詭異了。」當我們走向建築時安迪在我身邊低聲說道，一扇閃爍著橙色光芒的窗戶是唯一的生命跡象。我的臉頰冷到被他灼熱的呼吸刺痛。「這就像一艘幽靈船。這個度假村有人嗎？」

蓋文帶領我們走近時，我以為我聽到了建築深處傳來刺耳的空襲警報或火警警報，以及遠處的一連串重擊聲，聲音大得足以讓腳下的地面震動。不安在我的胃裡蔓延。我開始解析情況。蓋文顯然更想把我們，或至少把茱莉葉帶到這裡，而不是找到露西。而且雖然露西失蹤了我們很擔心，但她並沒有死。在這種書裡，你永遠不應該相信某人已經死了，除非親眼看到屍體。他們往往會出現。我們都讀過克莉絲蒂的《一個都不留》。

從另一方面來說，儘管我對蓋文持懷疑態度，但在過了中點這麼久之後才讓殺手登場是不公平的。諾克斯會把我大卸八塊——這是他的第一誡。而且讀者，你的左手大拇指應該能告訴你還有多少內容尚待閱讀。

不管怎樣，這裡應該有好幾百個人：現在是旅遊高峰期，會來這裡的都是追尋刺激的遊客，不可能被一點風雪嚇跑。他們在哪裡？

蓋文打開門時，我的問題得到了解答。

跟我們跨過門檻時迎面而來的咆哮相比，暴風雪根本算不了什麼。震耳欲聾的電子音樂，快把我閃瞎的五彩閃光，貝斯低音以低沉重複的重擊轟炸牆壁。旋轉的聚光燈照亮了扭動的軀體，他們的脖子和手腕上掛著螢光棒。一個男人站在被綠色雷射光圍繞的台子上，揮舞一隻手臂。桌椅被推到牆邊，把餐廳清空，為舞池讓路。我們直接走進了一場狂歡。

蓋文艱難地在人群中前進，我們盡量跟上他。這裡很熱，我這幾天來從來沒覺得這麼熱過，空氣中充滿汗水。人們貪婪地注視著彼此。安迪充滿敬畏，被肉體和幻想驚呆了。人們戴著滑雪鏡搭配內衣，穿著沙灘褲搭配雪衣，披毛巾戴頭盔手套，T恤綁在頭上。一個女人穿戴著夏威夷花環、巴拉克拉法頭巾、比基尼和巨大的彩色寬邊帽。我的隔熱手套剛好合適。

我的腦袋差點被一排光著上身的男人劈下來，他們拿著上面鎖著六個酒杯的滑雪板喝酒。酒吧附近的人群最為密集，酒單上的價格被匆匆劃掉用巨大的黑字重寫，價格飛漲，附帶巨大的「只收現金」標誌。蓋文走到另一扇門前，替為我們打開。我們溜進走廊。我得拉著安迪走最後幾步。

「天啊，老蓋，」茱莉葉喘息著說，鬆了一口氣靠在牆上。地板仍舊隨著貝斯震動，但至少空氣可以呼吸了。「那太超過了吧。」

「簡直瘋了！」安迪的眼睛裡亮起被壓抑的青春。「我們選錯度假村了！可惜凱瑟琳沒來看。」

「一開始規模很小。有人說他帶了自己的DJ設備來，問能不能用——我們以前也請過樂團什麼的，所以我說好。我覺得這樣可以在風雪期間找點樂子。但外面風雪越來越大，裡面也越來越瘋狂，結果就變成狂歡派對了。」他聳聳肩。「大家都很開心。沒什麼壞處。」

「我們甚至找不到人去蒼穹山居幫忙，」茱莉葉提醒他。「要是出了什麼事，誰能來幫你？」

「妳手上有兩個死人跟一個失蹤者，妳開了幾個派對？」蓋文帶著我們沿走廊往前，一面反唇相識。「聽著，我不能結束派對，現在是一發不可收拾了。我關掉電源，他們也會自己唱歌。我讓酒吧停止營業的話，我的冰箱就會被砸壞。暴風雪一過去，他們能出去的時候，就會自己離開的。我只要讓他們把自己累到沒力就好。」他吃吃笑起來。「老天，我的確對一對老夫婦感到抱歉，我打賭他們一定後悔沒有訂山那一邊的旅館。」

「我打賭酒吧哄抬的價格對你也沒壞處。」

「妳不會要我餓死吧？」他微笑。

我們穿過旅館內部。正如所料，這裡跟蒼穹山居完全相反：更像是大學宿舍而不是旅館，這裡有公共廚房等休息空間而不是圖書館，平板電視代替了壁爐。到處都是不鏽鋼。蓋文的辦公室也沒高明到哪裡去：他有一張撞球桌，桌面毛氈上有刮痕，橡木桌緣有啤酒瓶的印子，一張站立式辦公桌，上面放著兩台螢幕和一台比茱莉葉貴得多的電腦。牆上的軟木板上貼著整座山脈的A3地圖，包括蒼穹山居，還有各種天氣和衛星圖像。蓋文繞過他的辦公桌，走向我以為是黑色小保險箱的冰箱。他拿出幾瓶科羅納啤酒，用手指夾著遞過來，好像他是剪刀手愛德華一樣。安迪迅速抄過一瓶，但我搖了搖頭。

「我們趕時間，蓋文。」茱莉葉揮開酒瓶。安迪發現我們倆都拒絕了，尷尬地拿著自己的酒站著，覺得不好當眾背叛。

蓋文投降地雙手一攤。「我知道，我知道。」他在電腦上敲打了幾個鍵，螢幕亮起來。螢幕上有一層厚厚的灰。他點了幾下滑鼠，示意安迪跟我過去看。他打開一份Excel電子表格檔案。

有一秒鐘我以為凱瑟琳姑媽請他來參加聚會，但我很快把這歸類為創傷症候群。「這是客房清單。」他對我說。「也能上網。五分鐘？」最後一句話是對著茱莉葉懇求；他要吸引她的注意。他用自己的電腦讓我跟安迪有事做，就像你讓小孩打電動一樣。「不會讓妳吃虧的。」

「我已經跟你說過了。那和錢無關。」茱莉葉走到門口打開門。「我們去外面說。」

蓋文臉上爆發出笑容。安迪投降，內疚地喝了一口啤酒。

我轉向電腦螢幕。跟超極限度假村其他的地方對比，這份Excel電子表格井然有序。有一個標籤叫做客房清單，另一個叫客房檢查。我很想全部看過，但能在室內上網實在太有吸引力了，所以我打開了瀏覽器。

要是羅納德．諾克斯晚生個一百年，我很確定他的第十一誡會是禁止用Google搜索。但我能說什麼呢：他已經死了很久了，而我正試著不加入他。資訊是越多越好。

我知道用Google搜尋新聞報導並不完全是讀者閱讀時想得到的刺激。我會省略我在Google上搜索「黑舌頭」和「黑舌頭被害者」時點擊和滾動的場景，我討厭在書裡逐字重印新聞報導。而且你看，現在是二十一世紀了，而我已經兩天沒上網，所以請原諒我多衝一會兒浪。以下是我得知的訊息：

・我確認了從露西和索菲雅那裡聽說的二手訊息。灰燼；窒息；古代波斯酷刑。正如露西所說，這些資訊隨手就能獲得。任何人都可以模仿。

・事實上，在我打出「黑……」的時候，Google就從自己的搜索歷史自動填上了「黑舌頭」。蓋文也搜過，所以消息傳播比我想得要遠。

・關於謀殺案的報導非常多，第一件案子發生在三年前（亞倫死後），第二件則在十八個月後。

・安迪讓我快速查一下加密貨幣的價值。

・第一批被害者馬克和珍妮・威廉斯來自布里斯班。馬克六十七歲，珍妮七十一歲。他們在布里斯班經營炸魚薯條店三十年之後退休了。媒體報導從「生命不公」的角度把他們描述成社區的支柱——志工、董事會成員，中途寄養了無數的小孩，因為他們自己沒辦法有孩子——這讓他們的死亡更加令人沮喪。有一篇文章加上他們葬禮的照片，致哀的人在門外排隊。大家都喜歡他們。我的意思是，他們算不上A級的黑幫成員。索菲雅對他們死亡的描述很正確：他們被拉帶綁在自家車庫裡的汽車方向盤上，兇手站在天窗上用吹葉機掀起灰燼。

・第二個被害者愛莉森・亨佛瑞在她雪梨的公寓裡被人發現時還活著，她浴室的窗戶用膠帶封死，灰燼從天花板的風扇中傾瀉而出。（我注意到這跟索菲雅在維修小屋說的話相符。）愛莉森在索菲雅工作的醫院待了五天之後，他們決定關掉她的維生系統。人們將她的死與馬克和珍妮的死連繫起來，突然間替連續殺人犯命名的任務落到了副編輯頭上，「黑舌頭」就此誕生。

・我很快查看了我的臉書。

- 根據愛莉森的領英（LinkedIn）帳號（沒有什麼比死後的領英帳號更悽慘的了：**二〇一〇年受僱至今**），她曾經是警探，後來成為「顧問」。目前尚不清楚她提供諮詢的內容。
- 蒼穹山居的掛牌價（我記得我在合約上看到的房地產公司名字）僅供詢價。貓途鷹給這個度假村的評分是3.4，我認為撇開屍體不談，這個評分有點苛刻。
- 我打開露西的Instagram帳號，我想著她昨晚一路爬上屋頂，一定無法抗拒搜尋訊號看社交網站的誘惑。果然有一條新貼文：一張她銀行帳戶存款的截圖，幾千塊錢和零錢，其餘的身分訊息都模糊了。標題是：雖然很辛苦，但最終還是值得的——如果你想瞭解經濟獨立，請與我聯絡。滑動查看這家令人驚嘆的公司為我提供了什麼 #日常磨練 #賺錢與學習 #企業靜思 #甜心老闆。滑動後顯示了第二張照片——從屋頂拍攝的美麗山景——還有第三張照片——第一天午餐桌上的所有人（除了我，遲到了）。我甚至沒辦法嘲笑她假裝我們的聚會是公司團建（標籤應該打 #假到成真為止）；我對岩峰上方明亮的天空太失望了。這些照片是在暴風雪來襲的前一天下午發布的。沒有提供任何新的訊息。

我在第二台螢幕上打開了蒼穹山居的主頁，然後點擊了雪地攝影機。幾乎一片空白，但茱莉葉和蓋文回來了，所以我把注意力重新轉回客房的電子表格上。正如我所料，查看客人的名字一無所獲。全都是常見的人名，看起來都很相似。即使有突出的名字，被我順手滑過去的可能性也很高。我一時興起搜尋了威廉斯、亨佛瑞、賀爾頓和克拉克。什麼都沒有。我唯一真實的想法是叫狄倫的人太多了。單板滑雪客。最後我切換到「房間檢查」標籤。上面有一欄顯示房號，一欄顯示預訂的床位數量，還有一欄標為「已統計」，填寫了相應的「是／否」，似乎是為了證實誰在場，辨識任何可能失蹤的人。我掃過欄目。全部都是Y，每個人都在。

茱莉葉忙著看軟木板上的山脈地圖，我看得出來她很不耐煩，急著想離開。露西仍舊是失蹤人口。「有什麼發現嗎？」最後她說，覺得我應該有時間都看過了。她靠在我的肩膀上。「我有個朋友參加過其中這種把戲。」我發現她正在另一台螢幕上看露西的Instagram帳號；我沒關掉她銀行帳戶的截圖。「這都是假的。他們鼓勵大家P圖上傳，讓他們看起來像是在賺錢。即使這些錢是真的，你也不會知道他們花了多少錢才賺到這個數字。這幾乎都是他們自己的錢，虧本地回收而已。」

艾琳說過麥可告訴她露西的經濟問題，這讓他們關係更為親密。話又說回來，他不知從哪裡搞到了二十六萬七千塊現鈔。或許他們倆都把自己的債務瞞著對方。

我最後瀏覽了一下房間清單，希望能找到什麼亮點。好多狄倫。我再次提醒自己這是派對度假村，與蒼穹山居相反。追捕任何跟與三十五年的犯罪有關的人根本是徒勞無功：四十歲以上的人都不敢踏進這個度假村。就像乘坐退休郵輪去墨西哥坎昆一樣。

只不過……

「蓋文，」我急急滑過房間清單。「你說這裡有一對老夫婦？」

「對，他們躲在房間裡。我覺得他們來錯度假村了。因為老實說，我們這裡有各色人等，但沒有他們那種客人。我們一直都提供他們客房服務，通常我們不這麼做的，但是我覺得對他們不好意思，你明白吧？」

「我打賭他們給小費。」茱莉葉說。

「正如我說的，通常我們沒有那種客人。」

「1214號房？」我已經邁步要走出辦公室。「你能帶我去嗎？」

「沒錯，」蓋文喘著氣一面行動同時跟上我的思緒。茱莉葉和安迪跟上來。「你認識他們嗎？」

我懷疑電子表格上的名字對他們有任何意義。十二個小時之前，對我也沒有任何意義。但這不是巧合，而且就清楚地寫在電子表格上。

我們來到門口。想想看，一份電子表格開始了這一切，而現在這份電子表格則要解決一切。

1214號房，麥考利。

「還不認識。」我說，舉手敲門。

34

艾德加和席梵．麥考利聽到我自我介紹姓康寧漢時，非常熱情地請我進去。他們比我母親年長，但看起來更精神。艾德加有一個圓圓的酒槽鼻，穿著一件檸檬綠的馬球衫，塞進繫著皮帶的棕色長褲裡。席梵個子不高，有著閃閃發光的銀色精靈短髮和纖細的手臂，讓我想起我開車上山時被霜凍剝落的樹枝。她裹著一條巴寶莉圍巾。確實不是蓋文通常的客層。

房間很窄：左邊有一張雙層床，右邊一個衣架（沒有地方放衣櫃），旁邊只有一張椅子，沒有書桌。椅子和下鋪之間有一堆書，一個行李箱放在書堆上權充桌子，行李箱上散落著撲克牌。靠近門口的地方，有一間衣櫃大小的浴室。這個度假村的構造就像一艘郵輪：用最小的空間實現最大的入住率。房間聞起來和這裡其他地方一樣：潮濕。在我肉眼可見之處，空氣中沒有灰燼。

我們安頓下來，他們忙著招呼。艾德加一直嘮叨著暴風雪，席梵則拿著電水壺忙來忙去，不停道歉，因為他們只有兩個杯子，所以我們有一個人沒杯子。安迪的手上還抓著啤酒瓶，他輕舉起瓶子，表示自己不用了。茱莉葉、安迪和我在鬆垮的下鋪床墊上尷尬地坐下，我們的膝蓋逼近胸口。蓋文則站在門口。

艾德加坐在唯一的椅子上，身體前傾，手肘撐在膝蓋上。「風雪這麼大，我們本來不確定會有任何人來，所以你能來這裡我們不知道有多感激。」他的口音像是想趕走澳大利亞人的英國人。上層階級，但是是經過訓練的。「我們沒有收到麥可的消息——我們以為你們也被困住了，所以我們一直在等。顯然這不是我們平常住的地方，但事實上還滿刺激的，不是嗎，親愛的？」

「沒錯，親愛的。」她從浴室探出頭來，手上的杯子因為茶壺起了霧氣。「蒼穹山居的旅館房間都客滿了，我年紀大了，不太適合在雪地裡跋涉去小屋。反正麥可覺得我們住在這裡比較好，我很久沒有睡過雙層床了。但有何不可？我猜這跟我們做的事一樣，感覺像是冒險。」

發現他們在等麥可讓我大吃一驚，他們的態度更是驚人。我本來以為會面對敵意甚至恐懼，但不是……興奮？房裡沒有其他人知道麥考利夫婦是什麼人，所以談話得由我得負責，但我不知該怎麼繼續。我總不能直接說他們去世已久的女兒就沉屍在山脊的另一側吧。

「這個——」艾德加替我說了。「你們找到她了嗎？」

這足以讓我推斷出發生了什麼事。我想我應該盡可能順著他們的話說，看看我的推論是否正確。「是的，我們找到她了。」我說，不理會身邊雙眼圓睜的安迪。我看得出他在想什麼：誰是她？「但是情況有點複雜。」

「他又想要更多的錢了吧，」席梵說，帶著兩杯滾燙的茶從浴室出來。但她似乎並不惱怒也沒有被冒犯，只平靜的把杯子遞給我們。「沒關係，親愛的，我們覺得麥可可能會這樣。我們帶了額外的錢。」她朝權充桌子的行李箱努努嘴。

「妳能不能……」我遲疑著，不確定該跟他們說什麼。他們似乎不知道麥可已經死了。事實上他們以為我是代表他來這裡的。但是話又說回來，這可能是裝的，這樣一來我還是留著手上的牌，看他們的謊言會不會露出破綻比較好。「能不能先讓我瞭解一些細節？」他們面露困惑之色，我盡量露出輕鬆和善的笑容，急忙解釋。「你知道……家人就是這樣。我哥哥要我辦事，讓我到這裡來，但是沒跟我說清楚。我只是想看看價錢是不是合適。不是——」我朝行李箱擺擺手，希望讓他們知道我不是在勒索他們。「不是從你們這裡。就是家裡的事情，你明白吧？」他們仍舊不信服，彼此交換著視線，所以我孤注一擲。「我剛說了，我們已經找到了她。」

這就像是足以勾引他們的胡蘿蔔，因為艾德加說：「你想知道什麼？」

我賭了一把。「你們已經給了他多少？」

「一半。」艾德加說。

我想從我已經知道答案的問題開始問。麥可顯然是麥考利家和亞倫・賀爾頓之間的仲介——這我已經猜出來了。那袋子錢是麥考利的，所以露西、馬塞洛、警方和其他人都沒有注意到麥可帳戶裡少了一筆鉅款。我也懷疑麥可在賣空——他手上沒有麥考利家人想要的東西：他要用他們的預付款給亞倫，得到他賣空的東西，然後收下尾款當利潤。但在買賣之後他去坐牢了，所以交易就拖到現在。所以他才把屍體運上山。這是交易。

疑點仍舊重重。我之前假設亞倫賣的是我父親最終的線索，瑞貝卡綁架謀殺案的定罪證據，那是老爸本來要交給他的對接人愛莉森・亨佛瑞的。

麥考利家確實應該想要這些證據，也願意付出鉅款，但我父親的線索不可能是瑞貝卡埋屍的地點，因為在她下葬前我父親就已經死了。

「這裡有四十萬，」席梵突然說道，指向行李箱，省了我問的麻煩。她帶著歉意對艾德加做了個鬼臉，顯然不善於談判，而且等不及要知道女兒的下落。「我們加了十萬。照片的錢。」

數字對得上。如果行李箱裡有三十萬是尾款，就符合我當初推測亞倫的價錢：原來的贖金是三十萬。但我腦中浮現更多的疑問：如果麥可的錢是麥考利家的，那為什麼不是整數？既然他們能多付十萬買照片，不可能偷斤減兩……等一下……什麼照片？

「等一下，」我說，「什麼照片？」

席梵結巴起來。「麥可說——」

「不好意思，」艾德加傾身向前，把行李箱拉向自己，撲克牌紛紛落地。他一手放在行李箱上，但我看見他眼中閃過恐懼。他知道我們可以動手搶。他太太剛剛告訴我們裡面有多少錢。他們不習慣跟犯罪分子打交道。也不習慣應對康寧漢家人。「你剛說你是誰？」

席梵挺直背脊，證明自己沒被嚇到。「這些跟你來的是什麼人？麥可在哪裡？」

「麥可死了。」

這讓他們陷入震驚的沉默。

「但他確實找到了令嬡的屍體。我會告訴你們她在哪裡。」

「喔，謝天謝地，」席梵大大鬆了一口氣，她抓著衣架，穩住身子。「對不起。我不是有意……」

「沒關係。你們甚至可以留著錢——」我說這話的時候感覺到安迪在拱我：你確定嗎，老兄。「但麥可是因為他找到的東西才死的。無論他挖出來什麼……都有人想埋回去。你們可以幫我填補空白，因為只要是知道令嬡事情的人似乎都有危險，而那包括我和我的家人。我想現在也包括你們了。」

「跟我們說怎麼幫忙吧。」艾德加說。席梵在他身後點頭。我看得出她不在乎危險，她只想知道女兒的遭遇。

我非常想問照片的事，但知道我應該從最合理的地方開始。「你們怎麼認識麥可的？」

「事實上是他來找我們的，」艾德加說，「他編了一個天花亂墜的故事，老實說，我們以前都聽過。這麼多年來我們請過幾個私家偵探，合法的程度也不盡相同，但他們結果都一樣：毫無用處。我們試過懸賞，然後就有接不完的電話，遇上騙子我們能認出來的。」

「但是我們已經二十八年沒這麼做了，」席梵補充說明。我覺得這個數字非常精確。「現在大多是想拍電影，想做播客，或是想寫書的人來找我們。」

艾德加接過妻子的話。「但是麥可不一樣。我們立刻就察覺了。他告訴我們最初處理交付贖金的警察的一些事情。那次出了差錯。一個叫做亞倫·賀爾頓的傢伙。你哥哥說他知道瑞貝卡埋在哪裡，而且他還有證據證明誰殺了她。」

「照片，」我低聲說，半是自言自語。馬塞洛以為我父親目睹了謀殺，但我現在發現他還留下了紀錄。怪不得有人要壓下這些照片。

「謀殺案的。至少他是這麼跟我們說的。他應該要把照片帶來。你看過了嗎？」

「先前說的，亞倫．賀爾頓調查令嬡的綁架案？」

席梵點點頭。「總共有大約五十個警察，還有警探。我不是要表示我們與眾不同，但這不是普通的綁架。」

我知道她的意思。有錢人家的孩子會上新聞報導。

「麥可給你看了照片嗎？」艾德加再度問道，我之前沒有回答使他不悅。

「沒有。我沒看過。但我想照片在麥可手上，或是曾經在他手上。我哥哥是個謹慎的人，他會把照片放在安全的地方——我只是還不知道在哪裡。」我轉向席梵。「為什麼是現在？你們願意出七十萬，那為什麼當時不付三十萬？她可能還活著的。」

「他不是有意冒犯——但我們沒有時間了。」茱莉葉抱歉地插進來。

「沒關係，」艾德加皺眉在他妻子開口前說道。「時間可幫助你用不同的方式評價事情。現在很容易看出當時我們錯了。那個女警探說應該扣留付款時，我們信任她。而我們——嗯，當時看起來是很多錢。問題是，我們本來可以付錢的。我們應該付的。現在我們願意付出任何代價。」

「那個女警探，是愛莉森．亨佛瑞嗎？」

艾德加和席梵都點頭。安迪試著偷偷啜一口啤酒，但酒卻滴在了胸口。他尷尬得滿面通紅。

「亞倫為什麼不把消息直接賣給你們？」

「我們不知道麥可跟亞倫有接觸。他只跟我們說亞倫從內部搞砸了。我們買的是麥可知道的訊息。」

「我們並沒有付錢叫他殺掉亞倫，如果你是這個意思的話。」席梵插進來。「我們在新聞上看到了。我們不是那種人。」

「我們猜到他們應該有某種合夥關係，」艾德加解釋。「亞倫知道我們處於劣勢，他告訴麥可我們女兒的消息好打動我們，而他成功了。但他們因為錢鬧翻了，通常都是這樣的。我們猜想投資八成已經無法回收了。」用「投資」這個詞很奇怪，但在雪地穿一件綠色的馬球衫也很奇怪，所以我想艾德加大概就是這樣的人吧。

「直到麥可從監獄裡寫信給我們，」席梵說，「他說他手上有照片，等他上山來的時候，會把屍體一起帶來。所以我們就來了。」

「我們實現了承諾。」艾德加說，他聲音中的嚴峻明顯表示他希望我尊重這一點。

麥可是對的；這似乎是很容易到手的錢。唯一的問題就是，他跟亞倫碰面的時候，少了三萬三千塊錢。他跟我說那就是亞倫拔槍的原因。我覺得我能理解，而且那跟麥考利家人無關。我暫且擱置這個念頭，轉而思考其他相關人士。

亨佛瑞警探在一件備受矚目的案子裡主導的行動導致瑞貝卡死亡。她一定竭盡所能保住自己的飯碗，所以她才逼迫羅伯特．康寧漢，她違反了一開始的交易，用馬塞洛的話來說，開始對每個問題要求兩個答案。愛莉森急著要找出警方的內應。答案是亞倫．賀爾頓和他的搭檔布萊恩．克拉克。這個答案讓我父親付出了極大的代價。或許愛莉森十八個月前翻了舊案，或許那就是她被攻擊的原因？

我的敘事仍有許多漏洞——亞倫和布萊恩死了，所以他們不可能為了照片殺任何人——但事實開始隱隱浮現，就像霧裡的纜車柱一樣。

「麥可是蒼穹山居第二個死者，」我說，從思緒中回到現實，看見艾德加和席梵期待地望著我。「如果他們之間有關連，你們可能認識第一個被害者。或許是幫忙綁架案交涉的人。茱莉葉，妳能給他們看看照片嗎？」

「我沒有照片，」茱莉葉道歉。「我甚至沒看過照片——我查過住宿名單上每個人都在，我們的員工和客人都沒有失蹤，對我來說就沒有必要了。克勞福德只給少數幾個客人看過照片，避免引起驚慌。顯然他沒選上我。」

我轉回麥考利夫婦。「有人跟你們同行嗎？朋友？保鏢？」

「只有我們倆。」艾德加說。

「夠了，我們的女兒在哪裡？」席梵終於忍耐不住，等不及我回答。「拿去，拿去！」他把行李箱推向我，但我推回去的力道稍微大了一點，她踉蹌後退。她並沒有跌倒（房間太小了），但她撞到了牆，然後抱著行李箱洩了氣。「我們只知道這麼多，我發誓。我們只想讓她安息，就算我們找不到凶手，也想先安葬她。拜託了。」

「她跟一個警察躺在同一個棺材裡——他們把她藏在那裡。一定買通了驗屍官。」我知道他們很難接受，所以我讓他們消化這個訊息，也讓我鼓起勇氣把壞消息告訴他們。「很不幸的是，那具棺材現在已經沉在蒼穹山居的湖底了。」

席梵驚呼出聲，眼裡泛起淚光。

「我們可以雇用潛水伕的，寶貝。」艾德加安慰她。

「買自己女兒的屍體十分變態。」茱莉葉突如其來地說。

「賣屍體也很變態。」艾德加反唇相譏。

我示意安迪跟茱莉葉站起來。我們從下鋪撐起身子。艾德加和席梵彼此擁抱。我不願打擾他們，在茱莉葉說了那句話之後，他們一定想送客了，但我還需要一個答案。「讓你們經歷這一切我很抱歉，但我還有最後一個問題。我的繼父兩個晚上之前來過這裡嗎？他是一個身材高壯的中南美洲人，叫做馬塞洛。」

「沒有。」艾德加搖頭。「但一個叫奧黛麗的女人來過。」

35

我們顛簸地越過山脊時安迪坐在前座，茱莉葉和我在後方面對面坐著，好像我們被逮捕了一樣。蓋文這次加快速度，所以我們顛得牙齒打架。沒有人望向窗外。

「所以令堂知道的比她說的要多。」茱莉葉推測道。

我們離開之前，我問蓋文是否可以察看閉路電視，或許錄影會有所發現。他說：「夥計，我的酒吧只收現金。」好像這解釋了缺乏設備的原因，然後就這樣了。

「我不明白。」我回答。

「記上一筆吧。」她用手指輕觸嘴唇。「昨晚我下載了你的書。令堂有雙胞胎嗎？」

她是在跟我炫耀嗎？那是第十誡：除非我們已經做好充分準備，否則不得出現雙胞胎。「諾克斯會殺了我的。」

茱莉葉笑起來，然後把前額抵在車窗上，視線掠過令人目盲的白雪。她的呼吸在面前形成霧氣。「我們應該離開。」

我知道她真正的意思。如果露西冒著暴風雪出門，那她已經死了。恐怖電影裡人們會因走散而死，但在山區不是這樣的：人們會死於回頭找對方。我們已經到了必須自救的關鍵點。

我傾身向前，其實我不用放低聲音——這輛車的咆哮會壓過我的聲音，除非我刻意朝駕駛大吼，但我還是想要具體的私密暗示。「蓋文是不是想收購蒼穹山居？」

茉莉葉皺起眉頭。「你怎麼知道的？」

「我在妳桌上看到了一份房地產合同，但沒有簽字。蓋文的軟木板上釘著一張妳的度假村地圖。沒有人在隱瞞。但如果妳原諒我擅自揣測，從他昂貴電腦上的灰塵和妳走過狂歡派對時表情判斷，我認為你們有不同的經營理念。在我看來，他不那麼努力工作，但賺的錢卻更多。這讓妳不爽，所以妳堅持不賣。」

我過於強調了自己的推論。或許我也在跟她炫耀。

「他不想要蒼穹山居，」她說。「他只想要土地。他會把山居剷平，在山這一邊也建一座超極限度假村，這樣兩邊的山谷都是他的了。聽起來很蠢，我們談的可是百——是很多錢，但我不覺得那有魅力。」她再度望向窗外。

旅館的燈光出現在眼前。我衡量了一下自己回到這如風景畫般的山居時和開車在超纖停機棚間穿梭時的感受，覺得那聽起來並不是很蠢。

她顯然也有同樣的念頭。「我跟你說過我家人都去世之後我回到這裡，結果就沒離開過。這種生活就是這樣，山區會牽絆住你。生意很好，然後會有幾個溫暖的冬天——每個人都說還會有更多暖冬。」她頓了一下。「我沒錢裝蓋文的那種造雪機，所以他開價，開了好價的時候，我很高興。我跟蓋文是老交情了。我們都是度假村家族的孩子。」

「加拿大惠斯勒？」

「惠斯勒。」她微笑著回憶。「他是個好人，你知道嗎？而且他當時是給了我一條救命稻草。」她看穿了我的想法，挑了挑眉。「他確實想要我的土地，但也不是那種會不擇手段去拿到的人。」

當然，錢是非常常見的動機。我沒有認真考慮過索菲雅，因為五萬塊似乎太少了，不值得殺人，但如果這塊地價值幾百萬……

「所以我同意了，」她繼續說道。「那時我以為他會繼續經營這裡。我很興奮——我擺脫了這個……我猜是傳承吧。但等簽合約的時候我發現他打算剷平這裡，所以傳承的確是正確的說法，不是嗎？」她嘆了一口氣，呼出白霧。「那棟房子有很多歷史，不能就這樣一走了之。我的家族都在牆壁裡。」

我思索了一下蓋文為什麼這麼想讓茱莉葉接受他的合同。他跟她說不會讓她吃虧。「他加了價？就剛才？」

她點點頭。「他有個新的投資人。」

「當然一定有。」我說。「妳在考慮？」

「經過這個週末……」她再度望向窗外，這個句子在她的沉默中自行完結。

「老天爺，」安迪在前座叫道。他用前臂擦掉擋風玻璃上的霧氣。我透過玻璃上的一團亂七八糟看見一個巨大的影子正在揮舞雙手，好像在指揮飛機降落一樣，那個尺寸只可能是馬塞洛。他身後有一盞紅燈在閃爍，照亮了房子周圍的雪地。更多影子聚集在燈光周圍，其中一個是蹲著的。「我想他們找到她了。」

✦

露西一定在那裡待了一整晚，因為她身上已經積了幾英尺厚的雪。我只能看到她的手，蒼白冰冷，從雪堆裡伸出來。

沒有人試圖把她挖出來。她的身體上方有一個小洞，大到足以觀察並伸手去檢查脈搏。這顯示挖掘工作很快就被放棄。如果還有希望的話，這個洞就會更大。

閃爍的紅燈使我們周圍的雪地染上血色。我傾身向前，很快瞥見了露西，然後直起身子。她的螢光色口紅在她毫無血色的臉上更加顯眼。她還穿著昨天的黃色高領毛衣。沒有任何禦寒的戶外衣物。她的腦後上方有一頂被染成深紅色的冰冠。最重要的是，她的臉上沒有任何灰燼。我感到反胃。有人告訴她烘乾室沒有上鎖嗎？

「我踩到她的手，才發現她在這裡……」凱瑟琳開口。站在屍體旁邊的是她、索菲雅和克勞福德。奧黛麗在屋內取暖，馬塞洛揮手叫我們下來之後，就進屋去陪她。我不確定艾琳在哪裡。

「把洞填上。」茱莉葉說。

每個人都用怪異的表情看著她；這句話冷血無情。

「我們得離開。我們不能把屍體帶走——等積雪清除了我們再回來。所以我們應該把她埋起來，以免被動物發現。」她彎腰捧起一堆雪，掃進露西的臨時墳墓裡。我幫她填上更多的雪。

「蓋文，我們要多久才能離開？」

要他把我們都帶我們下山是不公平的，但我知道如果蓋文想讓茱莉葉考慮他的提議，就得幫她幾個忙。

「我得加油。要一會兒。」他說。

「妳是說——」安迪開口。

「每個人都去收行李。我們要離開了。」

我很感激茱莉葉堅定的態度。我們之所以沒有離開就是要尋找露西。我們並沒有像這種小說裡常寫的一樣被暴風雪困住。我們完全沒有受困。但我們被自己的自尊、悔恨、羞愧和頑固鎖住。我想現在是掙脫的時候了。離結局只剩六章。

我又填了一捧雪，把雪拍實。這應該能讓露西不受自然界侵害。她不該有這種下場。她來這裡只是想贏回麥可的心。她只想當康寧漢家人。這就是她來這裡的原因。不管有沒有離婚，她都是家人，但我們沒把她當家人對待。我們前半個週末都不理會她。然後奧黛麗把麥可的死怪到她頭上，讓她充滿罪惡感。我們沒人跟她上屋頂。她孤獨地死去。這算什麼家人。當眼淚會在臉上結冰的時候，哭泣很困難。

露西的手從雪堆裡伸出，掌心向天，我發現她還戴著結婚戒指。我無法決定是應該把它拿下來保留，還是留著給她比較合適。我決定不想與她凍僵的手指搏鬥，所以我在她的手上劘了一堆雪。然後我脫下我的小帽，頂著颼進頭皮的寒意，偷了一根斜靠在小屋旁邊的廢棄滑雪杖。我把它插進雪堆裡，帽子放在上面，這樣暴風雪過後我們就能再次找到她。

「我們會回來找妳的。」我朝雪堆說。有人伸手摟住我，但在風雪中我沒看清是誰。

我們都走向屋內。我知道在我們離開之前我得回小屋去拿我那袋錢，而且我該想想如何跟我母親獨處，好問她麥考利家人的事，但那一刻我並不真的在乎：我只想離開。我需要取暖，並且再找止痛藥。我終於明白癮君子是什麼感覺了；我甚至願意拿一袋子錢換取能讓我的思考和手變得麻木的東西。我拖著沉重的步伐跟在其他人後面進入餐廳。

結果艾琳一直都在旅館裡，幹起了茱莉葉送走的員工的活。她替我們做了午餐。我滿懷感激地端起一碗雞肉玉米湯，在索菲雅旁邊坐下。有人去找我母親，說服她我們要離開。開動前，我讓熱湯的蒸氣解凍我的臉。

「沒有灰燼，」喝了幾口之後我搖頭對索菲雅說，「跟其他人不一樣。」

索菲雅皺起臉來，她明白我沒有出口的問題。她簡單地解釋：「她應該摔斷了很多骨頭。」

索菲雅從餐廳門口望向前廳，我看到她的目光順著樓梯往上。我對茱莉葉在轟隆作響雪地鏈車裡的陰暗懷疑是錯誤的。安迪說：「在這種天氣下……那等於是自殺。」索菲雅給露西看的綠靴子照片詳細描述了麥可的遭遇，而露西已經因為自己把他關在一個他無法自力離開的房間裡而感到愧疚。關鍵是，露西在奧黛麗盤問克勞福德具體細節之前就衝出酒吧。最後有人見到露西時，她正在爬樓梯，心裡充滿罪惡感。上屋頂。茱莉葉的意思是我們得在她在暴風雪中受傷之前阻止她。但露西並不需要暴風雪。旅館的屋頂就夠高了。

索菲雅和我都悲傷地意識到沒有人告訴露西，麥可的房間並沒上鎖。那不是她的錯。

這本書的書名是真的：我家都是殺人犯。

只不過並不是所有人都殺別人。

36

我想從我母親把自己鎖在床柱上的骨氣來看，她在一九七〇年代一定是許多推土車司機的眼中釘肉中刺。我們花了一個小時將行李堆在餐廳中央（我再次冒著風雪，把運動包塞進我的手拉箱裡）後，馬塞洛走進來搖搖頭。凱瑟琳和我身為最後的血親，自願艱難地爬上三樓，發現奧黛麗靠在枕頭上，一條手臂鎖在床柱上。我說的是鎖：她順走了克勞福德這個蠢貨腰間的手銬。這看起來是個非常舒適的抗議。

我們之間的默契是因為她比較不討厭凱瑟琳，所以由她開口。她伸出一隻手。「別鬧了，奧黛麗。鑰匙在哪裡？」

我母親聳聳肩。

「那個開雪地坦克的傢伙可以現在送我們下山，要不然就走不了了。妳讓我們都置身險境。」

「那就走啊。」

「妳知道這樣不公平。我們不能把妳留在這裡。要是暴風雪惡化怎麼辦？妳的家人有危險。一直有人死。」

「我覺得聽起來像是你們要把凶手帶下山。我不會把麥可留在這裡腐爛。」

「我們先下山，等天氣穩定就立刻上來帶他。」

馬塞洛在我們身後徘徊，他應該已經試過凱瑟琳大部分的論點了。凱瑟琳越來越沮喪，她抬高了腔調，把理性的爭論拋在腦後，開始轟炸自私、難相處、愚蠢的女人這樣的詞，同時還猛拉床柱，看它會不會從接榫處鬆開。在正常情況下，叫我母親「臭婊子」會引發天崩地裂，但奧黛麗只是轉過頭。從馬塞洛的表情看來，他也試過這招了。

「我需要一把螺絲起子，或者，等等——」她瞇起眼睛看著床架。「一把內六角扳手，」凱瑟琳不悅地轉過頭，對馬塞洛說道。「四百塊錢一個晚上，但卻是宜家的家具。」然後對奧黛麗威脅道：「我們抬著也會把妳抬走。」

馬塞洛很高興有機會脫身，離開房間去找工具。

「我兒子死了，」奧黛麗只說這一句。「我不會離開他。」

索菲雅和克勞福德在酒吧解釋謀殺案的時候，她也說過同樣的話，這讓我怒火中燒。自從我們到這裡之後，我就一直在求她把我當成真正的康寧漢家人。比起綠靴子，甚至麥可，我更在意這點。找到凶手並不是為了伸張正義：這是證明我自己的機會，是對我母親的奉承，讓她相信我配得上自己的名字。但母親屢次為麥可的死而悲痛不已，甚至沒考慮到，外面那個倒在雪地裡的女人，其實也是這個家庭的一部分。不管名字如何，不管離婚協議如何，馬塞洛都承認：**我們要嘛是一體，要嘛什麼都不是**。而我的母親儘管一再堅持，卻並不真的知道家庭意味著什麼。

「你的兒子？」我大吼出聲，把奧黛麗和凱瑟琳都嚇了一跳。馬塞洛後來告訴我，他在樓下大廳聽到我的聲音。我的憤怒比我意識到的更深沉。「妳的兒子？那我嫂子——妳的媳婦呢？我的妹妹——妳的女兒呢？姻親只是一個詞。妳知道露西死在外面的雪地裡嗎？妳知道她是因為妳讓她覺得麥可的死是她的錯，讓她充滿了罪惡感才死的嗎？她和他一樣都死了，而妳滿口只有妳的兒子。」

「阿恩。」凱瑟琳試圖擋在我面前，但我憤怒地逼近我母親。而她並不畏縮。

「不，凱瑟琳。我們已經縱容她太久了。」我轉向我母親。「妳把自己的傷痛置於其他人之上。因為妳的丈夫死了，妳就讓我們在痛苦中成長。妳因為我對妳家人做的事而拋棄我。好吧，那也是我的家人。」我軟化下來，坐在床上。「我知道日子很難過。失去爸爸之後，妳一切都要靠自己來承擔。我知道因為人們對爸爸的看法，妳用姓名來自我定義，我知道解決這個問題的唯一方法就是內化，讓這個名字成為妳自己的。在這樣做的過程中，妳開始符合人們給妳貼上的標籤。康寧漢的意思並不是妳想的那樣。我知道——」我握住她的手，這讓我自己都吃了一驚。她無力地讓我握著。「爸爸去世時他想做什麼。」

我母親雙眼無神，但她的下顎非常堅決。很難看出她是覺得受到了威脅還是她明白我的意思。我凝視著她，拒絕先移開視線。「你知道？」她說。

「我知道瑞貝卡．麥考利的事。我知道爸爸有照片能證明綁架她，甚至可能殺了她的人是誰。我知道亞倫．賀爾頓是個壞警察。我知道我作證指認麥可時妳有多受傷。我花了很長時間才能用妳的視角看事情。但現在我可以了。我知道妳兩天前去見了瑞貝卡的父母，那時妳說妳病了，取消晚餐。妳叫他們回家。」我重複了麥考利夫妻告訴我的一切，說我母親兩個晚上之前出現在他們房門口。「妳威脅了他們，奧黛麗。你問他們是不是有其他小孩，那些小孩是不是生了孫子。那些人失去了孩子。妳怎麼敢用瑞貝卡的遭遇威脅他們。妳怎麼敢。」

「我沒有威脅他們，」奧黛麗平靜地說，「我解釋了風險而已。」

「他們知道風險。他們失去了女兒。」我深呼吸了一下，冒險說出我以為我猜到了的事情。「就像妳失去傑瑞米一樣。」

「你根本不知道自己在說什麼。」她咬牙切齒地說。

「席梵．麥考利說了，」我繼續往前衝。「過去二十八年以來他們沒有請過私家偵探。我覺得那是一個非常精確的數字。瑞貝卡遭綁架是三十五年以前，這表示中間有七年的時間。妳等了七年才替傑瑞米舉辦葬禮。七年。這不是巧合——時機一樣是有原因的。要等七年才能合法宣布一個人死亡，不是嗎？」

「阿恩，你在說什麼？」凱瑟琳在我身後說。

奧黛麗瞪著我，下顎顫抖，但她保持沉默。

「妳還說漏了另一件事，我們最後在圖書室說話的時候。」我不理會凱瑟琳，繼續凝視著我母親。「妳說我們家為老爸的行為付出了代價。但妳還說他沒有留下武器讓我們戰鬥。妳說的是：『銀行裡什麼也沒有』。我以為妳是指錢，但其實不是，對不對？妳知道那些照片——就是妳說的武器。如果劍齒幫，或是劍齒幫要保護的人，當晚沒有從爸爸那裡拿到那些照片，那麼他們會假設照片在妳手上，也就說得通了。他們可能會針對妳上班的銀行。老爸的保險箱很可能在那裡。」

「你不明白。他們為了保住秘密會不擇手段。羅伯特的照片——從來沒有人見過。我希望他們找到他們想要的東西，某個上面寫著『要是我死了請將這送到媒體』的黃色信封，或是某種線索。什麼都好。我希望他們找到。我真的希望。我翻天覆地地找那些照片。」

「但是劍齒幫在銀行也沒有空手而歸，對吧？他們或許沒有找到照片，但他們從屋頂停車場逃跑的時候，我想他們找到了代替方案：坐在車裡的小孩。他們決定只有一個方法能確定照片不在妳手上。籌碼。如果妳有照片的話，一定會毫不猶豫地交出來。我們都知道他們會綁架小孩——瑞貝卡就是證據。七年啊，奧黛麗。」

我母親垂下頭。她放棄了。

「他們從車上抓走了傑瑞米。」她低聲說。我聽到凱瑟琳在我身後倒抽一口氣。我讓沉默延伸，等我母親準備好開口。她對著自己的膝頭說：「亞倫是他們的使者。他說他們只想要那些照片，不要錢。我也不能報警，因為那個姓亨佛瑞的女人已經害死了羅伯特和瑞貝卡，不是嗎？亞倫顯然是兩面人——誰知道還有誰是雙面間諜？我必須保護你跟麥可。」

「不過一定有人調查吧？」我輕聲提示，擔心提高音調會打破我母親告白的恍惚狀態。沒有人移動。凱瑟琳已經不再尋找手銬的鑰匙。

「當然。他們把這當成人口失蹤案。我不知道是不是因為他們也參了一腳，但看起來是傑瑞米想辦法下了車，找人幫你和麥可。我不得不跟著演戲。我的額頭被玻璃割破了，但車窗已經碎了。他們一直說一個五歲的孩子走不了多遠。然後隨著時間過去，我看出他們已經改變想法，從走不了太遠變成撐不了太久，他們組織搜索，但我知道是徒勞無功的。在此同時亞倫一直跟我要照片，我告訴他照片不在我手上，我找不到。他說他相信我……」她抬頭看著我，眼眶紅了。「他說他相信我，但只有一種方法可以確定我沒有藏著照片。他們必須確定……」

她的話聲漸弱，但意思很清楚。唯一能確定奧黛麗沒有藏著照片的辦法就是實行他們的威脅，讓她剩下的兩個孩子一直受到威脅。想到傑瑞米埋在另一個警察的棺材裡讓我想吐。我發現我不確定那具兒童的屍骨是不是瑞貝卡的。

「媽，我從來沒有想要站在哪一邊。」我想起她告訴我我正在犯和父親一樣的錯誤，現在我比較明白她的意思了。剛才她覆在我手上的手現在握緊了。「我試著做正確的事。但有些是正確的事，有些是對我們來說是正確的事。我不知道妳要付出這麼高的代價。」

在小說和電視上英雄可以扮演警察和強盜，但在現實生活中，配角康寧漢家人承受打擊，承受痛苦，好讓別人歡呼勝利。我父親曾試圖做「正確的事」。這讓他付出了代價。孩子遭綁架的有錢夫妻並沒有付出代價。一心想升職而逼迫線人的警探沒有付出什麼代價。於是對奧黛麗來說，就不再有對錯了。除了家人，都不重要。或許她的確知道這意味著什麼。我回握她的手。

「馬塞洛知道嗎？」我問。

「後來才知道的。」

「妳從來沒跟我提過。」凱瑟琳說。很難分辨她是因為被排除在外而被冒犯，還是試著在審訊中為自己辯護。

「我不太記得那天早上的事了。」我繼續盯著奧黛麗。

「你太小了。你的記憶都在，只是紊亂了，但你會聽我告訴你的事。我告訴所有人，包括妳，凱瑟琳，說傑瑞米死在車裡，因為這樣最簡單，也因為我擔心如果引發太多問題，亞倫會回來找你或麥可。老實說——我不在乎大家怪我。諷刺的是，如果劍齒幫沒有打破窗戶抓走傑瑞米，你們三個都可能死掉。所以我覺得是我活該。」

「七年之後，馬塞洛私下幫妳處理法律問題，妳舉行了葬禮。妳把秘密告訴他了。對不對？」

「對。他解決了那個問題，幫忙執行了羅伯特的遺囑等等。我猜我還有些事情要告訴你，但不是這裡。我沒法好好思考。我們下山吧。鑰匙在聖經裡。」

凱瑟琳在床頭櫃的抽屜裡找到聖經，翻過書頁直到一把銀色的小鑰匙掉出來。她把我母親從床柱上解開，要扶她下床，但奧黛麗噓聲把她趕開，伸手要我扶。我彎腰讓她搭著我的肩膀站起來，她的體重壓著我。

「我只是想警告麥考利夫妻，」她說。「這些人會殺害小孩。不管他們是要贖金還是籌碼。我很抱歉他們覺得是威脅。」

我沒有回答，只是給她一個擁抱，希望能傳達我的諒解。我很高興現在我們可以離開了，一等我們下山，就可以開始療癒的過程。撇開謀殺案不談，這次的家庭聚會還是成功了。

雖然奧黛麗的說詞非常有啟發性，我仍舊有許多問題縈繞不去。

如果瑞貝卡．麥考利不是劍齒幫唯一的受害者，我要怎麼才能確定棺材裡的屍體是她。而亞倫．賀爾頓怎麼能得到我母親三十五年前就沒能給他的東西？

凱瑟琳幫奧黛麗收行李，我跟她說我晚點跟她們在樓下會合。我去找馬塞洛，心中滿是疑問。我心不在焉地經過一樓的圖書館，房內壁爐裡的火焰仍在劈啪作響，熱氣撲上我的面頰，讓我額頭冒汗。或許熱意從我的胃升起，爬上脖子。因為直覺告訴我，這個謎團的碎片正拼湊在一起，但還沒有完成。我瀏覽了黃金時代推理小說的書架。奧黛麗把瑪麗．韋斯特馬克特放錯了，作者隱藏在假名之下，所以我把她移回了C列。我用拇指撫摸著書脊，也許是在尋找結局演說的靈感。諾克斯沒有哪一誡禁止這一點，但我面前的所有書裡都暗示偵探最後並不會輕易放棄然後下山。

但是那些偵探比我聰明。沒有作者在操縱我，也沒有人賦予我天賦。我沒有資格加入偵探俱樂部。我記得當時我唯一確定的是我錯過了什麼。一些小事。這些書中總有一個可以解決一切謎題的關鍵，而且往往是最微小的事情。有一些東西我看不到。沒有老式的福爾摩斯放大鏡是不行的。或是一個寸鏡。

然後我解開了。

在這種書裡，常常會有某種令人印象深刻的解謎時刻的隱喻描寫。偵探會坐著思考，他們腦中的拼圖慢慢拼在一起，或者是煙火或骨牌；也許他們都在黑暗的走廊上跌撞前行，最後終於找到了開關。無論是哪種方式，訊息都會碰撞在一起形成令人著迷的發現，讓他們恍然大悟。我跟你保證，現實中並沒有那麼戲劇化。前一秒我還不知道答案，下一秒我就知道了。我走到壁爐前查看了自己的疑點，然後我就確定了。

為了讓羅納德．諾克斯滿意——所有的線索都必須讓讀者知曉——我現在列出我解開謎底用到的線索：瑪麗．韋斯特馬克特、五萬塊錢、我的下顎、我的手、蒼穹山居的雪地攝影機、索菲雅的醫療訴訟、布里斯班的郵政信箱、露西用手比著腦袋開槍、裝了兩具屍體的棺材、嘔吐、超速罰單、手剎車、寸鏡、物理治療、未解決的攻擊事件、英勇顫抖的丈夫、「老闆」、外套、腳印、露西緊張的等待、老鼠會、疼痛的腳趾、我小屋的電話、作夢窒息、麥可的新和平主義、以及F-287：一隻獲得英勇勳章的死鴿子。

行李箱被拖下樓梯的碰撞聲宣告凱瑟琳到來。她注意到我，停下腳步，行李箱和我母親在她身後，她可能打算要我幫忙或是叫我不要亂晃，但我不知道答案，因為我打斷了她。

「妳能把大家叫來嗎？」我問。「我有事情要告訴他們。每個人都要到，因為我有問題要問他們。這樣才不會有人逃跑。」

凱瑟琳點點頭，聽出了我的話外之意。「哪裡？」

我環顧四周的書架、劈啪作響的壁爐爐火和豪華的紅色皮椅。「如果我們能活著離開這裡，並把我們的故事賣出去，我會說如果我們不使用圖書館的話，好萊塢會非常生氣，妳不覺得嗎？」

37

馬塞洛和奧黛麗在皮椅上坐下，像是王座上的皇族。克勞福德和茱莉葉站在後面壁爐兩旁，他們在週末參與康寧漢一家的事件之後，學會了「安全距離」這個詞的意義。凱瑟琳站著，一隻手臂搭在奧黛麗的椅背上。安迪坐在旁邊的小桌上，雖然他好像對小桌的結構不太有信心，抬起膝蓋用腳跟支撐大部分體重。索菲雅坐在地板上。這又是另一幕婚禮照片場景，跟昨天早上在外面台階上一樣，只不過這次是晚上，人也少了，每個人的鼻頭都像喝了酒一樣泛紅，服裝有點不整，手都受了傷，塞在隔熱手套裡。根據第一誡蓋文是無辜的，所以他正忙著把我們的行李搬上雪地坦克，並不在這裡。我確保門口堵死了，因為凶手一旦被揭穿，總會試圖逃跑。

解謎的興奮已經略微消褪，現在我得想出提出指控的最佳方式，確保邏輯清晰。開頭總是最困難的：房間裡有很多殺人犯，但只有一個凶手。

「怎麼樣？」馬塞洛首先開口，他的不耐暴露他的好奇。這讓他抽中了下下籤。我從他開始。

「我們都該坦白自己來這裡的原因了。」我說。我從口袋裡掏出衛星定位器，扔給馬塞洛。他過了一會兒才意識到那是什麼。我看得出來他正想問我從哪裡得到的，但隨後他記起在雪地裡碰到我，並且在破掉的車窗前把東西遞給我。

「你是蓋文要買下這裡的新投資人。當然是你——你是這裡唯一錢夠多的人，否則凱瑟琳怎麼能說服你來這裡度週末呢？你比索菲雅更討厭寒冷；你一直在抱怨。所以你才對凱瑟琳把我們都安排在小木屋裡這麼惱火的原因之一：你知道蓋文想拆掉旅館，但你想看看房間是什麼樣子，評估是不是值得保留。」

「我來這裡順便談生意，沒錯。凱瑟琳訂這間度假村的時候，我發現它要出售。這有什麼大不了的？」馬塞洛大聲辯解，他習慣於指責而不是被指控。他表情僵硬，胸口因憤怒而起伏。

「是沒什麼大不了的。但你說的第一個謊是奧黛麗兩天前晚餐時生病了。」我說。「她要你撒謊，然後要和你一起去見蓋文，這不是很奇怪嗎？」我已經知道這是因為奧黛麗想給麥可提供一個不在場證明，希望在此之前，她已經說服麥考利一家逃跑。馬塞洛會幫她作證，說她生病了，這樣她就能藉機避開晚餐。當馬塞洛望向妻子，我看到他眼中的懷疑。

最後他清清喉嚨說：「我沒有殺任何人。」

「這是另一個謊言，不是嗎？」

「我沒有碰麥可或是露西一根汗毛。也沒碰過雪地裡的那個傢伙。」

「我指的不是這個。」

「那你說說看，我到底被指控對誰下手？」

「我。」

我繼父（再登場）

38

我掉進湖裡的時候，湖水冷得讓人心肺停止，記得嗎？茱莉葉得替我做心肺復甦救回我。這算是一個技術細節，沒錯，但卻是事實。

「我們來想想已知的事實。」我說。「我們都知道麥可殺了一個叫做亞倫．賀爾頓的人。我們有些人知道亞倫．賀爾頓槍殺了我父親，羅伯特。極少數人知道我父親之所以被殺是因為他是警方的線人。他最後一次告密，最後傳遞給亨佛瑞警探的消息——」

「你是說亨——」艾琳開口說道，她很快就拼湊起我正在布置的碎片，這個名字聽起來像是黑舌頭的受害者之一。

「是的。請不要搶在我前面。」我微笑。「羅伯特最後的訊息是謀殺案現場的照片證據，我們等等會講到。儘管亞倫和奧黛麗都盡力尋找，照片始終沒有出現。然後三年前亞倫突然得到了這些照片，他要出售。馬塞洛，試著阻撓不讓我發現這件事的是你。」

馬塞洛的手指握緊了皮椅的扶手，發出嘎吱聲。他沒有說話。他要讓我先吐露一切，看我知道多少。他不想先開口填補我不知道的空白，以防他要戳穿我的虛張聲勢。這無關緊要，我知道我是對的。

「馬塞洛，是你安排了羅伯特跟亨佛瑞警探的交易，你親眼看見事情是怎麼出錯的。你幫忙處理葬禮的法務事宜時，奧黛麗也跟你說了劍齒幫怎麼對付傑瑞米的。這表示你知道麥可手上的東西無論誰拿到，都可能有多危險。」房中大部分人都不知道我在說什麼，但我只專注於跟馬塞洛說話。「你看到麥可骯髒的雙手、他開上山的是可笑的卡車時，你就懷疑他挖出了什麼東西。你一直都懷疑這和瑞貝卡．麥考利有關。你不知道麥可手上有什麼，但你擔心有人會因此喪命，就像羅伯特多年前那樣。你想處理掉他手上的東西。」我讓這句話沉澱。「但是……你這樣做並不是為了掩蓋自己的蹤跡。你是為了保護麥可，不是嗎？」

馬塞洛陷在椅子裡。「我不是故意要傷害你的。我只是想讓車子滑下山。我覺得看起來會像一場意外，」他承認。「車型很老舊，我可以用衣架從車窗伸進去，勾起手剎車，但我沒有發動引擎的鑰匙，所以我在車輪下倒了一些熱咖啡來融化積雪。克勞福德跑過來把你們從維修棚小屋裡趕出來，打斷了我，所以我沒來得及把車推下山坡。」

艾琳的聲音在我腦中響起——地上有些棕色的玩意，可能是剎車油——我還記得後門邊上一個空咖啡杯。「我沒想到有人會鑽到車廂裡。我很抱歉你的手受傷了。我發誓，我只是想阻止你知道裡面到底有什麼。老天，甚至連我自己都不知道是什麼！那天早上山坡上的屍體嚇到我了，當你問我亨佛瑞的事情時，我就知道會出事。我希望我們能撇清關係，讓那些人覺得他們的秘密很安全，沒有暴露。我只想結束這一切。我用我的生命發誓。」

「從結果看來，結束的也可能是我的命。」

「我一直守在你旁邊等你醒來，」馬塞洛說，讓人知道他很關心我似乎比我指責他遮掩謀殺案更為尷尬。「如果你沒醒過來，我不知道我該怎麼辦。對不起。」

「瑞貝卡．麥考利是誰啊？」安迪真的舉手發問。「這跟帶了好多現金的那對老夫婦有關係嗎？」他心虛地四下張望。「怎麼了？我搞不清楚啊！」

「我操之過急了。」我決定放過馬塞洛。「我們再問自己一次，為什麼要來這裡。當然是團聚。一個幸福的大家庭。」譏諷從我齒間迸出。「但我們來這裡是因為我們中間一個人的選擇。不是嗎，凱瑟琳？」我轉向她。「妳故意選了妳能找到的最偏僻的地方。要離開這裡可不容易。妳一直明白地表示我們應該留下來——當然，我們都知道妳對訂金不可退還的感受，但事情還不止於此，不是嗎？」

「不要在大家面前說，阿恩。」凱瑟琳說，但她的腔調既不內疚也不帶脅迫；聽起來十分熱切——甚至有點不好意思——她是為了別人。「別這樣。」

「凱瑟琳，如果這說不通，那就沒什麼說得通了。是該把一切攤在檯面上的時候了。這也包括妳。因為綠靴子死的那天晚上，是妳闖進了索菲雅的小屋。妳或者安迪。是誰並不重要，但我們就說是妳吧。我原本以為雪地攝影機沒有照到闖入索菲雅小屋的人真是太幸運了。攝影機每三分鐘拍一張照片，因此需要有意識地算好時機避開。當然，妳是那種會查看週末天氣的人。妳是這裡最有條理的人，妳在出門前會瀏覽網站五十次。這表示妳知道雪地攝影機，並且如何計算時間行動，這樣就不會被照到。」

凱瑟琳愧疚地和安迪交換視線。

「所以為什麼要闖入她的小屋呢？你在索菲雅的小屋裡找東西。當妳找到了之後，就打電話給安迪跟他說找到了，或許這樣他就可以告訴妳時間，好讓妳知道雪地攝影機什麼時候拍照，妳就可以趁空檔離開。但妳忘記我們換了小屋，所以妳打錯房間了。現在問題是，妳在找什麼？」我舉起我的隔熱手套。「順便說一句，這些藥效果真猛。奧施康定，對吧？」

凱瑟琳抱歉地瞥了索菲雅一眼。

「妳不吃止痛藥，凱瑟琳——妳從出了車禍之後就沒有吃過了。妳的疼痛就是妳對自己造成的傷害所付出的代價，妳絕對不會輕易破戒。所以妳為什麼有一瓶強力止痛藥？順便一提，我很感激，但那不是妳的。奧施康定是大部分醫生成癮的藥物，不是嗎？效力很強，而且在醫院裡不難入手。」我搖晃瓶子，藥丸在裡面發出指控的聲響。

「我從索菲雅的小屋裡拿的，」凱瑟琳說。「我根本不在乎訂金退不退。我們不能提早離開，因為索菲雅必須待在這裡。她需要待滿四天。她在戒毒。」

每個人都轉頭看蒼白疲倦的索菲雅。她羞愧地垂下頭。

「她不吃藥的時間越長，狀態就越來越差。首先她的手一直在抖。」我說，想起酒吧裡她的咖啡杯喀嗒作響。「她從昨天早上開始就在嘔吐、臉色蒼白而且冒冷汗。」

我要在這裡打斷自己，避免可能的抱怨。我要澄清我從來沒有說過你不應該注意索菲雅在第七章嘔吐。我只告訴你那不表示她懷孕了。我不接受詐騙的指控。

「索菲雅，我猜妳是個隱藏得很好的成癮者。畢竟妳一直在工作，甚至動手術。妳自己告訴我他們不會像測試運動員那樣測試醫生。但妳在上次手術出錯之後害怕了，而且妳被盯上了——雖然原因是錯誤的。妳在酒吧喝了一杯酒，但還是被盯上了。因為法醫尋找的是模式。或許妳身邊發生過其他的小事，無可避免的日常失誤。或許就像這座山上飄落的每一片雪花，單獨並不會造成傷害，但累積起來就開始形成一幅畫面。所以索菲雅來找凱瑟琳，因為她的成癮問題越來越嚴重，她知道自己受到嚴密的監視，要是法醫要求藥物檢測，她就無法通過。」我繼續道，「如果她下星期出庭的時候，體內有奧施康定，她就毫無機會了。」索菲雅在我打算當麥可的假律師時，曾經開玩笑地問過我下週是不是有空，無意間透露了時機。「所以這個週末是她戒毒的最後機會。凱瑟琳才對她那麼嚴厲。第一天早餐的時候妳不遺餘力地強調她不是醫生，因為那時妳已經搜過她的房間，發現了止痛藥。她瞞著妳讓妳很不高興，但妳也試著嚇唬她，讓她知道事態有多嚴重：她的事業，她整個人。妳要求馬塞洛斷絕對她的支援——所以他拒絕幫助她。雖然我們都知道如果有必要的話，他還是會伸出援手的。但這個週末，妳必須直接告誡她。妳試著讓我也懷疑她。她得覺得自己孤立無援。」

馬塞洛抱歉地朝索菲雅輕輕點頭。我猜到了這一點，因為在我指責他偏袒麥可不幫索菲雅的時候，他結結巴巴地說：並不真的是這樣。麥可告訴過我羅伯特和奧黛麗多年以前就用同樣的方法對付過凱瑟琳：斷絕對她的援助。麥可試圖解決露西的財務問題時，凱瑟琳也給了他同樣的建議，以此作為最後的手段。

「回到止痛藥上，凱瑟琳。為了安全起見妳把藥鎖在車裡。但是索菲雅——」她仍舊垂頭望著自己的膝蓋，肩膀因無聲的抽泣顫動。「沒有放棄，她試著把藥拿回來。索菲雅，妳跟我說你看到維修小屋有人的時候，不是從酒吧看到的。暴風雪讓外面變成白茫茫，我自己坐在窗邊都看不到停車場。這表示妳得在停車場才能看到艾琳進了維修小屋。凱瑟琳的車窗不是被暴風雪吹壞的，早先她就讓安迪到車上去拿她的包包。她猜到妳會這麼做，所以她改變主意決定把藥隨身帶著。這也是她不肯把藥瓶留給我過夜的原因。」

我蹲在索菲雅面前，把手放在她肩上，輕輕握住。「我說這些是有原因的，索菲雅。我們會幫妳度過這一關，但我要妳誠實地回答下一個問題。」

她抬頭望著我，眼睛裡充滿血絲，她用前臂擦過鼻子下方。「我發誓，我做那台手術時跟平常完全一樣。就像喝醉酒的機長降落飛機的故事一樣，我沒有——」她打了一個嗝。「我不知道發生了什麼事。就出錯了。從那時候開始，凱瑟琳就在幫我。我想好起來。」

「我知道。」我擁抱她，在她耳邊低聲說：「妳是個好醫生。妳讓癮頭失控了，但我們可以彌補的。我要妳老實回答，幫我找到真正的凶手。為了麥可和露西。」我感到她的鼻子在我頸間上下移動。點頭。我站起來。我暴露所有人的秘密，自己獨善其身是不公平的。輪到我了。

「以下是我的告白：兩個晚上之前，索菲雅跟我要五萬塊。我身上有遠超過五萬塊的現金，大概二十五萬四千五——那是麥可本來要付給亞倫．賀爾頓的錢。事情敗露之後他要我保管這筆錢，我沒有告訴警方。一方面是因為沒有人提起，一方面是因為……那個……我不想說。我承認——」我舉起雙手，希望能讓我看起來跟他們其他人一樣平凡，既然我一直在指控別人。「我把錢帶來了，以防麥可想要回去。我跟索菲雅說了，她跟我要了一些，說能幫她度過難關。」我轉向索菲雅，同情地說：「現在我知道妳是在試圖克服藥癮，我就比較能理解了。因為上癮的人多半都有金錢上的困擾，但妳跟我要的時候並沒有很急迫的樣子，也不像是要錢救命。妳之所以跟我要是因為錢來得容易，無法追蹤，而且就在眼前。五萬塊的債務不會毀了妳的生活——如果真的需要錢，妳還有房子——但妳確實在奧施康定上花了太多錢，而且這行為可能會終結妳的職業生涯，如果妳是會計師的話還不會那麼嚴重，所以無法追蹤的現金很重要。上癮的人多半都有金錢上的困擾，也有偷竊的毛病。妳從我們某個人那裡偷了東西換現金，對不對？」

索菲雅抽咽著點頭。

「我喜歡規則——你們有些人很清楚。戒酒協會的第九個步驟是彌補過錯。」我望向凱瑟琳，後者點頭確認，然後我又轉回索菲雅。「止痛藥是妳帶來的，但只是以防萬一。這個週末妳確實打算遵守計畫。所以妳才跟我要錢。不是要還債，是妳覺得妳需要彌補的過錯，就算沒人知道也一樣。」

「我想如果索菲雅偷了五萬塊，應該會有人注意到吧。」馬塞洛提高聲音。「她已經承認了，你不要逼她。」

「如果我說錯了，索菲雅可以阻止我。」

「如果對麥可和露西很重要的話……」索菲雅深吸一口氣。「我需要錢買回我偷的東西：一支五萬塊的白金總統勞力士錶。」

馬塞洛驚恐地張大了嘴。他看看自己的手錶，用手指敲了幾下，最後終於設法把嘴閉上了。

坦白了這一切之後索菲雅顯得非常疲累，所以我再度拾起話題。「馬塞洛從來不脫下手錶，我們都知道。只除了他做肩膀重建手術的時候。索菲雅是主刀。她利用手術把他的錶換成了假貨。我注意到是因為馬塞洛之前打了我一拳，而我的牙齒還完好無損。那個型號的勞力士錶帶是白金的，應該有將近半公斤重。就算是老人的一拳——無意冒犯——也應該像帶著銅指套一樣把我打倒在地。」

「他會注意到不同的，」茱莉葉嗔怪道。「如果假貨那麼輕的話。」

「妳說得對，但馬塞洛的肩膀做過手術，有待恢復。一開始手腕上戴的任何東西應該都像一塊磚頭，然後漸漸習慣重量，覺得是自己痊癒了。」我看到馬塞洛用右臂舉著隱形的重物，測試重量，臉上寫滿困惑。「但問題是，這不是隨便什麼老手錶。我承認我一直都有點嫉妒。我有時會在Google上查它的價錢，所以想像一下馬塞洛告訴我這只手錶是我父親的時我有多驚訝。當然，他是個罪犯，但他不愛炫耀。他從來不買華麗的珠寶或改裝的汽車。我覺得很奇怪。或者這本來是贓物，但即便如此，爸爸也不會從贓物裡拿走。然後我發現有照片。每個人都想要，但沒有人找到，雖然幫派的打手去他妻子工作的銀行翻遍了他的保險箱。」

「羅伯特把錶留給了傑瑞米。」我母親喃喃道。

「勞力士就是設計來傳家的——他們的營銷重點就是代代相傳。白金勞力士特別重，因為構造非常結實：錶面都是防彈玻璃。」跟銀行金庫一樣安全，我社交媒體上推送的廣告如此宣稱。

「所以手錶會很寶貝地一直留在家裡，最適合用來保存重要的東西，而且將持續很長時間受到保護。沒有比這裡更好的地方來藏重要的東西。只要小到可以放在玻璃下面，對吧？」我從口袋裡掏出寸鏡舉起來。「茱莉葉，把法蘭克的勳章扔給我，好嗎？」

茱莉葉困惑地皺起眉頭，但還是謹慎地用臂彎把玻璃匣拋過來。

我接住它。我已經檢查過了；那是我證實我懷疑的步驟之一，所以我知道這有多重要。正如我之前說過的，如果不重要，我不會花一百多個字描寫這玩意。

「茱莉葉告訴我，F-287，或者說法蘭克——壁爐上面那隻死鳥——帶著地圖、步兵位置、坐標和其他重要信息越過了敵方防線。但是，即使是用密碼寫的，光是地圖就能重到飛不起來。茱莉葉，我沒有察覺令尊把真正的救命信息也框起來了。」我把寸鏡對著勳章下方，查看那張印著沒有意義的小點的紙條。即使不透過鏡頭，也能看出那些小點放大成一張詳細的地圖。我們現在進入勒卡雷，而不是克莉絲蒂的領域——我父親稱之為「間諜玩意」的東西——但請跟著我。雖然這個領域的指南賣得不好，但就快要能分成了。「這叫做微點。是一種用來壓縮資訊的技術。比如一整張A4紙或圖形（例如地圖）可以濃縮在句號大小的點裡。二次世界大戰期間的間諜很喜歡這一套——他們會把點放在郵票背面。這個——」我再次舉起寸鏡。「當麥可埋葬亞倫的時候，這在他的車裡滾來滾去。他隨身把它帶到這裡。克勞福德逮捕他時，艾琳從他身上摸走了。這是珠寶商用的放大鏡。」（請記住，我在寫這本書的時候才知道專門術語叫「寸鏡」，所以我要是偽造對話就不誠實了。）「馬塞洛，你的錶，真正的那支，錶面下有一個微點。羅伯特從不吸毒。他們在他身上發現的針頭讓大家以為他是嗑嗨了所以搶劫加油站，但那個針頭不是用來注射的，微點非常小，我覺得需要像針頭或是筆尖之類精細的東西才能把點貼到表面上。」

我舉起寸鏡。

「但是每個當鋪都有這玩意，或是更好的工具。任何人在檢查品質時都會立刻看到這個點。索菲雅以為自己只是賣了一只手錶，但其實她賣的遠不止這些。我懷疑索菲雅的運氣沒有糟到直接賣給他，但麥可告訴我雪梨的贓物最後通常都會輾轉到亞倫的店裡。索菲雅得到某個下三濫的地方脫手，也許妳的藥商給妳指了一條明路，或許妳拿它換了藥，然後他們轉賣了。我不排除亞倫自己出現在照片裡，所以有人給他通風報信。我不知道。不管怎樣，這就是在土耳其搧動翅膀然後巴西引發了龍捲風的蝴蝶。簡而言之就是錯誤的手錶落在了錯誤的人手裡。亞倫知道他所擁有的東西的價值，更重要的是，他知道誰會想要。這就是麥可為什麼那天晚上帶著一袋現金去見他的原因。他要買微點。」每個人的注意力都集中在我身上。「有人願意填補這裡的空白嗎？還是我應該繼續說？」

你可以稱這種書裡的微點為情節轉折的「麥高芬」關鍵。到底是什麼並不重要，重點是人們會為此殺人。你知道的，〇〇七電影裡大家都在找的東西：藏著毀滅世界的病毒、銀行帳號密碼、核武發射碼的USB。在我們這裡則是照片。

「我有個問題，」奧黛麗開口道，舉起雙手做出不要開槍的姿勢。「恩斯特，你一直在說我們要找的東西有多小，但是麥可開了一輛家具卡車上來。只是要藏迷你照片？」

我發覺除了奧黛麗和凱瑟琳，這裡其他人都知道卡車裡有一具棺材——艾琳幫忙挖墳；索菲雅和克勞福德看著棺材下水；安迪跟茱莉葉聽到我和麥考利夫妻的談話；馬塞洛則是我告訴他的。

「麥可需要卡車把布萊恩．克拉克的棺材運上來，那是前一天晚上他跟艾琳挖出來的。布萊恩就是我父親被射殺那晚打死的警察，亞倫．賀爾頓的搭檔。馬塞洛不知道他想擺脫的卡車裡裝著什麼，但我看見麥可想要我看見的東西了。布萊恩的棺材裡有兩具屍體；有一個小孩。」我很高興地宣布這句話第一次讓所有人都驚呼出聲。「安迪，如果這樣你能比較明白的話，那個小孩就是瑞貝卡．麥考利。她三十五年前被綁架了。她爸媽想騙過綁架犯，省一點錢，結果搬石頭砸了自己的腳，他們再也沒見過女兒。」

「然後羅伯特有照片，」艾琳說。「你覺得照片就在微點裡。照片是謀殺案的證據？」

「正是。亞倫很高興那只錶落入他手裡，因為他知道麥考利夫妻會出大錢買裡面的證據。接下來是猜想，但我排除了亞倫是殺害瑞貝卡的凶手，因為馬塞洛告訴我他太軟弱，也因為要是他是凶手的話，他會銷毀證據而不是想出售。因為他想賣證據，我覺得三十五年應該夠久了，亞倫已經走了太多不歸路，他認為當年他要保護的對象已經不再值得保護了。」

我停頓了一下，看房裡大部分人是否同意這個說法合理。有些人點頭。索菲雅看起來好像要吐了。安迪滿臉困惑，好像我在解釋量子力學。可以了。

「但是亞倫有個問題，他或許沒有殺害瑞貝卡，但他也不清白：他在替劍齒幫做事。至少他針對羅伯特，他幫忙隱藏瑞貝卡的屍體，而且還很可能干預了交付贖金的過程。所以他不能出現在麥考利家。他們會要他負責。所以他需要一個中間人。」

「為什麼是麥可？」凱瑟琳問。

「我花了一點時間才想通。我認為亞倫想找另外一個能從中獲利的人，好確保他們能交付這麼大一筆錢。一個康寧漢家的人可以從那些照片和亞倫知道的事情中獲利。最明顯的自然是羅伯特死亡的真相。我猜那只是一半的內幕，但麥可似乎是正確的選擇——馬塞洛，你是羅伯特的律師；凱瑟琳，妳跟冰刀一樣正直；無意冒犯，但奧黛麗年紀不太適合。但亞倫錯了。他覺得可以保障交易順利的個人關連結果成了麥可殺害他的理由。

「至於交易本身很簡單。亞倫的價錢是原來的贖金金額：三十萬元。於是亞倫給了麥可足夠的資訊來拉攏他和麥考利夫妻，麥可從麥考利夫妻那裡拿錢，跟亞倫買微點，亞倫讓他分成，然後麥可把照片拿回來。一切就是這麼簡單。當然啦，只不過結果麥可殺了亞倫，留下了現金。」

「因為麥可沒有三十萬，」索菲雅含糊地說道，我很驚訝她竟然有在聽。「你跟我說他給你二十六萬七千塊。」

「正是，」我說。「麥可在跟亞倫碰面之前花了一部分錢。至於原因？」老實說，除了直覺之外我沒有其他證據，但我挺有信心的。而且我正在興頭上，所以我不想停下來。「露西的生意有麻煩。她虧了錢，還有一輛租用條件非常苛刻，超出她負擔能力的車。馬塞洛，她在早餐時跟你說她已經付清了車子的錢，我們大部分人都覺得那是她慣用的義憤自衛藉口。但結果她並沒說謊。麥可用那筆錢替她還了債，包含那輛車，然後才去見亞倫。他可能只是想確保如果出了什麼事情，她能夠生活無憂。」也因為他必須和她一刀兩斷，好跟艾琳重新開始。我很高興露西不在場，不必聽到這部分。「但他沒料到少了那點錢會有什麼後果。亞倫並不蠢——他數了現金，發現不夠，所以他掏出槍來。他們打了起來……接下來你們都知道了。」

「這很有意思，」安迪忍不住，「但是黑舌頭又是怎麼回事？」

「我還沒有提到所有人。艾琳、索菲雅、馬塞洛，你們不知道瑞貝卡．麥考利的父母在這裡——他們住在山那邊的度假村。麥可已經拿到了微點，也知道屍體埋在哪裡，所以他從監獄裡寫信給麥考利夫妻，要他們拿出雙倍的錢。」席梵．麥考利在超極限度假村說：「他又想要更多的錢了吧。」麥可在烘乾室告訴我，他手上的東西比亞倫一開始定的三十萬「值更多錢」。「麥可打算跟山那邊的麥考利夫妻見面，賣照片跟他們女兒的屍體——所以他才把棺材帶到這裡。他跟妳說這是他的計畫，對不對，奧黛麗？」

「我警告過他的，」奧黛麗承認。「但是他堅持，所以我自己去警告了他們。」

「對不起——」又是安迪，完全不顧營造起來的懸疑氣氛。「但是恩斯特，這些黑幫綁架都是三十五年前的事情了。這跟那些該死的灰燼有什麼關係？」

「好了，」我舉起一隻手。「我明白了。我們回到綠靴子上。我們那位無名的受害者，或者至少我們大部分人都不認識他。事實上露西是第一個破案的。」

「如果你是指她因為認出了被害者所以才遭殺害……」索菲雅用手掌把腦袋撐起來，微微搖頭。「我們都知道她是墜樓——她身上沒有灰燼，只有幾處骨折，而且沒有掙扎的痕跡。」

「不，她的確是跳樓的，」我同意，回想起我們在屋頂說話時，露西用手指比槍指著自己：我寧可……「但她昨天跟我說她寧可自殺也不願意被黑舌頭折磨。她從屋頂跳下去，但只是想逃避即將發生的事情。我認為她去屋頂用Google搜索了什麼，確認自己的疑心。在我們都離開酒吧之後，殺手害怕了，在屋頂跟她對質。記得她看見綠靴子的照片時臉上的恐懼嗎？我當時以為她只是明白了麥可的遭遇所以害怕，特別是因為她覺得自己要負責任，但我錯了。她害怕是因為她認出了死者。」

「我們都沒有人見過他，天殺的露西怎麼會認識死者？」這是安迪。他還是最搞不清楚狀況的人。其他人都好像明白了部分，但都皺著眉頭想知道全部真相。只有一個人牙關緊咬，脖子上的肌肉繃緊了。

「我沒有說她認識他，」我說，「我說她認出了他。她只見過他一次——她上山的時候死者給她開了超速罰單。」

我讓大家想清楚這句話的意思。大家都開始回頭，每個人都望向站在房間後面的某個人。

「克勞福德，你制服袖口上的血跡不是搬動屍體的時候沾上的。血跡在手腕內側。血跡是在抓自己的喉嚨時沾上的。」我模仿抓著脖子上想像的塑膠綁帶。「你穿著一件死人的外套。」

「這他媽的是什麼意思？」克勞福德問。

我在開口前給了茱莉葉一個會意的微笑，我很自豪沒有做過任何的修飾。然後我把注意力轉向克勞福德。「我是在說連亞瑟．柯南．道爾都相信鬼魂。你說是不是，傑瑞米？」

我弟

39

傑瑞米・康寧漢穿著沾著別人血跡的警察外套，看起來很可笑（簡直像是變裝舞會），他無力地笑了一下，微微搖頭。他試著開口——或許是要說，這太荒謬了——但卻哽住了。

奧黛麗跟其他人一樣驚訝：她顯然以為劍齒幫威脅要殺了她兒子就說到做到。傑瑞米跟書架上的阿嘉莎・克莉絲蒂一樣，用了假名：戴流斯・克勞福德，假裝成一個笨拙的本地警員。媒體給他的另一個別名黑舌頭，則完全不笨拙。他犯下了五件謀殺案和一件脅迫自殺案。正如我說過的，我們之中有些人比較厲害。

這並不在諾克斯的十誡裡，但在你看見屍體之前，絕對不要相信某人死了。

我現在直接對傑瑞米說話，表演秀結束了。「綠靴子一定是本地人。所以你只把照片給我們一家人看，卻瞞著其他人，連茱莉葉都沒看過。你以防止恐慌為幌子，因為任何當地人都會認出他。所有的工作人員都在山上度過這一季——他們已經在這裡待了幾個月了。鎮上或許可能有一個他們沒見過的新警察，但他們會立即認出這個死者。所以你希望他盡快離開人們的視線，把他鎖在維修小屋裡。你穿了他的外套卻沒有換上他的鞋子：金屬鞋頭是警察常見的配制。屍體穿的鞋子有金屬鞋頭，但艾琳在追卡車的時候踩到你的腳，讓你痛叫出聲，這表示你的鞋頭不是金屬的。你可以假裝成任何人，真的，但我認為你想成為一個可以分散我們的人。這也是你公開警員死亡的原因，這樣你就可以隔離麥可。但你很緊張，太緊張了，你的每一步看起來都是合法的警方工作——辨認屍體、控制恐慌——但實際上是為了確保維持你的偽裝。所以當康寧漢家人問起的時候，你給我們看了照片。看起來像是你做了正確的事。其實你是在確保我們不知道屍體的真實身分。所以我們在屍體周圍時你感到緊張。我以為你只是神經質。

「但你沒料到露西的反應，她認出受害者就是路上給她開了一張超速罰單的警察。當她衝出去的時候，我以為她說『你是老闆』。但實際上她說的是：『這是你老闆。』她還沒想到要指責你——她正在努力思考——但她知道有些事情不對勁。她爬上屋頂，在Google上搜尋了金德拜恩警察局之後，她才把這些資訊拼湊在一起。但那時我們已經上床睡覺了，而你跟著她上屋頂，她不想像麥可一樣死去，所以跳了樓。

「你這麼快就到達這裡的原因也是謊言。你說你整晚都在抓超速的遊客，但這不可能是真的，因為露西一定會因為她收到的罰單對你惡言相向。支援的警力根本沒出現——你告訴我們他們在路上堵住了，但兩輛大巴都能上來接遊客，謀殺案都已經發生兩次了，警車怎麼可能找不到路上來？當然，一開始沒人想這麼多。你看起來很可靠。屍體周圍有三組腳印，只有一組走回來：分別是一個被害者、一個到達的警察和一個離開的凶手。我以為這表示是凶手報的警，在——」我在空中做了個引號。「留下第三組腳印的克勞福德警員到達之前。我是對的，報警的的確是凶手，或至少假裝報了警。因為沒有人發現屍體，屍體是你自己發現的——這都是你演戲的一部分。你去過那裡兩次。第一次是你把袋子套在警員頭上，把他帶到那裡去死，然後拿走他的外套。第二天早上你又去了一次。」

「雪地鏡頭拍到他來得很晚，」茱莉葉聽起來對我的結論不太有信心。「我們都看到的。」

「我想在你打算跟我們來這裡的時候，就已經查看過度假村了。他們的主頁上就有雪地攝影機，所以你知道車道在某種程度上受到監控。我假設你在路上襲擊了警員，他本來要把巡邏車停在那裡安裝測速儀。手機在山頂有訊號，你可以查看網站。我想如果你真的仔細踩點了，就可以讓車子在鏡頭三分鐘的空窗期開過。然後你只需要稍後回來，確定你在正確的時間抵達時被拍到就可以了。當然，照片中你看起來像是正開向停車場，但你的手臂搭在車椅背上。你是在倒車。」

「傑瑞米？不可能。」凱瑟琳看他的樣子好像他是荒島歸來的魯賓遜。然後她轉向奧黛麗。「妳怎麼可能不知道？」

「劍齒幫把他綁走了，」凱瑟琳。但是他們沒有要贖金——他們想要照片。恩斯特說的那些照片。我不知道手銬的事，我什麼都不知道……傑瑞米，如果真的是你，我試過了——我試著找照片。他們說要確定我沒有把照片藏起來。所以他們告訴我他們必須——」她哽咽起來。「必須確定我說的是真話。」馬塞洛朝克勞福德／康寧漢（姓氏算什麼？）走過去，但奧黛麗握住他的手。我看見她輕輕收緊了一下，他就讓手臂垂到身後，像一頭被拴住的公牛。「我不能去報警，不只是因為亞倫那個時候還是警察，也因為我擔心他們會回來抓麥可和恩斯特，我們的家庭因為這些愚蠢的照片已經失去了太多，我只想讓這一切結束。所以我選擇了假裝接受這結果。你確定嗎，恩斯特？你真的確定嗎？」

「麥可告訴我亞倫本來要跟我聯絡，」我說。「我跟麥可說並沒有，我相信那是亞倫騙他的，只是要讓麥可相信他。但後來我想了一下。亞倫說他找了麥可的兄弟。在他去找你之前，你不知道自己是領養的，對不對，傑瑞米？」

傑瑞米困難地吞嚥了一下。他咬住嘴唇，沒有說話。

「但是當然啦，亞倫知道你還活著。馬塞洛告訴我他沒本事殺人——或許放你走的就是他？但你什麼都不記得了，所以陌生人來找你，講了一堆你一無所知的的家族歷史——馬克和珍妮·威廉斯他們因為照顧寄養兒童出名，但或許你從來都不知道你不是他們親生的。我想你發現他們沒有告訴你全部事實的時候，並不怎麼能諒解。你寫信到監獄裡給麥可，試著解釋發生了什麼事，你以為你是誰，試著把事情拼湊到一起。但是麥可覺得信裡的署名傑瑞米·康寧漢是某種威脅。」我問過麥可信上有沒有名字，他幾乎是嗤笑著說，喔，署名是假的……他們只是想給我施壓。「他會那麼想也說得通，特別是在亞倫告訴他劍齒幫怎麼對付我們的母親之後。他根本不相信，而且我已經是家族的叛徒了，所以你還能去找誰？跟他親近的人。露西。

「露西一直在等你出現，你沒出現，她擔心綠靴子可能是你，在外面出了意外。我認為她擔心警察來調查謀殺案可能會對麥可不利。她也擔心如果你半夜凍僵了，這不僅會毀掉她跟麥可復合的計畫，罪名可能還會落到麥可頭上。她在我之前就查過住客名單了。她問我屍體像不像麥可。而非是不是麥可。她問的是家人之間的相似。她在屋頂上想發簡訊給你，看看你在哪裡。」她跟我說這個週末是她把家人還給麥可的機會。她說的不是她自己。「她之所以這麼震驚的另一個原因，是她意識到你可能是誰，以及可能做了什麼：因為是她邀請你來這裡的。」

「剛好符合妳的計畫，凱瑟琳。」安迪就非得搶我的風頭。「這他媽的真是家族聚會。」

每個人都陷入沉思，只有風聲在外面呼嘯。

最後，傑瑞米開口說：「我沒料到會跟你們所有人在同一個房間裡。」

他抓住壁爐台，把漆都摳了下來。他掃視我們。太多人擋在他和門口之間，難以脫身，而他身後的窗戶被冰凍住了。他或許可以撞破窗戶，看底下的雪夠不夠軟，但我相信他要是嘗試跳窗，我們一定有人能抓住他。

「我……」他遲疑著開口。「我等了這麼久才見到你們。我以為情況會不一樣。」他的腔調跟讓我去烘乾室見麥可的時候一樣遺憾。你真的很關心他，對不對？……我成長過程中沒有兄弟。「我小時候總是與眾不同。我沒辦法融入大家。老是打架。然後媽——」他止住自己，我看見憤怒讓他鼻孔歙張。「一開始我以為亞倫撒謊。我一直把他們當爸媽。我問他們，他們就……」我看得出他在跟回憶掙扎。「他們就承認了。這些人，我一輩子都以為是家人的人，看起來如此開心。他們不能告訴我我是誰。我有其他寄養的兄弟姊妹，但威廉斯夫婦總是跟我說我是他們親生的。他們說他們什麼都不知道，收養我的時候我七歲，沒有名字。」

「七歲？」奧黛麗驚呼。「怪不得沒有人知道你是誰。那兩年間你怎麼過的？」

「我不……記得。」傑瑞米看起來像是找什麼不存在的東西。或許太年輕，挨了太多打，受了太多罪；那些記憶都被壓抑了。劍齒幫非常害怕奧黛麗會洩露他們的秘密，所以他們告訴她要殺了她兒子，以確保她不會出賣他們。但他們自己卻沒有勇氣這麼做。他們只是把他扔在街上等死。我永遠不知道他們把他關了多久，以及他獨自生活了多久。但這種經驗可能如何改變一個年輕人的心智——嗯，我不需要費力就能明白。三十多年前DNA檢測並未廣泛應用，剛剛建構起來的網際網路上也沒有失蹤人口報告。頭髮分析可以匹配家族血統，但在法庭上不可能站得住腳——只要問問那位開車越過州界指控康寧漢家人的昆士蘭警探就知道了。打架。跨越州界，傑瑞米只是個住在陌生城市裡的無名小孩。

「但是亞倫說他知道我是誰，」傑瑞米繼續說。「他說他一直在注意我，當我還小的時候是他在照顧我。他說他應該殺了我，但他放走我，我應該感激他。他知道威廉斯夫妻有錢，他想要錢來換照片，他說那些照片能幫我找到內心的平靜。但我叫他滾，然後我看到他上了新聞，被謀殺了。」

「所以你就去質問威廉斯夫婦？」我提示。

「那些人竟敢說他們是我的家人，他們一直在撒謊。他們一直撒謊，說不知道我是誰！我生氣了……我不是故意的……我找到了一種方法讓他們體會我的感受——」他拉著自己的衣領。

「我生氣的時候沒辦法呼吸。」

「愛莉森呢？你找到她是因為她捲入了麥考利夫妻的案子。你怎麼知道的？」

「不。我找到她是因為我想問她一些問題，多知道一點亞倫的事。我知道她是亞倫的上司。」他的衣領快被扯壞了。「我沒有意識到這都是她的錯。她害了我父親，我真正的父親，做那些會害死他的事情，好掩飾自己的錯誤。我只是想問她幾個問題。真的。」他擦拭前額，舌頭舔過牙齒。

我看得出來他在刻意地努力撇清自己的行為，但他相信自己是不得不那麼做。不可能那麼不得已，因為他帶著所有裝備來重現一種古老的酷刑，但我並不打算糾正他。

「你們都明白，對吧？」他話中有種邪惡的含意，好像在強調我們都跟他一樣。

「如果你渴望歸屬感，我們都在這裡。」我張開雙臂。「為什麼要殺麥可？」

「麥可應該要像我的。」他悲傷地說。「我的意思是，某天有個我不認識的人告訴我我是康寧漢家的人，然後我在新聞中看到一個康寧漢家人殺了他。我開始研究羅伯特，他殺了布萊恩．克拉克，我開始想或許我沒有那麼孤獨，我不是唯一覺得自己……不同的人。」

「所以你就跟麥可聯絡了？」

「他沒回我的信。我瞭解他為什麼不相信我。所以我需要另一種方式接近他。他太太樂意多了。她告訴我他什麼時候出獄。還有你們要在這裡度週末。我等不及了：我不僅要見到麥可，還要見到你們其他人。」他露出詭異的笑容，重溫了他計畫要在這裡跟我們初次見面的興奮感。「但我想做正確的事——我希望第一次見到他時就只有我們兩個，我想證明自己配得上這個家庭。當我提前一天去監獄的時候，他不在。我衝到了這裡。那個本地警察，他在錯誤的時間停在錯誤的路肩上，他的犧牲讓我有機會向你們展示我是誰。」

聽到犧牲這個詞，茱莉葉和我交換了擔憂的視線。傑瑞米越講越興奮，沉浸在自己編撰的神話裡。

「這也讓我有機會跟麥可獨處。我可以讓我的推理令人信服，因為我知道他騙了你們真正出獄的時間。我想立即告訴他，但每個人都圍著他團團轉，我知道整個週末我們只有那樣才能獨處。然後每個人都開始大喊大叫，也許我選擇的衣服沒有我想像的那麼聰明，因為突然間什麼都需要我幫忙，茱莉葉像膠水一樣黏著我，要不然就是大家開始問問題。我無法找時間去見麥可。恩斯特，我只能在你和他談過之後，才能……讓他知道我的歸屬。證明我和他一樣。」

索菲雅的推論沒錯：黑舌頭已經宣告了自己的存在。

傑瑞米以為自己在一個都是殺人犯的家裡找到了自己的位置。警員的死只不過是一隻野貓帶到門前的死鳥。是獻禮。

「但是麥可並不領情，對吧？」我反駁。「他嚇壞了。我去見他的時候，顯然他在過去的三年裡學會接受他所選擇的生活，並且擺脫了過去想要做得更好。為了變得更好。但這不是你期望的，對嗎？他是否再次讓你覺得自己像個局外人？」

「他應該跟我一樣的。你們都應該跟我一樣的！我試著跟他講理。我知道他一有機會就會告訴你。他知道——他手上有亞倫之前試圖賣給我的那些照片，他知道是誰在我小時候傷害我，傷害我們，但他不肯告訴我。他說我只會直接殺掉他們。他已經知道那樣是行不通的，我這才發現他根本不像我。他讓我覺得好孤獨，就像我的假爸媽一樣。有時候……我不能呼吸……」他再度拉扯衣領。「他說的那些話，我不能呼吸……然後那個女人……」

「露西。」聽到奧黛麗糾正他我很驚訝，也有點佩服。

「我試圖弄清楚如何離開，但當你們都拒絕走而我卻只能扮演警察的角色時，我怎麼能走呢？她想通了。她一直在等我，而我卻沒有出現。當她知道第一具屍體是警察後，我的身分就被揭露了。我懇求她保持沉默。我給了她選擇，你懂嗎？她選擇了跳下去。」他的聲音變成悽慘的哀求。他真的相信我們都會像他一樣，但他對我們並非如此感到震驚。

「為什麼？」那是凱瑟琳，她聲音中的厭惡總結了房中的氛圍。「為什麼會有人認為我們的家族是歸屬？」

「麥可沒有權利！」傑瑞米開始吼叫。「他沒有權利告訴我我的歸屬在哪裡。沒有權利說我做的事情是錯的。那個偽君子！」他咬牙切齒地接著說。「看看你們。康寧漢一家。你們都是殺人犯，不是嗎？」

我們面面相覷。安迪舉起手，可能是要說他沒殺過任何人，但想想還是算了。

我想像傑瑞米靠著愛莉森．亨佛瑞公寓的牆邊坐著，空氣骯髒，廁所門關著。他看著自己顫抖蒼白的雙手，他剛剛才發現他真正的家在哪裡。我們很容易在網路上被搜到。每個人都知道我們是什麼樣的家庭。麥可、羅伯特、凱瑟琳——以及後來的索菲雅——他們的事件都是公開的，他們的手都染了血。我們在媒體和警方口中都聲名狼藉。傑瑞米找到了我們，穩住內心的動搖，心想我畢竟沒有那麼不同。

我們身後傳來一陣急促的腳步聲。我們轉身看到蓋文，他驚訝地看到每個人都很激動。「行李都裝好了。」他說，然後加上一句：「誰死了？」

他轉移的注意力已經足夠讓傑瑞米採取行動了。我們回頭看見他匡噹一聲撞翻了壁爐的爐柵，並拿起撥火棍。茱莉葉向他走去，但他揮舞撥火棍迫使她後退。他仍然無處可去，但他在空中肆意揮舞著鑄鐵棍。

「我本來可以離開，把你們留在這裡，」他嘶聲說道。「一直到現在為止，我都可以。在露西的事情之後，我覺得我已經做得夠多，可以消失了。但現在大家都拋下我，讓我自己掙扎。我被遺棄了，被拋棄了。都是你們幹的。」他對我們所有人說，但怒視著奧黛麗。「至少我們會一起燒死。」

他帶著撥火棍猛撲過來，每個人都退縮了，但他卻把撥火棍插進壁爐裡。他用棍子作槓桿，將一根燃燒的大木頭撥到地毯上。它重重地落下，火花四濺。我們都屏住了呼吸。茱莉葉告訴我她父親在四〇年代末建造了旅館，這意味著它是由木材和石棉架構的：牆壁幾乎等於是火柴。地毯發出嘶嘶聲，變成褐色，但太濕了燒不起來。木頭就在地上冒著煙。我們都安靜下來，傑瑞米看起來十分淒涼，我們其他人都訝異於他的逃跑計畫竟然這麼不起眼。

然後，牆上的一本書突然爆炸了。一絲火星點燃了枯葉般的書頁。

這說得通。這些書可能是整間度假村裡，包括我在內，最乾燥的東西。我希望我能告訴你爆炸的那本書是《簡愛》（考慮到接下來即將發生的事情，那很適合），但那不是真的。

第一本書燒起來，其餘的就前仆後繼，一本接著一本，像微波爐裡的爆米花，隨著火花跳躍點燃。有些看起來很像是屈服於周圍其他書籍的壓力，乾脆自體燃燒。然後牆壁就著火了。地板冒著水汽，乾燥起來，乾燥的地方出現了發光的斑點。

我們全都衝向門口。艾琳第一個出去。我把索菲雅拉起來，用我完好的手臂把她拉到我肩上。馬塞洛拖著奧黛麗，後者震驚地哭泣著；他們撞倒了其中一個紅色王座，在房間中央燒起一小堆篝火。茱莉葉揮舞著手臂大喊。現在火焰開始真正地燃燒起來。傑瑞米丟下撥火棍，用手肘撞身後的窗戶，把窗戶打破了。空氣湧進來助長火勢，火焰咻的一聲暴漲了三倍。F-287燒成了黑色的焦炭。索菲雅和我要等到馬塞洛和奧黛麗先離開才走，這樣我才知道他們安全了。我看不見我的姑媽和姑父，但後來我瞥見了凱瑟琳，她正朝著錯誤的方向走去。

「凱瑟琳，快走！」我大叫，但火焰以一種我從未想像過的方式咆哮。一切都被那咆哮吞噬了。熱氣讓我皺起眉頭，知道我們的時間不多了。我身後的門框發出嘶嘶作響的蒸氣。一旦門蒸乾，立刻會燒起來。然後走廊的地毯、欄杆、樓梯也一樣，很快整棟建築都會陷入火海。

馬塞洛從我身邊經過，奧黛麗現在自立行動。我把索菲雅搭到他身上，繞過紅色椅子火坑，跑向窗戶。當我經過的時候，篝火完全消失了。它燒穿地板，掉到樓下。如果我們動作不快一點，樓下也會燒起來，火焰會蔓延到門廳，擋住逃生的大門。

凱瑟琳追上傑瑞米，後者已經一腳踏到窗外。他撞掉窗框上尖銳的玻璃碎片，正準備往下跳。凱瑟琳伸手抓住他的肩膀，但傑瑞米察覺她的動作，轉身一手掐住她的喉嚨。她掙扎喘氣，他把她推向壁爐台，她的頭咚地一聲撞在台角上。他更加用力收緊手，凱瑟琳的眼睛突起來。我再度大叫，但我的聲音被火焰淹沒，風勢助長火焰，灼到了我半邊臉。我聞到頭髮燒焦的味道。我離得太遠了。傑瑞米看見我，然後轉回去看著凱瑟琳。壁爐台角上有血跡。傑瑞米的眼中只倒映著火光，但其中仍然有什麼在熊熊燃燒。他把凱瑟琳的頭拉回來，然後再次往後撞——

安迪的戰吼響亮得蓋過了火焰的咆哮。他撿起撥火棍就衝過去。傑瑞米睜大了眼睛。安迪手臂往後拉移——又長又寬的弧線，髖部放鬆的站姿，就像他正在屋頂上打他從未打出過的高爾夫球一樣——然後一揮。撥火棍打中了

我姑父

傑瑞米的側臉，發出碎裂的聲音。撥火棍擊中耳下和臉頰。他的下顎似乎從臉上脫離，讓他露出一種驚訝的大張嘴表情。接著，血從他的嘴裡湧了出來。他鬆開了凱瑟琳，凱瑟琳趕緊爬向安迪伸出的手臂。傑瑞米晃動著猶如鐘擺般的下顎，朝我走了兩步。

他沒能走到我這裡。他腳下的地板塌陷時，他可能很驚訝，但他的下巴已經脫臼，無法做出更驚訝的表情了。他消失不見，落入一樓熊熊的火焰中。

安迪、凱瑟琳和我一如字面意義腳下著火地跑出房間。凱瑟琳在我們中間，當我們把她拖下樓梯時，她的雙腿拖過地面。艾琳站在門口，揮手示意我們快點。火舌在門廳舞動，雖然還不至於阻礙我們，但天花板上的油漆正在冒泡，火焰爬過橫梁。我們剛走到門口，分枝形吊燈就轟然砸下。

我倒在前門台階下。不戴手套在雪地裡爬行就像是衝過滾燙的沙子——灼燒擦傷皮膚。然後有人把我拉起來。是艾琳，她拖著我穿過雪地，最後我們一起撲通倒在潮濕的草皮上，看著眼前的地獄，視線模糊呆滯，一面嗆咳，訝異於我們還活著。我終於得到宣傳小冊中描述的劈啪火焰了。

暴風雪還沒平息。強風吹襲，雪花仍然刺痛我們的眼瞼和臉頰，但這次我一點也不介意。

40

沒多久屋頂就塌了。接著牆壁往內崩裂，火花在夜色中四濺，發出嘶嘶聲。如果這是一家不同的旅館，這是一本不同類型的書，就可能是自由精神的表現。

茱莉葉轉向蓋文說：「我想我準備好出售了。反正我已經替你剷平了老房子。」

我們還有力氣的幾個人笑了。大家互相擁抱。即便我之前對安迪說過那些尖刻的話，但現在他像抱著世界上最珍貴的寶貝一樣摟著凱瑟琳。馬塞洛和奧黛麗把索菲雅擁在他們中間。茱莉葉同仇敵愾地拍拍蓋文的背。艾琳和我沒有做任何陳腔濫調的動作，但我們靠得很近。我知道火焰已經太遠，無法成為我們的打火石，重新點燃我們。但這樣也無妨。

「那是什麼？」凱瑟琳問，指向廢墟。

白色的雪地上有一個黑影在移動，餘燼在他後面閃閃發亮。他爬到距離火焰大概五十公尺的地方，然後癱在雪地裡。

「我們離開這裡吧。」安迪說。

「他在動嗎？」我不記得這是誰說的了。

「如果他受傷了，不管他是誰，做過什麼，」茱莉葉說。「我們不能就這樣拋下他。」

「我去看看。」我很驚訝地聽到自己自願前去。眾人發出一陣不怎麼真心的抗議，掩蓋不了他們不用自己去的寬心。於是我撐起身子搖搖晃晃地走過去。我清晰地回想起另外一個在一片雪白中的黑影。但我將之揮開。

我走到那個黑影旁邊。是傑瑞米。他仰天躺著，閉著眼睛。他的頭髮燒焦了，面頰上有燒傷和灰燼。他的胸膛非常緩慢地上下起伏。我在他身旁坐下，因為我沒有其他的事可做。

「是誰？」傑瑞米慢慢開口，他碎裂的下巴合不攏，舌頭上全是黑血。

「恩斯特……你哥。」

一陣沉默。

「你會夢到窒息嗎？」他問。

「有時候會。」我承認。現在我明白了。灰燼、窒息、折磨。那種被困在車內的壓抑創傷滲透了出來。那些他不記得卻又不斷出現困擾他的事情。我生氣的時候沒辦法呼吸。

「好。」他聽起來很高興。也許我和他一樣。這就是他想知道的一切。

他長長地喘息著，胸口停止了起伏。

然後，正當我準備離開的時候，他又開始呼吸了。

我的目光從弟弟身上轉向了蓋文的黃色雪地坦克。那裡站著一群人，只有幾個人跟我有血緣關係，跟我同姓的更少，他們在等我。他們是連字符、前綴、夫姓以及前這個繼那個的集合。我身邊還躺著一個康寧漢，掙扎著呼吸。

我如此渴望建立一個家庭，強迫艾琳為我建立一個家庭，以至於我忘了已經在我身邊的那個家庭。家庭就是重力。我這才意識到索菲亞在這一切開始時告訴我的話。家人不是你流著誰的血，而是你願意為誰流血。

我

41

「我們可以走了。」我說，爬上高高階梯上車。

我回來的時候他們都已經繫好安全帶。蓋文發動引擎，引擎的嗆咳聲劃破了夜色。

「發生了什麼事？」我在凱瑟琳身旁坐下時她問。

「我過去看的時候，他就停止呼吸了。」

「他就停止呼吸了？」

「就停了。」

「他死了？」奧黛麗問。她聲音中帶著希望，但我不能確定是希望他死了還是活著。

「對。」

「你確定？」

「是的。」

「怎麼確定的？」

「總之他就停止呼吸了。我們回家吧。」

尾聲

「出售」的牌子斜斜地釘在地上，帶著一種知道佣金必定入袋的懶散傾斜。茱莉葉來幫我收拾最後的東西。艾琳和我決定如果我們想重新開始，最好的辦法就是賣掉這個地方，把所有的記憶和行動都拋在身後。我在這裡跟茱莉葉會合，我剛吃完出奇平靜無波的早餐。

茱莉葉打開門鎖。屋裡已經清空，家具的鬼魂在陽光下泛白的木頭地板上留下了黑色的陰影。我最後的幾個箱子在閣樓上。她把梯子拉下來，爬上去。我在下面的位置是接收垃圾。她遞給我幾個盒子，然後是一個小手提箱，帶輪子的，適合機場但不適合滑雪勝地。當我終於回到家時——經歷了警察局、醫院和大批媒體之後——我沒有勇氣打開它。

當然，我把運動包從上面拿下來。麥考利夫婦不肯收回。他們接受了那些照片已經永遠消失的事實，但仍然派潛水伕潛到湖裡取回棺材。我希望他們終於能替女兒舉行葬禮。我把這筆錢的事情告訴了每個人，我們也商定了一家人一起處理這筆錢。我們給了露西的父母和兄弟姊妹一半的錢，支付她的葬禮費用。然後我們同意平分剩下的錢。我放棄了我那一份，因為我覺得我已經花掉了。

麥可的葬禮簡短、冰冷、壓抑。天氣也沒幫上任何忙。在棺材入土之前我檢查過了。露西的葬禮是她的家人辦的。一場悲傷而美麗的悲劇。教堂裡擠滿了人，我花了一段時間才弄清楚原因，但謎團自行解決了：我從來沒有在守靈時被這麼多人推銷過。儘管露西已經不在我們身邊，但我很確定上週她已經晉升為大洋洲副總裁。

安迪和凱瑟琳的感情從沒這麼好過，凱瑟琳也從未如此輕鬆。有點讓人看不下去的程度。安迪仍然是那種會讓你在酒吧裡越過他的肩頭，希望能找到更有趣的談話對象的人，在我看過他把某人的下巴打掉後，我願意忍受至少十五分鐘的無聊談話。

結果火災裡燒傷最嚴重的人是索菲雅，但這最終反而成了她的救命稻草。你猜怎麼著？為了止痛，他們給她用了奧施康定。她血液中的藥物有正當理由，驗屍官也沒有理由進一步檢測，因為沒有辦法證明任何不合常理的模式。調查結果表明，她的行為符合一個人在那種情況下的合理預期。凱瑟琳一直在照顧她，她的狀況正在好轉。她們幾乎算朋友了。

我和馬塞洛、奧黛麗每週吃一次晚餐。奧黛麗站起來的次數越來越少，這是件好事。我很快會邀請艾琳；不管有沒有打火石，她永遠都是我們家人。離婚是一個嚇人又正式的詞，但諷刺的是，我們正一起努力實現這個目標。茱莉葉和我在宣傳活動中更瞭解了彼此，因為她也簽了這個故事的出版合約。她的書叫做恐怖飯店之類的名字。我的出版商正試圖把我的故事比她的出版商早一個月逼出來。

還有什麼？

我想有一些技術問題需要解決。

你可能認為我母親沒有殺過任何人。你說得有道理。我會爭辯說我說過我會告訴你就我所知，我以為我知道的真相。我還告訴過你，我沒有故意欺瞞，誤用文法。也許我可以說，一輛在夏日豔陽下上鎖的車就是傑瑞米．康寧漢的終點。那個生命結束是我母親的責任；而另一個生命誕生了：一個夢見窒息的人。「傑瑞米」從哪裡結束，「黑舌頭」從哪裡開始，由你來判定。至少這是我的藉口。我們可以稍後再辯論這個推理的文學價值。你可以給我的經紀人發電子郵件。

安迪和我都有自己的段落？我不知道該告訴你什麼。安迪打了傑瑞米。我想說這是致命的一擊。當我到達傑瑞米身邊時，他已經被燒傷、血流如注，他一定會因傷勢死在雪地裡。而我呢？我的律師告訴我在這裡要小心行事。我告訴你的都是事實：當我弟弟過世時，我坐在他旁邊。你可以自己做決定。

順便一提，凱瑟琳．米洛是「我不是殺手」的換字謎（Katherine Millot, I Am Not The Killer）。戴流斯等同波斯國王大流士，波斯是灰燼折磨窒息的發源地。不過，我並沒有在寫書的時候改變這一點。這確實是傑瑞米給自己取的綽號。可惜他的目標不是一群歷史教授；要不然謎題就立刻被解開了。

茱莉葉的電話響了，聲音大得在閣樓迴響。她的笑聲從我頭上的開口傳下來。她的臉出現在我上方。「凱瑟琳正在計畫下一次聚會，」她說。她在WhatsApp的家族群組聊天：我知道，邁出了一大步。「徵求建議。」

「溫暖的地方。」

她再度笑起來，扔給我更多的盒子。我轉向我的袋子，從裡面拉出一件帶著霉味的皺外套。當時我急著離開把它塞進去的時候，外套還是潮濕的。氣味難聞極了。就這樣，我決定把整個袋子丟掉。裡面沒有我需要的東西，我也沒心力篩選一遍。保險起見我還是檢查了一下口袋，從裡面掏出一張折疊的紙。索菲雅的賓果卡。

我看著麥可的修改：恩尼救場失敗。

我的確辦到了。儘管它代表了這一切，我拿出一技筆劃掉那一格的時候，還是感到一陣暖意。這並不足以贏得賓果，但還是非常令人滿意。

然後我發現我沒有採納自己的建議。我拿出我的新手機（電池電量：4%；竟然比在山上颳暴風雪的時候電量更低，我感到十分丟臉）。我下載了一個放大鏡程式，那比不上寸鏡，但我想應該還過得去。

我記起麥可在卡片上寫字之前想了一會兒。或者也許他花了那短短幾秒，把隱形眼鏡盒放在旁邊（我知道他沒有戴隱形眼鏡！），搞了其他東西。小到我父親不得不用針頭來處理的東西……但我想筆尖也行。別弄丟了，他一面說一面把賓果卡還給我，同時拇指用力按住，好像要按乾墨水或壓進去。他寫了幾個字，但還加了句點。我告訴過你：在一個謎題中，每一個字都是線索——該死，每個標點符號都是……

我的心臟因為有所發現而狂跳。我開了放大鏡程式，用手機相機（電池電量：2％）查看麥可加上的完整句點。照片。十六張，以4×4的網格排列。

攝影師位在一條寬闊的車道的末端，抬頭看著一座富麗堂皇的莊園，保全柵欄在照片上看得很清楚。一輛轎車停在有門柱的入口前，後車廂是打開的。十六張照片全部的場景都是靜態的，但畫面裡有兩個看不清臉的人影，在照片上移動。在第五張照片裡，人不見了，但前門是一個黑洞：門開了。人影在第八張照片中回歸，只不過他們帶著某個東西——看起來像一個睡袋。一個人抬著一端。第九張，他們離車子還有一半距離，我可以看到包裹的一端掉出一綹長長的髮。第十張，睡袋不見了，汽車後車廂也關上了。在第十六張照片中，汽車的位置改變了。其中一個人影仍在門廊上，看著它離開。終於，有了一張臉。

我沒給你壞人得到充分報應的典型宣洩可能會讓人失望，但我的編輯跟我說我們得付梓了，但都還沒開庭，所以我真的沒有細節。你只要知道我盡可能地放大了艾德加．麥考利的臉，他豪宅的門廊燈照亮他的臉應該就夠了，如果他的名字沒有在這裡被刪掉，就可以放心地假設他會吃上很久的牢飯。

麥可給你看了照片嗎？

艾德加．麥考利問我這句話兩次。我記得第二次他很堅持。我以為他是生氣了，但現在我發現他的腔調並不是不耐，而是焦急。他想知道我是不是看過照片，是不是在照片裡看到了他。我記得屍體掉入湖中讓席梵非常難過，而他平靜地對她說：我們可以請潛水伕。

麥考利一家對於讓他們的女兒安全回家，所願意支付的金額，甚至不到為了獲得她的屍體以及凶手照片的一半。亞倫並不是在賣給他們一份心安，而只是最典型的勒索罷了。他先去找傑瑞米，希望他能夠從威廉斯夫妻那裡騙到一點錢，不必冒著賣給麥考利夫妻那樣的風險。當他出手的時候，不得不走上比較危險的那條路。他和艾德加之間需要有人當擋箭牌緩衝，但一個康寧漢家的人也讓他的威脅顯得合理，所以他才去找麥可。然後麥可出獄了，看到照片裡的人時，他決定麥考利一家也欠他一個人情。他在烘乾室是怎麼跟我說的？他們付出代價是應該的。他們。

策劃虛假的綁架案掩蓋真正的謀殺案。很聰明的辦法。雇用一個惡名昭彰的幫派當掩護，用出錯的贖金製造動機，把自己變成受害人而非嫌疑犯。就像馬塞洛跟我說的一樣，我清楚這種陳腔濫調的故事的每一步：很容易理解和接受。當時每個人都如此。瑞貝卡早在綁架犯提出第一次贖金要求前就已經死了。

我打電話報警。一個警探說他們下午會過來拿證據，然後我的手機就沒電了。

「嗨，阿恩，」茱莉葉的臉再度出現。她舉起一個滿是灰塵的酒瓶。「這個要不是陳年好酒就是陳年好醋。要上來嗎？」

我保證過這本書裡不會出現某些場景，所以我最好就此打住，以免這章讓我破壞承諾。

我跟她爬上樓梯。

恩斯特・康寧漢的《十個簡單步驟就能寫出像你真的活在一九三〇年代的犯罪案件，黃金時代就是你的黃金書頁：如何寫推理小說》在亞馬遜上售價1.99元。

全書完

謝辭

每一篇像樣的謝辭語氣都應該是：謝謝你容忍我。在寫這本小說的過程中，很多人都容忍了我，我很感激他們在每個階段的熱情、耐心和幫助。

我的出版商比佛利·考辛斯（Beverley Cousins）。感謝你在我的野心超過感性時，一面讓我拚命撞牆，一面耐心地把我拉回來。感謝你從不害怕新想法，感謝你閱讀了無數不太成功的草稿，感謝你對我有信心，讓我找到自己的聲音和想講的故事。能夠成為你們的作者之一，我感到既自豪又幸運，多謝。

阿曼達·馬丁（Amanda Martin），我的編輯。感謝妳敏銳的編輯眼光、共情的修改和解決問題的精明能力。編輯推理小說就像搭建紙牌屋：一張紙牌掉下來，整棟房子都會倒塌。編輯是讓塔屹立不搖的黏膠。我對第二十七章中有關編輯的笑話感到抱歉。說到這個，我也對頁碼感到抱歉。

耐里莉·威爾（Nerrilee Weir）和愛麗絲·理查森（Alice Richardson）為本書尋找機會，好接觸世界各地的讀者，你們做出了令人難以置信的成就。想到我能跟這麼多人分享故事，讓我感嘆自己何德何能，我感謝大家的辛勤付出、深夜／清晨的Zoom會議。分別負責行銷和宣傳的凱莉·詹金斯（Kelly Jenkins）和漢娜·勒德布魯克（Hannah Ludbrook），感謝妳們為這本書如此響亮而熱情地發聲——任何作者能擁有這樣的擁護者都非常走運。

詹姆斯・藍道爾（James Rendall）的封面設計讓我著迷。（我在聚會上跟別人展示，就像人家秀狗的照片一樣，而且也跟那些人一樣，經常被人避之唯恐不及。）感謝你如此出色的創造力。感謝桑妮雅・海金（Sonja Heijn）的細心，感謝米蘭德排字（Midland Typesetters）出色的排版和內裝——再次對頁碼表示抱歉。

我的經紀人皮帕・馬森（Pippa Masson）和得力助手凱特蘭・庫珀–特倫特（Caitlan Cooper-Trent）的大力支持——感謝你們的鼓勵和指導，並相信我在這本書的每一階段都能更上層樓。如果沒有你們，我什麼都辦不到。你們對我的職業生涯的指導幫助，用「改變人生」都不足以形容。傑瑞・卡拉吉安（Jerry Kalajian），感謝你對影視版權的大力推動。我還想說經紀人既是顧問又是治療師，真的應該有資格拿醫療保險回扣。

瑞貝卡・麥考利（Rebecca McAuley）慷慨地捐贈幫助澳大利亞野火的災後重建工作，特別將書中的角色以她命名——感謝妳。

感謝我父母彼得（Peter）和茱迪（Judy），我的手足詹姆斯（James）和艾米莉（Emily），以及帕茲（Paz）家族；加布列爾（Gabriel）、伊麗莎白（Elizabeth）和阿德里安（Adrian），感謝他們對我所有創作努力的支持。詹姆斯，對不起，我一直在殺兄弟。我發誓我這麼做沒有任何含意。而且，我家裡沒有人真正殺過人。至少據我所知沒有。

感謝雅莉莎・帕茲（Aleesha Paz）。我很久以前就保證過我的第三本書會獻給妳。有趣的是，如果沒有妳，我想我永遠也寫不完。所以這本是妳的。我在騙誰呢——每一本都是妳的。

感謝所有慷慨地為我的書提供簡介或社交媒體支援的作者們。我不會列出名字，但我要對讀者們說：盡量多看澳大利亞的推理小說。這是世界上最棒的。我相信百年後我們回顧時，會覺得我們經歷了自己的黃金時代，然後一些自作聰明的作者可能會寫文章模仿取笑。所以我只是要說先佔地為王。

最後——感謝你們閱讀。市面上有這麼多書，而你們選擇了我的，這真的非常特別。我希望你們喜歡。

Storytella 229

我家都是殺人犯

Everyone In My Family Has Killed Someone

我家都是殺人犯/班傑明.史蒂文森(Benjamin Stevenson)作 ; 丁世佳譯. -- 初版. -- 臺北市 : 春天出版國際文化有限公司, 2025.01
面 ; 公分. -- (Storytella ; 229)
譯自 : Everyone In My Family Has Killed Someone
ISBN 978-957-741-983-5(平裝)

887.157 113017027

ISBN 978-957-741-983-5
Printed in Taiwan

作　者　班傑明 · 史蒂文森
譯　者　丁世佳
總編輯　莊宜勳
主　編　鍾靈

出版者　春天出版國際文化有限公司
地　址　台北市大安區忠孝東路四段303號4樓之1
電　話　02-7733-4070
傳　眞　02-7733-4069
E—mail　bookspring@bookspring.com.tw
網　址　http://www.bookspring.com.tw
部落格　http://blog.pixnet.net/bookspring
郵政帳號　19705538
戶　名　春天出版國際文化有限公司
法律顧問　蕭顯忠律師事務所
出版日期　二〇二五年一月初版

定　價　440元

總經銷　楨德圖書事業有限公司
地　址　新北市新店區中興路二段196號8樓
電　話　02-8919-3186
傳　眞　02-8914-5524
香港總代理　一代匯集
地　址　九龍旺角塘尾道64號 龍駒企業大廈10 B&D室
電　話　852-2783-8102
傳　眞　852-2396-0050